Lilja Sigurdardóttir est née en 1972. Elle est auteur de théâtre et de romans noirs, et organisatrice du festival Iceland Noir de Reykjavík. Sa trilogie (*Piégée, Le Filet* et *La Cage*), best-seller dans les pays scandinaves, avait été très remarquée en France.

DU MÊME AUTEUR

Piégée
Métailié, 2017
et « Points Thriller », n° P4764

Le Filet
Métailié, 2018
et « Points Thriller », n° P4967

La Cage
Métailié, 2019
et « Points Thriller », n° P5178

Lilja Sigurdardóttir

TRAHISON

Traduit de l'islandais
par Jean-Christophe Salaün

Éditions Métailié

TEXTE INTÉGRAL

TITRE ORIGINAL
Svik

ÉDITEUR ORIGINAL

Publié en accord avec Forlagið, www.forlagid.is

ISBN 978-2-7578-8848-3

Après mûre réflexion, c'était la promesse qu'Úrsúla avait faite le jour où elle avait pris ses fonctions qui avait provoqué sa perte. Et, en même temps, cette promesse avait fissuré l'armure qui enveloppait son cœur depuis trop longtemps.

La nuit suivant la passation des pouvoirs, elle avait fait de terribles rêves, où se mêlaient le souvenir de corps brûlants de fièvre et couverts de pustules, l'angoisse dans les yeux des proches qui accompagnaient les malades au camp de secours, les explosions incessantes, comme si ses missions humanitaires au Liberia et en Syrie constituaient un seul et même cauchemar sans fin.

Après cette nuit agitée, elle était troublée, et à la fois encore euphorique de l'accueil chaleureux qu'elle avait reçu la veille au ministère. Son bureau était couvert de cartes de félicitations et de bouquets de fleurs. De fait, elle n'était pas préparée à affronter la sourde colère de cette femme assise devant elle, qui lui demandait de l'aider à faire condamner le policier qui avait violé sa fille de quinze ans dans la petite ville de Selfoss. L'adolescente avait à peine prononcé un mot depuis. Elle refusait de sortir. Elle n'était plus elle-même, comme l'expliquait sa mère tandis que les larmes coulaient le long de ses joues. Celle-ci s'était ensuite essuyé le visage, avait soupiré, puis elle avait demandé où en était l'enquête. Elle avait essayé de contacter la police, le procureur, avait même réclamé l'aide de son avocat, personne ne semblait capable de lui répondre. Úrsúla lui avait alors fait la promesse. Elle avait promis de tout mettre en œuvre pour obtenir des informations, et elle avait pris la main de la femme qui la lui avait serrée avec force, la regardant droit dans les yeux et remerciant Dieu que le nouveau ministre de l'Intérieur soit une femme.

VENDREDI

1

Rassasié par le porridge offert par la cafétéria solidaire, il avançait d'un pas lent sur la route encombrée par la neige qui lui arrivait à mi-mollet. Les flocons tombaient encore dru. Il décida de raccourcir sa balade du jour, il s'abstiendrait cette fois de descendre jusqu'au centre-ville. La remontée serait trop difficile. Il partait toujours de la station de bus de Hlemmur. La gentille boulangère qui y travaillait lui glissait fréquemment une viennoiserie qu'il conservait dans sa poche, au cas où. S'il avait faim, il lui arrivait de la manger aussitôt, mais il pouvait la garder pendant plusieurs jours sans qu'elle perde sa fraîcheur. À présent pourvu d'un beignet et d'une sorte de petit pain aux noisettes, il se sentait rasséréné. Il aurait quelque chose sous la main, s'il ne pouvait pas aller jusqu'à la cafétéria solidaire. Comme l'été où il s'était cassé la jambe. Il s'était retrouvé bien embêté, immobilisé sans rien à manger dans le buisson de la colline d'Öskjuhlíd où il vivait alors.

La prochaine étape, c'était le marchand de journaux. On lui donnait parfois du café là-bas, voire quelques pièces, selon qui travaillait.

– Bien le bonjour, s'exclama-t-il en entrant.

Il reçut une réponse tout aussi enthousiaste, qui lui suggéra qu'il aurait aujourd'hui droit à un peu de monnaie. Il n'en était que plus tentant d'aller s'acheter de la bière.

– Bien le bonjour, mon très respectable aîné ! lança le jeune caissier sympathique qui travaillait là quelques jours par semaine. Qu'est-ce que vous me racontez de beau aujourd'hui ?

– Il neige.

– Et pas qu'un peu ! s'exclama le jeune homme.

– Pas qu'un peu, mon neveu ! répondit-il avec un clin d'œil taquin. Tu ne pourrais pas me filer un petit quelque chose, mon grand ?

Le tiroir-caisse s'ouvrit avec fracas et le garçon attrapa une poignée de pièces de cent couronnes.

– Tenez. Achetez-vous quelque chose à manger avec ça.

– Oui, oui. Un hamburger.

Le jeune semblait bien comprendre que c'était un mensonge, mais il s'en fichait.

– Comment tu t'appelles déjà, mon pote ?

– Steinn, répondit le garçon dans un rire. Je vous le redis à chaque fois que vous venez ici.

– Bah… le prénom n'a aucune importance, marmonna-t-il en sortant. Il n'y a que le regard qui compte. Les yeux disent tout ce qu'il y a à savoir d'un homme.

Et le dénommé Steinn avait le regard amical. Un peu espiègle. Suffisamment espiègle pour voler dans la caisse d'un magasin. Suffisamment amical et doux pour donner son larcin à un vieux clochard.

Une fois dehors, il descendit la rue Laugavegur tandis que les flocons s'accumulaient sur son crâne. Il frissonna en les sentant fondre sur ses cheveux clairsemés. À l'angle de la rue Snorrabraut, il traversa pour pénétrer dans l'une des boutiques de souvenirs, mais le vendeur maigrichon et désagréable le mit immédiatement dehors. Il essaya de lui dire d'une voix faible qu'il voulait juste se réchauffer un peu, en vain. Le regard vide, le vendeur lui rétorqua qu'il n'avait rien à faire là, tout en menaçant d'appeler la police. Peu enclin à se faire embarquer en pleine journée, alors qu'il était parfaitement sobre et calme, il ressortit et profita des trottoirs dégagés pour se diriger à une allure rapide vers le petit centre commercial de Kjötgardur. Il eut à peine fait un pas à l'intérieur que la femme asiatique du stand de nouilles lui tendit une généreuse tasse de café et lui ordonna de s'asseoir. Elle parlait fort, avec un accent à couper au couteau, mais elle avait l'air bienveillante. Ses parents, restés au pays, devaient lui manquer. C'était sans doute pour cette raison qu'elle s'était prise d'affection pour ce vieux vagabond.

Il sirota le café délicieusement brûlant et feuilleta le journal sur la table devant lui. En ouvrant la première page, il tomba sur elle. Úrsúla Aradóttir. L'article annonçait qu'elle venait d'être nommée ministre. Elle ne pouvait quand même pas avoir grandi à ce point… Et pourtant, aucun doute, il s'agissait bien d'elle. Une fois encore, il fut envahi de l'étrange sensation que la vie des autres se déroulait en ligne droite tandis que la sienne tournait en rond. Il tira son carnet de sa poche. Il s'apprêtait à noter ces quelques réflexions sur le temps lorsque son regard se posa sur l'homme à côté d'Úrsúla sur la photo. Tous deux souriaient en fixant l'objectif. Ses yeux à elle étaient pleins de vie et de joie, comme ils l'avaient toujours été, tandis que ceux de l'homme étaient glacials. Le regard le plus froid du monde. Il continua d'observer la photographie sans comprendre comment Úrsúla, devenue ministre, pouvait ainsi lui serrer la main. Serrer la main du Diable en personne.

2

Ils sortaient du bureau du conseiller conjugal le lundi précédent quand le téléphone d'Úrsúla avait sonné et que le Premier ministre lui avait proposé de prendre la tête du ministère de l'Intérieur pour l'année à venir. Elle avait deux heures pour lui répondre. Les yeux encore rouges et la voix enrouée après une séance douloureuse, elle avait assuré qu'elle le rappellerait dans les temps. Elle n'avait à vrai dire pas besoin de ces deux heures ni même d'en discuter avec son mari. Elle avait déjà décidé d'accepter.

En proie à un enthousiasme un peu déplacé, Nonni se mit à parler à voix basse, presque à chuchoter, comme s'il était désormais détenteur d'un secret d'État. Tenant le bras d'Úrsúla, il la mena dans un café de la zone commerciale de Skeifan et la conduisit dans un coin près de la fenêtre.

– Qu'est-ce qu'il t'a dit, exactement ? murmura-t-il en prenant place face à elle.

– Que c'est seulement pour un an, et que le ministre actuel doit arrêter pour cause de maladie.

– Waouh.

– Oui. C'est un peu soudain, poursuivit Úrsúla. Le fait qu'ils veuillent un ministre extraparlementaire et sans étiquette suggère que les deux partis de la coalition n'ont pas réussi à se mettre d'accord.

– Dans ce cas, c'est un bon compromis, dit Nonni.

Il se tut quand la serveuse arriva. Úrsúla commanda un café et son mari, une bière, ce qui était plutôt inhabituel en milieu de journée. Il devait bouillir intérieurement encore davantage qu'il ne le montrait.

– Tu dois le faire, reprit-il. Peut-être que c'est exactement ce dont tu as besoin pour reprendre tes marques. Peut-être que le défi sera à la hauteur de tes exigences.

Úrsúla hocha la tête, puis ils gardèrent le silence l'espace de quelques secondes. La serveuse apporta le café. Úrsúla y versa un peu de lait tandis que Nonni descendait d'un trait la moitié de sa pinte.

Il avait sans doute raison. Malheureuse depuis leur retour en Islande, elle se sentait comme déconnectée, dans une perpétuelle torpeur. Jamais elle n'aurait cru que sa vie prendrait un tel tour, jamais elle ne se serait crue capable d'abandonner le travail humanitaire. Elle pensait passer le reste de ses jours entourée de sable brûlant sous un soleil de plomb, là où son corps fiévreux lui rappellerait à chaque instant l'importance de ce qu'elle faisait.

– Et les enfants ? demanda-t-elle.

Cela ne changerait sans doute rien, c'était principalement Nonni qui s'occupait d'eux depuis des années.

– Je n'ai que quelques heures de cours par semaine. Je ferai en sorte de pouvoir les préparer à la maison, ça ne devrait pas poser de problème.

– Je pourrai sûrement me rendre utile là-bas, lâcha Úrsúla, regardant rêveusement par la fenêtre.

Les flocons s'étaient remis à tomber, et un fin voile blanc commençait à recouvrir la neige grisâtre qui s'était accumulée par terre. C'était cela, dont elle avait besoin.

Être utile. Apporter un peu d'ordre au chaos, avoir de l'importance pour quelqu'un, quelque part. Nonni posa sa main sur la sienne.

– Ça nous fera du bien à nous aussi, dit-il à voix basse en la regardant dans les yeux, son demi-sourire espiègle de retour sur ses lèvres, comme s'il avait oublié la dispute chez le conseiller conjugal. Si tu es heureuse, je le serai, et les enfants aussi.

– Tu es sûr ?

Elle voulait le lui entendre dire. Elle voulait qu'il lui promette d'être derrière elle quoi qu'il advienne, pour éviter de traverser à nouveau les mêmes difficultés, éviter qu'il lui reproche son travail trop exigeant ou le peu d'attention qu'elle lui accordait.

– Certain, répondit-il. Ce n'est pas un hasard si tu reçois cette offre aujourd'hui. C'est que tu dois l'accepter. Je te soutiens à cent pour cent, mon amour.

Úrsúla serra sa main. C'était bon de le savoir avec elle, même si sa décision était déjà prise. Ce poste représentait exactement ce qu'elle attendait : quelque chose qui éveillerait en elle une étincelle de désir, quelque chose qui la sortirait de cette torpeur qui la poursuivait depuis son retour.

3

La première réunion avec Ódinn, le chef de cabinet, se déroula dans une ambiance beaucoup plus légère que le Conseil des ministres qui avait eu lieu plus tôt dans la matinée. Elle avait eu du mal à rester assise pendant que chaque ministre se levait et énumérait ses prouesses au président qui parvenait étonnamment bien à feindre l'intérêt. En manque de nicotine après cet interminable défilé, Úrsúla avait enchaîné deux cigarettes dans sa voiture, fenêtre ouverte, tandis qu'elle retournait au ministère.

Ódinn était un homme élégant, avec son gilet boutonné sous sa veste et sa cravate parfaitement nouée. Mais dès que la porte fut fermée derrière eux, il retira sa veste qu'il posa sur le dossier de sa chaise et Úrsúla put enfin respirer, s'autorisant même à enlever ses talons hauts sous la table. Le chef de cabinet lui tendit un petit flacon de désinfectant pour les mains.

– N'aie pas peur de l'utiliser en toute occasion. Durant le mois qui vient, tu vas devoir serrer plus de mains que tu ne l'as fait de toute ta vie, et la grippe vient de faire son retour.

En souriant, elle s'empara du flacon dont elle versa quelques gouttes dans sa paume avant de le lui proposer à son tour. Ils se frottèrent ainsi les mains quelques secondes. L'odeur douce et légèrement mentholée du produit rappela à Úrsúla à quel point elle était en sécurité ici : aucun germe ne résisterait à un simple désinfectant à base d'alcool. Au Liberia, ils devaient se laver les mains à l'eau de Javel.

Appliqué, Ódinn frictionnait avec force ses doigts aussi massifs que le reste de son corps. Il devait mesurer un bon mètre quatre-vingt-dix et arborait de larges pectoraux qui contrastaient avec son tour de taille plutôt fin, suggérant qu'il avait dû à une époque faire un travail manuel éprouvant ou qu'il avait été un grand sportif. Lorsqu'il eut terminé de se masser les mains, il les secoua pour les faire sécher, ce qui lui donnait des airs de gros oiseau un peu pataud et ridicule.

– Tu ne peux pas te permettre de tomber malade.

Elle hocha la tête. Il insistait si lourdement qu'elle se demanda s'il n'avait pas vécu une mauvaise expérience avec un ministre à la santé trop fragile. Rúnar, son prédécesseur, avait dû démissionner pour cause de maladie, mais il devait avoir des problèmes de cœur ou d'autres troubles plus sérieux.

– Tu souffres d'acidité gastrique ? demanda Ódinn, l'air si inquiet qu'Úrsúla ne put s'empêcher d'éclater de rire.

– Non. Pourquoi cette question ?

– Dans ce cas, je te recommande de manger le plus de piments possible à tous les repas afin d'éviter la gastro. Un ministre qui vomit tout le temps, c'est un problème que je ne veux pas avoir à gérer.

– Compris. Je ferai ce que je peux pour rester en bonne santé. Si nous regardions ça ?

Elle désigna la feuille de papier couverte d'annotations sur le bureau, où étaient énumérés les dossiers dont ils devaient discuter. Ódinn hocha la tête, se redressa et commença à aborder le premier point de la liste : les échanges entre les ministres extraparlementaires et le Parlement. Elle l'écouta d'une oreille distraite en observant les traits de son visage. Il devait approcher la soixantaine, la barbe grisonnante et les yeux entourés de fines ridules suggérant qu'il souriait beaucoup. Le sérieux qu'il démontrait à présent était sans doute lié à la responsabilité qui lui incombait de devoir présenter les rudiments du travail à un nouveau ministre.

– Il y a aussi la question de tes assistants et de la répartition des tâches entre eux. Certains veulent un assistant pour le travail et un autre pour leur vie personnelle, mais ce serait bien qu'ils puissent se partager un seul temps-plein, pour des raisons économiques. Tu as des noms à me proposer ?

– Je n'ai pas vraiment eu le temps d'y réfléchir, mais des membres des deux partis m'ont envoyé des recommandations. Je crois qu'une seule personne suffira.

– Pour ce qui est de la voiture et du chauffeur…

– Non merci, répliqua-t-elle.

Ódinn leva les yeux d'un air surpris.

– Comment ça ?

– Je peux conduire moi-même.

Elle avait toujours eu un sentiment mitigé concernant le mode de vie des ministres. Avoir un chauffeur constituait en effet un certain confort, de même qu'un gain de temps, mais elle s'imaginait mal se faire ainsi conduire dans une voiture de luxe devant la population islandaise qui payait la note. Ce n'était tout simplement pas son genre. Ódinn reposa la liste et s'appuya au dossier de sa chaise, pensif.

– Tu sais que ce qui manque le plus aux anciens ministres quand ils quittent leurs fonctions, c'est le chauffeur. Tu peux répondre à tes mails en te déplaçant, tu peux l'envoyer faire des petites courses, sans parler du fait qu'il assure aussi ta sécurité. Il déneige les marches, change les ampoules, et plein d'autres choses.

– J'ai un mari pour ça, dit-elle, provoquant enfin un sourire sur les lèvres d'Ódinn.

– On en reparlera plus tard.

Bien qu'elle n'eût aucune envie de rouvrir le débat, elle acquiesça afin qu'ils puissent avancer. Prise d'une terrible envie de cigarette, elle voulait mettre fin à cette réunion au plus vite.

Il fallut cependant presque une heure à Ódinn pour atteindre le bas de la liste et se lever enfin. Úrsúla avait presque la tête qui tournait tant elle était en manque de nicotine et, quand il lui tendit la main, elle eut la sensation qu'il la dominait.

– Bienvenue à toi, conclut-il. Sache que je reste à ta disposition, quoi qu'il arrive, et je parle pour nous tous, ici au ministère, quand je dis que nous ferons ce qui est en notre pouvoir pour que ta mission se passe sans encombre.

Elle se leva et lui offrit une chaleureuse poignée de main.

– Merci pour tout.

Leur collaboration s'annonçait prometteuse. Il sourit, et les ridules autour de ses yeux se creusèrent. Un instant, il lui fit penser à son père. Pas comme il était à la fin, mais tel qu'elle se le rappelait quand elle était petite et qu'il jouait avec elle.

– Encore une chose, lança-t-elle avant qu'il quitte la salle de réunion. Une femme est venue ce matin, elle voulait que le ministère se renseigne sur une affaire. Une plainte pour viol qui semble être tombée aux oubliettes. Ma secrétaire a inscrit la demande au registre.

Tu voudras bien y jeter un coup d'œil et me conseiller sur la marche à suivre ?

– Bien sûr. Je m'en occupe.

Úrsúla le suivit le long du couloir jusqu'à son bureau. Tandis qu'elle s'échinait à retrouver sa carte d'accès pour ouvrir l'espace réservé aux ministres, elle aperçut une jeune fille au teint hâlé qui poussait un chariot de ménage juste devant elle.

– Bonjour, dit-elle en lui tendant la main. Je suis la nouvelle ministre. Vous ne sauriez pas où je peux me cacher pour fumer, par hasard ?

4

La veille, l'air avait été imprégné d'une étrange tension dont les effets se faisaient encore sentir. Les employés s'affairaient plus silencieusement qu'à l'accoutumée, et le bâtiment grouillait de coursiers et de journalistes. L'hôtesse d'accueil avait demandé à Stella de s'assurer que le hall d'entrée reste impeccable, le sol étant sans cesse parsemé de petites flaques d'eau boueuse laissées par les chaussures et les manteaux couverts de neige. À intervalles réguliers, elle redescendait donc au rez-de-chaussée passer un coup de serpillière. Si elle ne s'appliquait pas, on en référerait certainement au chef de cabinet – il semblait tout contrôler ici –, or c'était un type que Stella ne supportait pas. Elle avait été une seule fois en contact avec lui, quand il lui avait souhaité bienvenue le premier jour, quelques mois auparavant. Il avait souri amicalement, mais Stella avait immédiatement eu envie de s'enfuir, ne ressentant dans sa chaude poignée de main qu'un immense malheur. Elle en avait même été perplexe, car la vie semblait plutôt sourire à ce grand homme séduisant, au métier glamour. Le sombre chagrin qui émanait de lui ne collait pas avec son apparence. Enfin, peut-être que son empathie lui jouait des tours. Sa mère lui avait toujours dit que ce prétendu don hérité de sa grand-mère tenait plus de l'imagination que d'autre chose.

– C'est toujours pareil quand un nouveau ministre arrive, tout le monde est au bord de la crise de nerfs, et finalement il s'avère que le ministre en question est tout à fait charmant, dit la secrétaire de l'accueil. Je l'ai vue hier, lors de la passation, elle avait l'air parfaitement normale et sympa.

Stella haussa les épaules. Elle n'avait pas eu de contacts avec le ministre sortant, elle l'avait juste aperçu en train de courir dans les couloirs, le téléphone à l'oreille. Il ne lui avait jamais adressé la parole, et ce serait sans doute la même chose avec la nouvelle. L'hôtesse d'accueil, elle, tout le monde lui disait bonjour en entrant, mais le personnel de ménage était pour ainsi dire invisible.

« Il paraît qu'elle est arrivée », « Tu l'as vue, toi ? » : voilà le genre de commentaires qu'elle entendait tandis qu'elle vidait une à une les corbeilles à papier des différents bureaux. La ministre avait beau avoir pris ses fonctions et être présente dans les locaux, personne ne semblait l'avoir croisée. Elle ne comptait se présenter formellement aux employés du ministère que le lendemain, mais elle était apparue au journal télévisé la veille, et les gens espéraient sans doute apercevoir son visage au détour d'un couloir. Certains semblaient déjà la connaître, affirmant avoir fait partie du même syndicat étudiant. Quelqu'un mentionna aussi le fait qu'elle avait travaillé avec des réfugiés et des organisations humanitaires à l'étranger, ou quelque chose comme ça. Peu intéressée par les actualités, Stella n'avait jamais entendu son nom auparavant, elle ne savait rien de cette femme.

C'était un job plutôt correct, même s'il n'était sans doute pas fait pour durer. Il s'agissait d'une sorte de mission d'intérim pour les jeunes *sortis du droit chemin*, et les services sociaux payaient la moitié de son salaire. Faire le ménage dans les lieux chics de la ville était censé remettre les gens sur pied, ou quelque chose du genre. Les employés du ministère lui avaient fait plutôt bon accueil, ils avaient l'habitude de voir des inconnus aller et venir dans les locaux, et au bout d'une semaine elle faisait pour ainsi dire partie des meubles, plus personne ne lui prêtait attention. Ce qui lui convenait très bien. Elle aimait aussi le fait que, du moment qu'elle maintenait le hall d'entrée propre et sec et qu'elle vidait les corbeilles des deuxième et troisième étages, personne ne se souciait de savoir si elle était présente, elle devait juste pointer à son arrivée le matin et à son départ l'après-midi. Une entreprise de nettoyage venait de toute façon en fin de journée se charger du grand ménage. De fait, peu importait ce que Stella faisait ou ne faisait pas. C'était le boulot le plus tranquille qu'elle ait jamais eu, et elle avait matière à comparer, avec les dizaines de petits jobs qu'elle avait connus au cours de ses dix-neuf ans d'existence.

Son téléphone bipa. Elle lâcha sa serpillière. *Fête chez nous ce soir !* disait le message d'Anna. Elle ne vérifia pas de quelle Anna il s'agissait. Cela n'avait aucune importance. En couple, elles portaient toutes les deux le même prénom. On les appelait simplement « les Anna ». Et elles organisaient régulièrement des soirées où elles n'invitaient que des filles *mignonnes et intéressantes*. Stella savait bien qu'elle ne rentrait dans ce critère de sélection que grâce à sa complexion. Sa peau brune et dorée agissait comme un aimant sur de nombreuses femmes, et elle n'avait généralement rien contre le fait de profiter des maigres avantages qu'impliquait le fait d'appartenir à la toute petite minorité des Islandais au teint mat. Après la dernière soirée chez les Anna, dont elle avait mis une semaine à se remettre, elle s'était promis de ne plus y retourner. Mais voilà, c'était vendredi, elle n'avait pas un rond, et la seule alternative était de rester enfermée dans sa chambre à regarder Netflix sur son ordinateur. À quoi servaient les week-ends, sinon à faire la fête ?

Je suis occupée, je viendrai tard, si je viens, répondit-elle. Cela ne coûtait rien d'essayer de se rendre un peu plus intéressante en prétendant avoir une vie sociale. Sans parler du fait qu'elle préférait arriver plus tard, quand l'ambiance battait son plein et que les autres filles avaient déjà bu quelques verres. Ainsi, elle n'avait pas à faire la conversation. Cela lui permettait d'avoir la sensation de garder un peu le contrôle de la situation, même si elle savait que dès qu'elle avait avalé deux ou trois cocktails bien dosés, c'en était fini. Encore plus si les Anna offraient des Smarties.

Elle passa la main sur le nouveau tatouage de son bras, le symbole magique islandais Ægishjálmur, le Heaume de terreur, qu'elle s'était fait faire dans l'espoir qu'il la protégerait, l'empêcherait de trop boire et de rentrer avec une inconnue dont elle ne voulait pas. Comme par exemple la journaliste que les Anna invitaient à chaque soirée, qui devait appartenir à la catégorie des *intéressantes* du fait de sa célébrité télévisuelle, car on ne pouvait pas dire qu'elle était mignonne. Stella soupçonnait ses amies de vouloir la caser avec elle, mais non merci.

Elle se remit à pousser son chariot et manqua de rentrer dans une jeune femme qui éclata de rire avant de lui tendre la main.

– Je suis la nouvelle ministre, dit-elle, ajoutant dans un murmure : Vous ne sauriez pas où je peux me cacher pour fumer, par hasard ?

Stella repensa au discours qu'avait tenu Ódinn, le chef de cabinet, plus tôt dans la journée, sur le fait que tous les employés, quelles que soient leurs opinions politiques, étaient là pour aider la ministre à gérer ses lourdes responsabilités. Elle la mena donc vers le balcon du troisième étage, où elle-même avait l'habitude de faire ses pauses cigarette. La pauvre femme avait besoin de sa dose de nicotine pour assumer ses lourdes responsabilités.

5

Usant de toutes les forces qui lui restaient, Gunnar souleva la barre une dernière fois. Ses épaules hurlaient de douleur, il avait l'impression de sentir les fibres musculaires de ses bras se déchirer sous l'effort. Avec 150 kilos sur la barre, la quatrième répétition était difficile – la cinquième, quasi insurmontable. Il ne craignait cependant jamais de ne pas y parvenir, c'est pourquoi il ne prenait pas la peine de demander aux surveillants de la salle de l'assister au cas où il se retrouverait bloqué. C'était à lui de prêter assistance quand la situation tournait au vinaigre. Il avait passé des années à se préparer pour ce rôle, et il savait qu'un jour ou l'autre lui seul serait capable de faire barrage à la mort.

– C'est tout juste s'il ne va pas nous tordre la barre ! s'exclama un homme en passant devant lui.

Gunnar se rendit alors compte qu'il devait avoir poussé un cri de tous les diables en la soulevant. Il dut prendre quelques inspirations profondes avant de se redresser. Son dos était collé au banc par la sueur, et des petits points noirs dansaient devant ses yeux. Il était néanmoins content de lui, il ne restait plus qu'à avaler un bon repas pour nourrir ses muscles. Il voulait gagner encore en carrure, non pas par vanité, mais pour son travail. Dans ce genre de boulot, il fallait impressionner, même si c'était surtout la force qui comptait. La force et le courage.

Il resta un long moment sous la douche, sentant avec satisfaction les pores de sa peau s'ouvrir pour laisser échapper la sueur. Ses séances de musculation étaient toujours suivies d'une sensation de bien-être, la victoire de la volonté sur les limites du corps le remplissait de fierté. C'était autre chose que de courir. Il devait toujours se forcer pour faire du jogging et se sentait généralement mal après. Mais il le fallait, par conscience professionnelle également. Il enfila son pantalon et sa chemise avant de réunir d'un geste rapide ses affaires dans son sac de sport, puis il enfonça sa cravate dans sa poche – il la nouerait dans la voiture. Enfin, il attrapa ses chaussures et traversa pieds nus le hall de la salle de sport jusqu'à l'extérieur où le trottoir était recouvert de neige. Le souffle d'abord coupé, il fut bientôt envahi d'une glaciale et délicieuse euphorie. Se glissant entre ses orteils, la neige émettait un craquement agréable lorsqu'il marchait dessus. Quand il atteignit sa voiture, ses pieds étaient engourdis de froid, mais il ne transpirait plus et se sentait bien. Il ne mouillerait pas sa chemise. Il mit en route le chauffage et dirigea la ventilation vers ses pieds afin de les sécher pendant qu'il serrait sa cravate autour de son cou. Puis il enfila chaussettes et chaussures. Il n'avait pas encore fini de nouer ses lacets lorsque son téléphone sonna. Pris d'un accès de panique, il regarda l'heure et soupira de soulagement. Il n'était pas censé retourner au ministère avant une heure.

En raccrochant, il eut du mal à ravaler sa déception. À nouveau, il avait la sensation que l'Islande n'était pas faite pour lui. Tous ces cours de protection rapprochée, dont le plus récent, sur la conduite en situation d'urgence, ne lui seraient jamais d'aucune utilité dans ce petit pays. Il s'était convaincu qu'il pourrait trouver sa place auprès des pouvoirs publics – où on lui avait par ailleurs réservé un bon accueil, la direction de la Sécurité nationale ayant recommandé une protection accrue des dirigeants politiques. Mais ils étaient nombreux à briguer ces rares véritables missions et, à présent, la seule chose qui l'attendait était exactement ce qu'il faisait depuis de si nombreux mois : la garde des bâtiments ministériels. Il jura en silence. Quel ministre ne veut pas d'un chauffeur ?

6

Enjambant les congères, il allait et venait le long de la rue Ingólfsstræti en inspectant la circulation devant le ministère. Il avait essayé de pénétrer à l'intérieur, mais le gardien assis derrière l'ordinateur à l'accueil lui avait immédiatement barré la route et ordonné de sortir. Il tourna à l'angle du bâtiment, monta les marches vers la petite entrée sur le côté. La porte était fermée à clé. Il poursuivit son tour, levant les yeux sur les fenêtres dans l'espoir de l'apercevoir.

À intervalles réguliers, il s'immobilisait pour observer à nouveau la photo du journal qu'il avait déchirée. Aucun doute, c'était bien lui. Le Diable en personne. Serrant la main de la petite Úrsúla, qui n'était plus une fillette aux cheveux courts, mais une femme coiffée d'un chignon, vêtue d'une veste élégante. Qu'est-ce qui avait bien pu lui traverser l'esprit, de pactiser avec un homme pareil ? Il essaya de lire une réponse dans ses yeux sur la photo, mais le grain était trop grossier pour qu'il parvienne à déterminer si l'enfant qu'il avait un jour connue s'était finalement laissé happer par les forces du Mal.

Il s'arrêta devant la colline d'Arnarhóll et reporta son regard sur la rue. Il était déjà tard, mais il ne l'avait pas vue quitter le bâtiment. À vrai dire, il avait constaté peu de mouvement. C'étaient les mêmes personnes que l'on voyait entrer puis ressortir, et à présent de nombreuses lumières s'étaient éteintes sans que le moindre employé emprunte l'entrée principale. Il devait y avoir une sortie dissimulée quelque part. À toute vitesse, il rejoignit le parking de derrière. Et en effet : dans la cour qui séparait le ministère de l'hôtel voisin, on apercevait une porte, invisible depuis la rue. Protégé par une barrière électrique, le parking n'était pas accessible aux voitures sans passe, mais les piétons pouvaient y entrer en descendant quelques marches. Il longea les places non numérotées, puis les emplacements handicapés munis d'un panneau bleu, et enfin il trouva celles qu'il cherchait. La place du ministre et celle du chef de cabinet. Les deux étaient occupées : celle du chef de cabinet par une grande Jeep noire aux vitres teintées, l'autre par une Toyota familiale des plus ordinaires. Ce devait être la voiture d'Úrsúla, pas besoin de lire le panneau derrière la place pour en être certain. Le toit était recouvert d'une épaisse couche de glace, de même que le capot et la vitre arrière. Tellement typique de cette tête de linotte. Il tira sur la manche de son manteau et entreprit d'essuyer la neige sur le pare-brise. Cela ferait gagner au moins quelques minutes à la jeune femme à la fin de sa longue journée. Elle ne tarderait sans doute plus à rentrer chez elle. Après avoir soigneusement nettoyé toutes les vitres, il tira un carnet de sa poche, arracha une feuille et écrivit un message à l'attention d'Úrsúla. Les flocons s'étaient remis à tomber, le papier serait trempé et illisible s'il le laissait sous l'essuie-glace. S'emparant de la poignée de la portière, il pria pour que la chance soit avec lui. Et elle l'était : ouvrant la porte, il put glisser le mot sur le siège avant. Il sourit. Toujours aussi tête en l'air, Úrsúla n'avait même pas pris soin de verrouiller sa voiture.

7

À son propre étonnement, Úrsúla eut un sursaut de panique en découvrant la note. Elle était surtout furieuse contre elle-même de n'avoir pas pris la peine de verrouiller sa portière. Elle n'avait pas réfléchi au fait qu'en se garant sur une place de parking marquée *Ministre*, elle indiquait quelle était sa voiture. Et il fallait s'y attendre : comme toujours, certains détraqués ne pouvaient pas s'empêcher de partager leur opinion au sujet de tout et n'importe quoi – en l'occurrence, sa nomination à ce poste.

Qui se lie d'amitié avec le Diable perd son âme et invoque le Mal. Le message était suivi d'un gribouillis indéchiffrable. Quelqu'un la croyait donc en train de pactiser avec le Diable. Les politiques étaient fréquemment l'objet de critiques acerbes, cela n'avait rien de nouveau, mais étant sans étiquette elle avait naïvement cru y échapper. Elle chiffonna la note et la jeta par terre dans la voiture. Un détritus de plus ne changerait pas grand-chose à l'état de son véhicule déjà jonché de papiers, de briques de jus de fruit et d'emballages de sucreries. Il faudrait qu'elle fasse quelque chose durant le week-end, l'odeur qui en émanait commençait à être sérieusement nauséabonde. Elle soupira, s'efforçant de ralentir son rythme cardiaque. Elle savait très bien en acceptant ce poste qu'elle ne serait pas populaire auprès de tous. Mais laisser une note à l'intérieur de sa voiture, c'était toucher à son intimité, à son espace personnel. Elle se garerait dorénavant sur l'autre parking, celui des fonctionnaires du ministère.

Arrivée devant chez elle, elle remonta la vitre de la portière qu'elle avait ouverte pour aérer un peu l'habitacle. Il devait y avoir un reste de sandwich en train de moisir quelque part à l'arrière. Elle demanderait à Nonni d'emmener la voiture au lavage. Compte tenu du travail qu'elle emportait avec elle, elle n'aurait probablement pas le temps de le faire elle-même et devait profiter du week-end pour se mettre à jour des affaires en cours.

– Félicitations, ma chérie ! s'exclama Nonni dès qu'elle eut franchi le seuil. Tu as survécu à ta première journée !

Kátur se précipita sur elle. Le chien sautillait dans tous les sens, attendant comme chaque jour qu'elle se mette à genoux pour le saluer. Elle lui prit la gueule entre les deux mains et l'embrassa sur son crâne tout doux en inspirant son parfum. Il venait visiblement de prendre un bain. Nonni le lavait régulièrement avec du shampooing, malgré les protestations d'Úrsúla qui lui rappelait sans cesse que ce n'était pas bon pour lui.

– Merci pour ton accueil, mon petit Kátur, murmura-t-elle dans la fourrure de l'animal qui remuait énergiquement la queue.

Il n'était pas exagéré de dire qu'elle aimait ce chien. Il avait été sa bouée de sauvetage lorsque la famille était revenue vivre en Islande. La boussole qui pointait vers l'amour. Le seul être capable de briser la carapace qu'elle s'était forgée quelque part entre le Liberia accablé par l'épidémie d'Ebola et les camps de réfugiés syriens. Échappant à son étreinte, le chien se précipita dans le salon avant de revenir vers elle. Il avait l'habitude de faire d'incessants allers-retours entre elle et la famille, comme s'il voulait lui montrer le chemin jusqu'à eux. Et elle avait véritablement besoin d'un guide car, depuis son retour, elle se sentait loin d'eux, comme s'ils étaient de l'autre côté d'un mur invisible mais infranchissable.

Heureuse de retrouver la chaleur de son foyer, elle se demanda un instant si elle avait pris la bonne décision en acceptant ce poste de ministre. Sa présence à la maison s'en trouverait réduite, de même que l'énergie qu'elle dépensait pour les enfants, l'attention qu'elle pouvait donner à Nonni. Tout ce temps nécessaire à son rétablissement émotionnel. Enfin, cela ne durerait qu'un an. Un an avant les élections suivantes.

– Pizza ! s'écrièrent les enfants en chœur quand elle entra dans la cuisine.

Ils étaient en train d'aligner les ingrédients sur la pâte. Nonni en avait préparé une aux langoustines pour eux deux. Un verre de vin blanc l'attendait sur le plan de travail, et la table de la salle était recouverte d'une nappe sur laquelle des bougies étaient disposées.

– Vous êtes les meilleurs, soupira-t-elle en embrassant les enfants sur le front avant de prendre Nonni dans ses bras.

Douce et chaude, sa peau fraîchement rasée exhalait un parfum agréable. Úrsúla ressentit alors une immense reconnaissance, mêlée de doute, tandis qu'elle se demandait si elle méritait vraiment un homme aussi parfait. Voilà plus d'un an que cela durait. À chaque fois qu'elle éprouvait une quelconque forme d'amour à son égard, un sentiment négatif prenait aussitôt le pas. La culpabilité, le regret, la haine de soi. Pourquoi ne pouvait-elle pas l'aimer comme avant ?

– Comment ça s'est passé ? murmura-t-il en lui tendant le verre de vin.

Prenant place sur l'une des chaises du bar, elle sirota une gorgée. Elle lui raconterait plus tard, lorsque les enfants seraient couchés, la façon dont la journée avait commencé. Comment, alors qu'elle se préparait à attaquer une série de dossiers complexes réclamant toute son attention, elle s'était retrouvée face à cette affaire si douloureuse et personnelle. Le visage de cette mère déformé par la fureur et le chagrin ne la quittait plus. Elle contempla sa propre fille en train de disposer des tranches de poivron sur sa pizza, et elle eut mal au cœur en songeant que celle-ci avait à peine deux ans de moins que la victime du viol.

SAMEDI

8

La détonation fut si puissante qu'Úrsúla ne parvenait pas à déterminer si c'était le bruit ou l'onde de choc qui avait frappé ses tympans, avec une telle force que, allongée face contre terre, elle n'entendait plus rien. Aux confins de son champ de vision, elle percevait un mouvement, mais sa visibilité était si faible à travers le nuage de fumée qu'elle resta immobile, sentant le sable s'infiltrer dans sa bouche et ses narines tandis qu'elle savourait l'éphémère soulagement d'être encore en vie. Elle voulait profiter de cette sensation aussi longtemps que possible, car bientôt elle devrait se redresser, affronter les irrémédiables dégâts que la bombe avait inévitablement causés. Elle se sentirait alors coupable d'être vivante et retrouverait cette torpeur qui ne la lâchait plus depuis le Liberia. Peu à peu, le silence céda la place à l'écho lointain de cris et de gémissements. S'appuyant sur ses mains, elle se prépara à se lever. Elle devait de toute urgence aider les gens qui avaient cherché refuge ici à traverser la frontière vers la Jordanie.

Úrsúla se réveilla en sursaut, le cœur cognant contre sa poitrine. Elle était allongée sur le canapé dans sa maison à Reykjavík. La télévision diffusait un dessin animé sans doute supposé divertir les enfants trop matinaux. Elle poussa un long soupir, un instant désireuse d'être à nouveau en Syrie, de retrouver la sensation éprouvée juste après l'explosion, cette soif de vivre qui se diffusait dans ses veines, la conviction que son existence servait un but, une mission, pour ne pas dire une vocation. Quand elle avait la responsabilité de mettre des gens à l'abri, des gens vivants, dans le besoin, apeurés et blessés.

Elle ne savait pas si elle s'était endormie ou simplement laissé emporter par le flux de ses pensées, comme si son esprit cherchait des souvenirs capables de faire renaître une quelconque émotion en elle. Roulé en boule à ses pieds, Kátur se redressa et vint glisser sa truffe humide et froide dans son cou. Elle sentait sa respiration contre sa joue. L'animal semblait percevoir son trouble, et elle était toujours touchée par la douceur dont il faisait preuve à son égard. Les sentiments qu'elle éprouvait pour le chien étaient une certitude, une consolation à laquelle se raccrocher. Si elle pouvait nourrir un tel amour pour cette boule de poils malodorante, elle devait encore être capable d'aimer sa propre progéniture.

Úrsúla se ressaisit. Attendant la suite, Kátur la regardait fixement. Si elle se levait, il lui ferait la fête comme si elle venait de rentrer à la maison et se précipiterait vers la porte de derrière, sifflant pour qu'on le laisse sortir. Elle se tiendrait alors sur le seuil, respirerait l'air islandais glacial, puis boirait un café avant de se préparer pour la journée. Elle devait compulser toute une pile de documents, se renseigner sur divers règlements et lois au sujet de l'accueil des étrangers, et enfin lister les tâches qui l'attendaient la semaine suivante. De toute évidence, elle ne pourrait que partiellement maîtriser son emploi du temps, autant faire bon usage des rares heures libres dont elle disposait.

9

C'est l'attente qui cause la déception. S'il ne s'était pas imaginé accomplir la carrière de ses rêves, il ne serait pas aussi déçu à présent. Gunnar comprenait les principes fondateurs du bouddhisme, qu'il s'efforçait d'adopter par la méditation, mais il avait du mal à embrasser pleinement cette philosophie. Le fait qu'il fallait accepter que le bol était déjà cassé. Que la carrière de ses rêves était déjà inaccessible. Que la vie était déjà achevée.

Assis les jambes croisées, les mains reposant paisiblement sur ses genoux, il essayait de se concentrer sur sa respiration, de ne penser à rien d'autre qu'au léger courant d'air qui glissait sur sa lèvre supérieure, montait dans ses narines avant de redescendre dans ses poumons où il chargeait son sang d'oxygène, prenait le dioxyde de carbone et l'expulsait par le même chemin. Dans son esprit défilaient ces images, ces rêveries où sa force et sa vigueur lui permettaient de protéger des personnalités. Encore et encore, il devait rejeter, éloigner ces pensées pour pouvoir continuer de se concentrer sur la circulation de l'air dans son corps.

La méditation lui faisait toujours du bien, même s'il ne parvenait jamais à s'y livrer plus de cinq minutes d'affilée. Il se releva, apaisé. La brûlante déception, la frustration ne l'avaient pas quitté, mais au moins il n'était pas en colère. La colère était ce qu'il craignait le plus, car elle menait à la rage. Non, il était simplement déçu. Il avait eu hâte de se lancer dans cette mission, hâte de découvrir la voiture, de faire connaissance avec la ministre, de montrer un professionnalisme sans égal dans l'histoire de ce métier en Islande.

Le plus douloureux, toute ambition mise à part, c'était qu'il avait tout ce qu'il fallait pour être un bon garde du corps. Il comprenait l'importance de son travail, de donner à son employeur un sentiment de sécurité qui lui permette de se consacrer à sa tâche sans crainte, mais il était aussi muni d'une intuition aiguë. Or, l'intuition était une qualité essentielle pour un garde du corps, ainsi que le répétait son professeur aux États-Unis. Pressentir avant de ressentir, prévoir avant de voir. Et le plus important : oser avoir confiance en cette intuition.

Il tendit les bras en l'air, se pencha en avant pour s'étirer le dos, et lorsqu'il se redressa il sentit renaître l'espoir en lui. Les ministres allaient et venaient, il ne restait plus qu'un an avant les élections suivantes. Nul doute que le futur gouvernement aurait besoin de chauffeurs, et rien ne l'empêchait non plus de garder un œil sur d'éventuelles missions à l'étranger.

– Où est-ce qu'on est censés s'asseoir au juste, dans cet appart ? lâcha Íris en sortant de la chambre, vêtue d'un de ses vieux tee-shirts, les cheveux emmêlés. Tout le monde ne peut pas passer sa vie assis par terre, comme toi.

Un sourire aux lèvres, il pointa le canapé du doigt.

– Dans ce cas, j'aime autant le sol, répliqua-t-elle. Impossible de se poser sur ce truc.

Elle n'avait pas tort. Il n'était ni beau ni confortable, mais Gunnar aimait se contenter de peu – c'était un bon entraînement. Íris avait une autre vision des choses et se plaignait du manque de meubles chaque fois qu'elle venait chez lui. Il se leva, s'approcha d'elle tandis que, appuyée contre le plan de travail de la cuisine, elle secouait une brique de boisson protéinée.

– Bonjour, jolie jeune femme, dit-il en passant la main dans ses cheveux.

Elle l'embrassa.

– Bonjour, joli jeune homme, répondit-elle.

Elle était si charmante quand elle était ainsi. Il sentit des papillons dans son ventre, comme toujours quand il la retrouvait après une longue pause ou qu'elle se montrait aussi douce et gentille. Quand elle parvenait à garder le contrôle.

10

Le temps s'étirait à l'infini. À chaque fois que Stella jetait un coup d'œil à l'horloge du salon, celle-ci indiquait 7 heures. Impossible de dire si c'était le matin ou le soir. Elle avait pour ainsi dire passé la soirée à attendre que les invitées se décident à sortir danser, mais la fête durait et durait encore. Au final, c'était le salon qui s'était transformé en piste de danse. À présent, elle s'ennuyait, elle avait envie de rentrer, mais elle ne savait pas si c'était parce que aucune des filles ne l'intéressait, ou à cause de la journaliste qui la suivait partout et essayait sans cesse d'attirer son attention.

– Allez, ma chérie, laisse-toi tenter, dit Anna A, avec la sollicitude maternelle que sa compagne et elle lui manifestaient fréquemment, avant de lui caresser la joue.

Stella sentit à son étreinte qu'elle planait complètement, et visiblement la fête ne se poursuivrait pas dans un bar. Elle continuerait ainsi jusqu'au dimanche matin.

– Tu veux un autre Smarties ?

Stella secoua la tête, but une gorgée du verre d'eau qu'Anna lui tendait et rejoignit à nouveau le salon. Quelques filles dansaient, d'autres discutaient sur le canapé, parmi lesquelles la journaliste qui semblait enfin s'être fait une raison. La porte-fenêtre était ouverte, Stella sortit sur la terrasse pour respirer une bouffée d'air frais. Trois filles s'égosillaient dans le spa, apparemment convaincues d'avoir du talent. Elle aurait pu se glisser dans l'eau chaude, se joindre à elles, ou bien retourner dans le salon et danser, mais elle avait déjà fait tout cela dans l'ivresse de cette intemporalité qui s'étalait entre 7 heures et 7 heures, elle avait la tête qui tournait, elle avait si chaud que son cerveau était sur le point d'imploser. Elle alla donc chercher son manteau et sortit dans le silence rafraîchissant de la rue.

Sur le perron, la journaliste s'enroulait une écharpe autour du cou jusqu'au nez, comme si elle voulait se cacher, probablement prise du même regret que Stella à chaque fois qu'elle passait cette porte.

– C'est toujours la même chose, dit-elle sous son écharpe. Je ne sais pas pourquoi je reviens. Les pilules et autres produits chimiques, ce n'est vraiment pas pour moi.

– Tu ne viens pas pour me mater ? demanda Stella en boutonnant son manteau.

Les boutons étaient d'une douceur infinie, elle ne put s'empêcher de les caresser avec ses index. Elle ne comprenait pas comment elle avait pu passer à côté de leur surface si parfaitement lisse.

– On peut toujours rêver, fit la journaliste. C'est tout ce que je fais quand je viens ici, en tout cas.

– Tu avais pourtant l'air en bonne compagnie sur le canapé. Tu avais toutes tes chances, dit Stella en continuant de caresser ses boutons si doux, si doux.

– On verra, en attendant que quelque chose de mieux se présente, répliqua la femme en descendant prudemment les marches verglacées, le ton clairement amer. Bye, ajouta-t-elle sans se retourner.

Stella la regarda s'éloigner dans son manteau épais, l'écharpe remontée jusqu'au milieu du visage, mais en chaussures à talons ouvertes qui lui donnaient une démarche étrange. Elle devait déjà avoir les pieds mouillés à cause de la neige. Il y avait quelque chose de presque poignant dans cette image. La journaliste avait visiblement voulu se faire belle, du moins autant qu'elle le pouvait, les cheveux remontés comme si elle s'apprêtait à passer à l'antenne. Elle ne semblait pas se rendre compte que cette coiffure la vieillissait d'une bonne vingtaine d'années.

– Hé ! s'exclama Stella. Ça te dirait d'aller manger un morceau ?

La journaliste s'immobilisa et se retourna.

– Où ça ?

Stella haussa les épaules.

– Quelque part. Je ne sais même pas si on est le soir ou le matin, donc je ne sais pas ce qui est ouvert. Des sushis, un kebab, un truc pas trop loin. J'ai une faim de loup.

La journaliste regarda sa montre et se racla la gorge.

– Il est 19 heures. On est samedi soir.

– Waouh. Je plane toujours à quinze mille lors de ces fêtes, j'aurais juré qu'on était samedi matin.

La journaliste sourit.

– Bon, ça te dit de venir chez moi ? Mon frigo est plein, je peux nous préparer un petit quelque chose vite fait. J'habite dans cet immeuble.

Elle pointa du doigt la tour grise qui dominait le quartier, et Stella ne put la quitter des yeux. Elle n'avait jamais remarqué à quel point ce bâtiment était beau. Quelque chose à voir avec la texture de la pierre, ces nuances de gris qui, de loin, faisaient penser à du velours ou de la soie. Elle avait envie de faire un commentaire sur la douceur de la dureté, ou la durceur de la douceté, la soie et la pierre, mais les mots ne lui venaient qu'en espagnol.

– Je ne compte pas coucher avec toi, dit-elle finalement.

La journaliste eut un rire nerveux.

– Je sais bien, répondit-elle. Je te propose juste des œufs au plat et un peu de conversation.

11

– Et merde. Je voulais te demander de laver la voiture, mais j'ai complètement oublié, dit Úrsúla lorsque Nonni lui apporta un bol de *skyr*[1] alors qu'elle travaillait à l'ordinateur.

– Je n'ai pas le courage aujourd'hui, répondit-il en lui massant les épaules. Tu ne veux pas simplement prendre la mienne demain ?

– Non, ça ira. Je survivrai une journée de plus. Quelque chose a moisi à l'arrière, il y a une odeur infecte. Ça t'embêterait de t'en occuper demain soir ?

– Promis.

Il déposa un baiser sur sa tempe. Elle s'inclina contre lui. Elle aurait aimé que cet instant dure encore pour savourer la sensation de ses lèvres sur sa peau, mais il se redressa, et à nouveau elle fut envahie du sentiment qu'il était trop bon pour elle, même s'il ne semblait pas s'en rendre compte.

– Tu as travaillé tout le week-end, tu ne veux pas t'autoriser une petite balade dominicale avec nous ? J'avais promis aux enfants de les emmener à la piscine et manger une glace.

1. Yaourt épais islandais. *(Toutes les notes sont du traducteur.)*

Elle soupira. Elle avait encore quelques mails à parcourir et des informations à réunir sur la future nationale Sud, sans oublier sa nouvelle assistante.

– J'attends un coup de fil d'Eva Adalbjörnsdóttir. Elle est prête à prendre les choses en main.

– Génial ! s'exclama Nonni. Tu vas recevoir les conseils d'une femme qui a le nez fin autant pour la mode que pour la politique.

Úrsúla rit.

– Quelques conseils de mode ne me feront pas de mal. J'aimerais tellement pouvoir me contenter de faire comme les hommes et changer de cravate de temps en temps.

– Tu es toujours magnifique. Mais sérieusement, c'est génial, mon amour, dit-il en l'embrassant à nouveau sur la tempe. Eva semble prendre son travail au sérieux. Le week-end prochain, tu lui confies tes mails et tu viens à la piscine avec nous.

Il se retourna dans le cadre de la porte, sourit et lui adressa un clin d'œil. L'espace d'une seconde, elle sentit renaître en elle l'étincelle qu'elle avait si souvent perçue quand il lui souriait ainsi. Il était de plus en plus beau à mesure que les années passaient, et il ne faisait aucun doute qu'il vieillirait bien. Un peu de gris dans ses cheveux sombres ou sa barbe ne le rendraient que plus séduisant. Elle voyait bien à quel point il attirait le regard des autres femmes, et lorsqu'ils sortaient, lorsqu'ils se mêlaient à la foule, elle était fière d'être son épouse. Mais cette étincelle s'accompagnait invariablement de la culpabilité qui imprégnait tous leurs échanges depuis qu'ils étaient revenus vivre en Islande. Il lui demandait régulièrement ce qui n'allait pas. Qu'ils soient chez leur conseiller conjugal ou seuls à la maison, elle ne pouvait dire à voix haute qu'elle ne ressentait plus rien à son égard ni envers les enfants, qu'elle savait qu'elle les aimait mais ne parvenait pas à l'éprouver réellement. Elle ne pouvait pas dire qu'elle ne ressentait pour eux que la tendresse qu'elle éprouvait pour les gens en général. Qu'elle aimait les gens, qu'elle avait de l'empathie pour eux, qu'elle voulait les aider, eux trois compris. Mais qu'au-delà de ça… rien, à vrai dire.

Elle avait pourtant été avertie, autant lors de ses diverses formations que par ses collègues sur place qui lui racontaient le syndrome de stress post-traumatique dont souffraient certains de leurs collaborateurs. Celui-ci pouvait se manifester par des poussées de fièvre, des tremblements, des cauchemars, ou chez d'autres personnes par une forme de torpeur émotionnelle. Elle appartenait visiblement au second groupe. Or, elle ne s'était jamais attendue à y être confrontée. Elle était endurante, avait la tête sur les épaules, elle s'était crue raisonnable, pragmatique, prête à tout affronter. Mais cela avait changé quand Médecins sans frontières l'avait empruntée au Haut-Commissariat des Nations unies pour les réfugiés afin d'organiser les camps d'urgence au Liberia, lorsque l'épidémie d'Ebola avait éclaté.

Après quelques semaines d'entraînement à ravaler sa peur, dans sa combinaison jaune intégrale où les larmes se mêlaient à la sueur sous cette chaleur écrasante, à voir à travers ses lunettes le corps humain se transformer en une mare indiscernable de vomi, d'excréments, de glaire et de sang, elle avait eu la sensation que la réalité se résumerait désormais à cela. La véritable condition humaine que personne ne connaissait en Islande, que personne ne pouvait comprendre, qu'elle ne pouvait raconter à personne. Il n'y avait aucun moyen d'en parler. Aucun mot pour décrire cette épidémie. Et, en même temps, elle ne pouvait pas non plus garder ces images en mémoire. Depuis, elle se sentait à vrai dire comme constamment vêtue d'une combinaison de plastique.

Mais elle n'avait pas la force d'en parler à Nonni. Elle n'avait pas la force de lui dire qu'elle n'était plus là, que quelque chose s'était perdu en elle, s'était mêlé à la terre ensanglantée du Liberia ou avait explosé avec une bombe en Syrie, et qu'elle n'était plus tout à fait sûre des sentiments qu'elle éprouvait à son égard. Elle ne pouvait pas le dire, alors, quand il lui demandait ce qui n'allait pas, elle secouait la tête et répondait « rien ». Que tout allait bien. Elle ne supportait pas l'idée de lui faire du mal.

12

La lumière du jour filtrait par la fenêtre. Ce devait donc être le milieu de la journée. Se redressant sur le canapé, Stella fut envahie d'une sensation d'effroi tandis que dans son esprit flottaient des fragments de souvenirs du week-end. Elle avait à vrai dire l'impression d'avoir dormi depuis le vendredi, alors qu'elle n'avait sans doute pas fermé l'œil ces dernières quarante-huit heures, même si l'on ne pouvait pas pour autant dire qu'elle avait été véritablement éveillée. Elle avait passé le week-end dans une sorte de transe, tandis que ses sens prenaient le contrôle sur son intellect. Désormais, il fallait remettre ces fragments en ordre.

– Tu as un putain d'appart ! s'exclama-t-elle quand Gréta, la journaliste, apparut dans le salon, apprêtée, maquillée et souriante, comme si elle était levée depuis longtemps.

– Merci, répondit-elle. Payé grâce à un héritage. On ne vit pas dans ces conditions avec un salaire de journaliste.

Stella contempla la vue par l'immense baie vitrée qui s'élevait du sol au plafond. Le vieux centre était gris de neige à moitié fondue, tandis que les toits de tôle ondulée dessinaient des taches multicolores dans la grisaille environnante. Gréta se rendit dans la cuisine où elle fouilla avec énergie dans les tiroirs et les placards.

– Je prépare du café ! s'exclama-t-elle.

Stella essaya de se remémorer ce qui s'était passé depuis qu'elle avait raccompagné la journaliste. Elle se rappelait avoir mangé du bacon et des œufs, avoir bu quelques canettes de bière et avoir eu un fou rire hystérique au sujet de quelque chose qui ne semblait plus si drôle avec le recul. Elle rejoignit la salle de bains, urina et se lava le visage avant de boire l'eau glacée du robinet jusqu'à ce que son ventre soit plein. Pourtant, elle avait encore soif. Quand elle retrouva Gréta dans la cuisine, celle-ci était en train d'aligner des viennoiseries sur le plateau du four pour les réchauffer.

– Euh… je suis un peu dans le flou par rapport à hier soir, je suis obligée de te demander… commença-t-elle avant d'être aussitôt interrompue.

– Je suis peut-être désespérée, mais je ne suis pas perverse, fit Gréta d'un ton sec. Les femmes inconscientes ne m'intéressent pas.

– Désolée, marmonna Stella avant de s'asseoir sur l'un des sièges de bar.

Comment Gréta parvenait-elle à être aussi belle ? Enfin, belle sur l'échelle des vieilles filles pathétiques.

– Tu as pris quelque chose ce matin pour être en forme comme ça ? demanda-t-elle.

Gréta sourit.

– Pour être honnête, je ne touche pas aux ecsta des Anna. Je n'aime pas perdre le contrôle. Je me suis contentée de boire du champagne pour l'essentiel de la soirée.

Cela expliquait pourquoi elle semblait avoir les idées si claires, alors que Stella avait le cerveau en compote.

– Ne le dis à personne, poursuivit Gréta, même si ça n'a pas vraiment d'importance, vu que je n'ai pas l'intention d'y retourner. Ce genre d'ambiance, c'est pas bon pour moi.

Stella sourit d'un air compréhensif. Elle se disait la même chose à chaque fois.

– Tu ne vas jamais sur les applis de rencontre ? demanda-t-elle.

Gréta secoua la tête.

– Je me suis inscrite sur Tinder, mais ça ne donne rien, répondit-elle avec un sourire contrit. Les femmes auxquelles je m'intéresse ne veulent pas de moi.

Stella eut le même picotement au cœur que la veille quand elles avaient quitté la fête ensemble. Tout au fond, elle ressentait comme un besoin d'aider cette femme. Si Gréta commençait par améliorer son look, ne serait-ce qu'un tout petit peu, elle accroîtrait grandement ses chances de trouver la perle rare.

– Je vais arranger ton profil, dit Stella en tendant la main.

Gréta lui donna son téléphone d'un air dubitatif. Stella commença par changer sa photo pour en choisir une plus récente et moins formelle. Une vieille photo de passeport avec une expression crispée, ce n'était pas le meilleur argument de vente. Elle ajouta quelques clichés supplémentaires où la journaliste arborait plus ou moins la même coiffure que maintenant.

– Il n'y a rien de plus énervant que d'arriver à un rendez-vous et de se rendre compte que la personne en face a utilisé des photos qui datent de Mathusalem, dit-elle en jetant un regard accusateur à Gréta.

– J'essayais juste de m'enlever quelques années et quelques kilos.

– Grave erreur. On n'aime pas se sentir piégé. Et pendant que tu pièges des femmes qui te croient jeune et mince, tu rates celles qui aimeraient une femme plus âgée et plus voluptueuse.

Elle avait dit *voluptueuse*, quand d'autres adjectifs auraient été plus appropriés, mais elle ne voulait pas la vexer en disant de but en blanc que certaines filles aimaient les grosses.

– Elles existent, celles-là ? siffla Gréta.

Stella la regarda avec incrédulité. Dans quel monde vivait-elle ?

– Bien sûr. Le problème, c'est simplement que tu te fais passer pour une personne que tu n'es pas. Quand on te rencontre, on a l'impression que tu es le genre de nana à passer ses journées dans son fauteuil relax à tricoter devant la télé. Alors que tu habites dans un appart de ouf avec des tableaux couverts de taches de peinture et tout le reste.

– Ce sont des Jeff Elrod. Originaux.

– Si tu le dis. Regarde. Je ne sais même pas s'ils sont à l'endroit ou à l'envers. Mais toi, tu sais. Pourtant, on ne le croirait pas en te voyant, tu me suis ?

– C'est quoi le problème ? Mes vêtements ?

Stella l'observa tandis qu'elle cherchait la bonne formulation pour expliquer à cette femme comment cesser d'être une tocarde.

– Bon. Si tu tiens vraiment à porter ce genre de costumes pour bonne femme…

– Des tailleurs ?

– Oui. Donc, si tu veux être en tailleur, pas de problème. Mais, dans ce cas, limite-toi au noir, au bleu marine ou au gris. Mise sur le look *power lesbian* plutôt que sur l'ambiance maison de retraite. Les couleurs pastel, c'est à dégager.

– Elles fonctionnent bien à la télé.

– Tu n'es pas obligée de passer ta vie en uniforme de travail ! Le pastel hurle « personne âgée » !

– Je n'ai même pas quarante ans !

– Exactement.

Se concentrant à présent sur le texte de présentation de Gréta sur son profil Tinder, Stella soupira. Même avec sa gueule de bois carabinée, elle pourrait sans doute lui sortir à cet instant quelque chose de plus appétissant que le pavé que la journaliste avait composé.

– L'idée, c'est de mettre en avant ses forces, expliqua Stella. Plutôt que de vouloir atténuer ses faiblesses.

Elle effaça l'historique des diplômes de la journaliste, ses opinions politiques ainsi que la mention *relation stable*, dont elle semblait en quête, remplaçant le tout par quelques lignes qui sauraient à coup sûr éveiller l'intérêt. Elle lui rendit son téléphone et sourit fièrement pendant que Gréta lisait sa description d'un air surpris :

« Femme bien en chair sûre d'elle, passionnée de culture et financièrement indépendante qui rêve d'une princesse à câliner, avec qui rire et s'amuser. »

– Tu me diras combien de *matchs* tu as obtenus, fit Stella, contente d'elle-même.

13

Sa tanière était à l'abri du vent et de la pluie et, comme la température extérieure était à peine descendue en dessous de zéro, sa combinaison lui suffisait pour rester au chaud. Il enfila sa capuche avant de s'endormir et se réveilla ainsi confortablement réchauffé. Du moment que l'on restait au sec, on pouvait supporter des températures glaciales. Il le savait d'expérience. Il tira la petite lampe torche de sa poche poitrine et éclaira la coupure du journal. Úrsúla et le Diable. C'était trop douloureux pour être vrai. Songer que cette âme innocente avait fini entre Ses griffes… Il avait de la chance d'avoir pu la prévenir avec son petit mot. Restait à espérer qu'elle en tiendrait compte. Elle avait un jour écouté religieusement tout ce qu'il avait à lui dire, elle l'avait regardé avec ses grands yeux pleins de questions, elle avait attendu avec incertitude de découvrir s'il plaisantait ou pas, et si lui-même se mettait à rire, alors elle s'y autorisait aussi, de tout son petit cœur. Il racontait souvent des bêtises, parfois même des choses qu'une enfant n'aurait pas dû entendre. Ce fichu schnaps pouvait faire ressortir le pire chez les hommes, et en cela il n'était pas différent des autres.

Il ouvrit un mince interstice et jeta un coup d'œil hors de sa tanière. Il avait besoin de pisser et de se dégourdir les jambes, mais il ne voulait pas qu'on le voie se glisser hors de sa cachette. C'était son lieu à lui, le meilleur endroit pour la suivre et l'observer. Il ne voulait surtout pas qu'on le mette dehors.

Personne à portée de vue. Il se faufila à l'extérieur, marchant dans la neige qui craquait sous ses pas. Au bout de la rue se trouvait le vieux cimetière, où il pourrait faire son affaire en paix.

Amical, l'homme de la petite épicerie du coin lui réchauffa son sandwich et lui dit qu'il avait droit à un café gratuit. Il en profita et but trois tasses qu'il compléta de quelques gouttes de lait, puis il grignota deux ou trois morceaux de sucre en attendant que le sandwich soit grillé. Il régla avec les pièces que le garçon de Hlemmur lui avait données. À peine ressorti du magasin, il mordit dans le sandwich dont le fromage fondu lui brûlait les lèvres et s'amusa à observer les motifs que formait la fumée qui s'en échappait dans l'air glacial.

Il mangea tout en marchant. Arrivé à la maison d'Úrsúla, il balaya la neige sur un petit poteau en béton de l'autre côté de la rue, s'assit et observa la femme par la fenêtre. Elle était assise à son bureau, son profil tourné vers lui, et un instant il eut la sensation que rien n'avait changé, qu'elle était toujours la petite fille pleine de vie qui lui posait sans cesse des questions. Cette sensation disparut toutefois quand il se rappela qu'elle avait un pied dans l'antre du Diable, et il fut soudain frappé de terreur, tandis que la lumière jaune de la lampe de bureau, qui un instant auparavant lui avait paru chaleureuse et agréable, évoquait à présent les vives flammes de l'Enfer.

LUNDI

14

– Je dois t'avouer que j'ai complètement oublié, dit Ódinn, le chef de cabinet. Je me renseigne auprès de ta secrétaire et je regarde ça aujourd'hui.

Úrsúla sourit pour cacher son impatience. Ce n'était quand même pas la mer à boire, elle avait juste besoin de savoir à qui s'adresser pour donner suite à cette histoire de plainte pour viol perdue. L'explication aurait pris à Ódinn deux ou trois minutes, tout au plus. Enfin, il est vrai qu'elle avait mentionné cette affaire alors qu'il s'apprêtait à s'en aller, après leur première réunion, il n'avait effectivement rien pu noter. Il fallait qu'elle s'habitue au rythme du ministère avant de commencer à imposer ses règles. C'était du moins l'une de ses ambitions : des pouvoirs publics plus efficaces qui travaillaient vite. Tout prenait un temps fou, les dossiers traînaient pendant des semaines dans les limbes de l'administration. Parmi eux, ceux qui concernaient l'accueil des réfugiés – son domaine de spécialité. Les demandeurs d'asile devaient parfois attendre des mois pour obtenir une réponse à leur recours en justice, et cette incertitude constante pouvait les mener à la folie, avec les conséquences qui s'ensuivaient. Elle savait trop bien à quel point un avenir incertain pouvait être traumatisant. Le *carpe diem* était un concept d'Occidentaux aisés qui n'avaient pas à craindre le lendemain. Devoir survivre au jour le jour, échapper à la mort encore quelques heures était contraire à toute dignité humaine. Raccourcir les délais des décisions ministérielles figurait en tout cas tout en haut de sa liste. Elle n'avait certes qu'un an pour agir, mais elle comptait bien faire quelque chose d'utile de ces douze petits mois.

Elle s'installa à son bureau avec l'énorme dossier sur la nationale Sud. C'était l'affaire dont on lui avait parlé lorsqu'on lui avait proposé le poste, en lui expliquant qu'il allait falloir prendre une décision difficile. La construction de cette route avait été déléguée à une entreprise privée, ce à quoi elle n'était pas particulièrement favorable, mais le fait est, en l'occurrence, que l'inaction de l'État avait coûté la vie à un certain nombre de personnes. Il fallait impérativement rénover et agrandir au plus vite les voies de communication de la région Sud-Ouest, soumises à une pression grandissante depuis l'explosion du tourisme.

Quand midi sonna, elle avait l'impression d'avoir travaillé une journée entière et n'arrivait plus à organiser ses pensées. Elle avait fait circuler une note invitant tous les employés à se réunir dans le hall du deuxième étage où elle comptait leur adresser un discours. À présent, face à eux dans l'escalier, elle se trouvait à court d'inspiration et se contenta de les remercier pour leur accueil chaleureux, et de souhaiter à tous une bonne future collaboration. Souriant d'un air satisfait, Ódinn lança une vague d'applaudissements qui se diluèrent bientôt dans un brouhaha faiblissant tandis que les employés enfilaient leur manteau pour se préparer à aller déjeuner à la cafétéria de l'administration. Affamée, Úrsúla suivit le mouvement. Lorsqu'elle arriva dans le réfectoire, les joues rouges d'avoir remonté la rue d'un pas vif, elle fut accueillie par une cuisinière paniquée et songea que les ministres n'avaient visiblement pas l'habitude de manger ici.

– Asseyez-vous, je vous en prie, dit la cuisinière. Je vous apporte votre repas.

– Ce n'est pas nécessaire, répliqua Úrsúla.

Ódinn apparut alors pour insister à son tour.

– En général, seul le ministre de l'Économie déjeune ici, parce que ça l'arrange. Quand les autres ministres se présentent, on ne veut pas qu'ils perdent de temps à faire la queue. J'ai donc demandé à ce qu'ils puissent s'asseoir directement et à ce qu'on leur apporte leur repas. Tu manges de tout, n'est-ce pas ?

– Oui, oui, fit Úrsúla.

Soulagée, la cuisinière se précipita vers ses fourneaux tandis qu'Ódinn saisissait avec douceur le coude d'Úrsúla pour la mener lentement mais fermement jusqu'à son siège.

– Cette table est réservée pour les ministres et leurs proches collaborateurs. On te servira systématiquement.

Úrsúla soupira. Elle devrait céder à ces attentions étouffantes au début, le temps que les gens apprennent à la connaître et à lui faire confiance. Protester pourrait passer pour de l'impolitesse, et elle ne voulait offenser personne en critiquant les usages.

À peine fut-elle assise que la cuisinière réapparut avec un plateau qu'elle posa devant elle. Úrsúla la regarda dans les yeux et sourit.

– Merci beaucoup. Vous me dorlotez.

Rayonnante, la femme tira une petite bouteille de la poche de son tablier et la laissa sur le plateau.

– La sauce des ministres, dit-elle.

Devant la mine perplexe d'Úrsúla, Ódinn expliqua :

– Sauce pimentée. Pour renforcer le système immunitaire.

Se retenant de rire, Úrsúla remercia à nouveau la cuisinière. Le chef de cabinet ne plaisantait donc pas avec cette histoire de gastro. Elle n'aimait pas particulièrement la nourriture trop épicée, mais elle ne ferait pas de vagues durant ces premiers jours, même si après tout ce protocole elle n'était pas sûre d'avoir envie de revenir manger à la cafétéria. En revanche, elle ne changerait pas d'avis concernant le chauffeur, malgré les recommandations de son entourage. Elle n'avait même pas de chauffeur en Syrie, elle n'allait certainement pas se laisser conduire ici aux quatre coins de la ville comme une princesse.

Elle eut terriblement envie d'une cigarette après son repas. Avant de regagner le couloir des ministres, elle se faufila vers le balcon du troisième étage que la femme de ménage lui avait montré avant le week-end et la trouva sur place.

– Comment ça va ? dit-elle alors que la jeune fille tendait son briquet allumé vers le bout de sa cigarette.

– Ça va. Et vous ?

– Pas trop mal, fit-elle en riant. Ce matin, j'ai découvert que mon chef de cabinet avait la mémoire courte, qu'il y avait une table des ministres et une sauce des ministres à la cafétéria. J'ai hâte de voir ce qu'il me reste à apprendre pour pouvoir me faire ma place ici.

– N'oubliez pas la poubelle des ministres, dit la fille.

– Quoi ?

– Vous ne pouvez jeter vos documents et vos papiers que dans une seule poubelle, la noire qui est dans votre bureau. Je m'occupe de les passer à la déchiqueteuse avant de les emporter au recyclage.

15

Elle savait que le début de la semaine serait difficile, mais elle était loin d'imaginer à quel point. Arrivant à peine à garder les yeux ouverts, elle craignait de s'endormir sur son chariot de ménage à chaque pas. C'était le problème avec ces week-ends de fête, et les Smarties ne faisaient qu'empirer la situation : elle pouvait dormir pendant des jours et des jours après coup. Plus jamais elle ne toucherait à ça. À partir de maintenant, je me contenterai de boire de la bière, songea-t-elle avant de se rappeler qu'elle ne retournerait jamais chez les Anna non plus.

Elle jeta un coup d'œil autour d'elle. Personne. Elle se glissa dans le local de ménage et s'y enferma. Il fallait qu'elle s'allonge un instant. S'emparant de deux paquets de chiffons qu'elle plaça sous sa tête, elle s'étendit par terre et, les paupières à peine fermées, s'endormit.

Elle se réveilla d'un bond, le corps tremblant sur le sol froid, lorsque son téléphone se mit à vibrer. Elle se redressa sans avoir la moindre idée du temps qui s'était écoulé et porta l'appareil à son oreille.

– Allô ?

– Salut, c'est Gréta.

– Qui ça ?

– Gréta. Merci pour ton aide.

L'esprit apathique de Stella se mit à fouiller dans les fragments de souvenirs du week-end. Avait-elle rencontré une dénommée Gréta lors de la soirée ? Ou bien était-ce une employée du ministère qu'elle ne remettait pas ?

– Ah, oui. Salut. Je t'en prie.

Mieux valait faire comme si de rien n'était en attendant que son interlocutrice se présente un peu mieux. Elle se leva et, prise d'un vertige, dut prendre appui contre l'évier d'acier.

– Comment ça va ? fit-elle.

– Bien, bien, répondit l'inconnue. Je voulais juste te dire que j'ai eu deux *matchs*.

– Quoi ?

– Sur Tinder. Depuis que tu as *pimpé* mon profil.

Stella soupira de soulagement. Il s'agissait évidemment de la journaliste, dont elle avait oublié le prénom, mais elle se souvenait à présent de lui avoir donné son numéro de téléphone.

– Génial ! Je te l'avais bien dit, répliqua-t-elle. Elles sont mignonnes ?

Elle était un peu curieuse de découvrir le genre de femmes capables de s'intéresser à Gréta, avec la description qu'elle en avait faite sur son profil.

– Oui. Une en particulier.

– Génial. Bonne chance pour la suite.

Elle s'apprêtait à raccrocher pour regarder sur le téléphone l'heure qu'il était, voir si elle avait le temps de se rallonger une minute ou si elle devait passer la serpillière afin qu'on la voie travailler.

– Mais euh… qu'est-ce que je fais maintenant ? demanda Gréta, d'un ton presque désespéré.

– Ben… tu parles avec elle, répondit Stella. Tu passes la semaine à discuter, et tu l'invites à un rendez-vous ce week-end.

– Mais je dois me rendre à un dîner pour le travail, une sorte de pot annuel.

– Demande-lui si elle ne veut pas t'y accompagner. Tu n'es pas censée être célèbre ? Une femme qui mord à l'hameçon de la princesse n'aura sans doute rien contre l'idée de se faire inviter à dîner avec toutes les stars de la télé.

Stella dut raccrocher d'un coup, car elle ne se sentait pas bien. Elle se pencha sur l'évier pour vomir. Putain, elle était décidément incapable de tenir le choc. Plus jamais, jamais, jamais elle ne se rendrait chez les Anna. Elle finissait toujours par se laisser emporter devant le buffet des possibles et buvait trop, fumait trop d'herbe, avalait trop de pilules.

Lorsque ses haut-le-cœur eurent cessé, elle but quelques gorgées d'eau, mais eut de nouveau envie de vomir car celle-ci n'était pas tout à fait froide. Les tuyaux menant au local de ménage devaient se mêler quelque part, et l'eau qui sortait du robinet était toujours tiédasse. Il était 12 h 30, elle pouvait prendre sa pause déjeuner. Manger un peu soulagerait son estomac, mais d'abord elle avait besoin d'une cigarette. La nicotine apaiserait ses tremblements et ses vertiges, sans parler de ce désir quasi irrépressible de fumer encore de l'herbe. Il fallait qu'elle tienne le coup cependant, car elle n'avait plus un rond.

Sur le balcon, le vent frais lui fit retrouver ses esprits. Vêtue d'une simple tee-shirt, elle tremblait de froid, mais au moins elle n'avait plus envie de dormir.

– Bonjour, murmura la nouvelle ministre en arrivant à son tour. Comment ça va ?

– Ça va, marmonna Stella avant de lui tendre son briquet.

– Qu'est-ce que c'est ? fit la ministre en effleurant le tatouage sur son bras tandis qu'elle prenait une première bouffée de sa cigarette.

Stella tressaillit. Le contact lui avait semblé chargé d'électricité. Son sang était visiblement encore imprégné du cocktail de drogues qu'elle avait avalé durant le week-end.

– Ægishjálmur, le Heaume de terreur, répondit-elle. C'est le nom d'un vieux symbole magique islandais qui me protège contre les mauvais sorts et les ennemis.

La ministre sourit en aspirant une deuxième bouffée.

– Je devrais m'en faire faire un, dit-elle. Ça marche aussi pour la politique, non ?

16

– Comment ça, vous ne vous en souvenez pas ?

Essayant de contrôler l'agacement dans sa voix, Úrsúla avait envie de hurler.

– Vendredi matin, le lendemain de la passation de pouvoirs, une femme est venue, c'est même vous qui l'avez fait entrer dans mon bureau. Elle avait pris rendez-vous à l'époque où Rúnar était encore ministre, et je vous ai confié tous les éléments afin que vous inscriviez une demande au registre.

– Je suis vraiment désolée, cela avait été une journée difficile, répondit Freyja, la secrétaire. Les changements d'équipe sont toujours…

Úrsúla leva la main pour l'interrompre. Hors de question de supporter un énième laïus uniquement destiné à lui faire comprendre que sa secrétaire était plus expérimentée qu'elle. Elle s'apprêtait à rappeler à Freyja qu'elle lui avait expressément demandé de raccompagner la mère en larmes vendredi lorsque Eva fit son apparition, les bras chargés de vêtements.

– J'ai pris deux tailles pour chaque tenue, dit-elle. À toi de les essayer, je rendrai tout ce qui ne va pas ou que tu n'aimes pas au magasin.

Úrsúla la suivit dans le bureau et ferma la porte.

– Ma secrétaire refuse de m'écouter. Qu'est-ce que je dois faire ?

Après avoir jeté la pile de vêtements sur le canapé, Eva attrapa une première blouse.

– Laisse-lui une chance. Le personnel est généralement au bord de la crise de nerfs quand un nouveau ministre prend ses fonctions, et on a été prévenus de ton arrivée quasiment à la dernière minute. Elle va peut-être se mettre au diapason après quelques jours. Si ce n'est pas le cas, tu demanderas à Ódinn de te trouver quelqu'un d'autre, dit-elle en soulevant le chemisier pour le montrer à Úrsúla.

Beige clair, avec un fin motif floral, il était composé d'une matière qui brillait comme du satin.

– C'est mignon, non ?

– Très.

Úrsúla avait une entière confiance en Eva pour ce qui était des vêtements. Non seulement elle avait un goût bien plus sûr qu'elle, mais elle avait également échafaudé tout un tas de théories sur la symbolique des tenues des femmes en politique.

– Ódinn et ma secrétaire semblent tous deux avoir des problèmes de mémoire et je me demande si cela n'a pas à voir avec cette affaire, un dossier que je leur ai confié à tous les deux. J'ai l'impression que leur mémoire sélective n'est qu'un moyen détourné de contrôler de quels dossiers j'ai le droit de me charger.

– Et c'est quoi, cette affaire qu'ils ont décidé d'oublier ? demanda Eva pendant qu'elle étendait un pantalon et une veste sur le canapé pour les assortir avec un haut.

– Une mère de famille est venue vendredi pour me demander où en était la plainte pour viol de sa fille.

– Je vois. Pas vraiment une bonne publicité pour tes débuts. Ils essaient juste de te protéger, dit Eva en lui tendant le pantalon.

Úrsúla retira celui qu'elle portait, probablement un peu trop bohème pour une ministre, et enfila le modèle monochrome que lui avait donné Eva.

– Je n'ai pas noté son numéro de téléphone ni son adresse mail. J'ai tout remis entre les mains de Freyja. Je me rappelle juste que la femme s'appelle Rósa, je n'ai même pas son nom de famille.

– Si elle s'est présentée au ministère, elle doit figurer dans le registre de la réception avec son nom complet et ses coordonnées. Tu n'as qu'à demander à l'hôtesse d'accueil.

Úrsúla se sentit soulagée. Elle avait complètement oublié cette option, elle-même entrant toujours dans le bâtiment par la porte de derrière. Elle confierait sa nouvelle requête directement à Ódinn.

17

Il se réveilla en se cognant la tête et crut un instant qu'il était au foyer pour sans-abris et que quelqu'un s'était jeté sur lui, avant de se rappeler qu'il était en sécurité dans sa tanière. Son trou. Pris d'un vertige, il eut la sensation de tanguer – difficile de trouver ses repères dans l'obscurité. Fouillant dans sa poche de poitrine, il retrouva sa petite lampe torche qui éclaira son abri, et soudain il eut le sentiment que c'était Noël. Non pas le Noël dernier, où il avait mangé à l'Armée du Salut et chanté des psaumes, mais Noël comme quand il était enfant. Quand sa mère allumait des bougies, préparait des gâteaux en écoutant les vœux à la radio, qu'ils se lisaient à voix haute des contes. Il aurait aimé avoir un livre avec lui ici. Tout ce qu'il avait sous la main, c'étaient des journaux, et la coupure de presse avec la photo d'Úrsúla en compagnie du Diable. Il l'éclaira une nouvelle fois, essaya de lire quelque chose dans ses yeux, mais ceux-ci ne donnaient aucune indication. C'était le défaut des photos. Elle souriait, ce qui suggérait qu'elle était heureuse, mais comment pouvait-elle l'être avec ce type ? De toutes les femmes, Úrsúla Aradóttir était la mieux placée pour savoir qu'elle aurait dû se méfier de lui.

Il sentit un fourmillement dans son pied, généralement annonciateur d'une crampe. Il essaya de changer de position, d'étendre la jambe, mais l'abri était trop étroit. La douleur était en train de gagner. Il tenta de s'ébrouer un peu, de taper du pied, cela ne fonctionnait que temporairement : déterminée, la crampe voulait revenir quoi qu'il advienne. Il frappa encore son talon contre le mur. C'était cette foutue jambe, celle qu'il s'était fracturée à l'époque et qui ne cessait de lui causer des problèmes depuis. Il inspira et souffla rapidement pour ne pas crier de douleur et, l'espace d'un instant, il songea à saisir la poignée fluorescente dont il se servait pour ouvrir la porte et sortir. Mais sa tête tournait trop pour qu'il parvienne à se lever. Il fallait qu'il attende que ses vertiges cessent. Il attrapa une viennoiserie dans sa poche, qu'il avala en quelques bouchées. Manger quelque chose de sucré calmait parfois la douleur. Cette fois, il recracha le petit pain. Il n'arrivait pas à avaler, avec cette fureur qui lui nouait la gorge. Il était si furieux contre Úrsúla d'avoir forgé une alliance avec ce monstre. Le Diable personnifié qui frappe un homme à terre. Le Diable qui n'a pas peur de tuer.

Il continua de taper son pied contre le mur, et la crampe passa. Sa respiration se calma, l'abri cessa de tanguer. Le silence s'abattit. Puis il entendit le bruit de pas qui s'approchaient dans la neige.

18

Après avoir jeté les ordures ménagères, Stella était en train de vider le récipient de la déchiqueteuse dans le conteneur à recycler quand son téléphone sonna. Toujours le même numéro qu'à midi.

– C'est encore Gréta.

– Ah oui. Salut. Désolée de t'avoir raccroché au nez.

– Pas de problème, je me demandais juste si tu ne pouvais pas me guider un peu…

Stella observa la tour grise où la journaliste habitait, qui semblait désormais laide et incolore dans le crachin. Pas de velours, pas de soie ni de vibrantes nuances. Rien que du gris, et soudain elle se laissa envahir par la tristesse qui suivait inévitablement la prise de Smarties. Tout paraissait si affreux en comparaison. Cette tour toujours plus laide, les flocons de neige fondue purement et simplement dégueulasses tandis qu'ils lui glissaient dans le cou, et Gréta, plus agaçante que jamais.

– Écoute, je suis occupée là…

La journaliste l'interrompit :

– Ta journée n'est pas terminée ? Tu ne veux pas passer chez moi en chemin ? Je suis en train de faire à manger.

Stella soupira. Elle était affamée – autre conséquence d'un week-end à planer, elle pouvait manger sans s'arrêter pendant des jours, peut-être à cause de la dépense de vitamines durant son trip. Et elle était complètement à sec, dans sa chambre ne l'attendaient que de la soupe en poudre et des biscottes. À moins de dîner chez Gréta, en échange de conseils sur la façon de draguer cette femme rencontrée sur Tinder.

Incapable de former une pensée cohérente, elle se retrouva finalement bientôt assise dans la cuisine de la journaliste, à grignoter des biscuits apéritifs avec la bière que cette dernière lui avait servie.

– Elle utilise peut-être de vieilles photos, elle aussi, dit-elle afin de réduire un peu les attentes de Gréta qui semblait euphorique d'avoir reçu un *match* pour la première fois.

– Je m'en fiche qu'elle soit plus vieille et plus grosse aujourd'hui.

– Un rendez-vous reste un rendez-vous, fit Stella en acquiesçant.

Gréta avait beau être une star du petit écran, elle ne pouvait pas vraiment se permettre d'être trop exigeante. Mais cette femme qui avait manifesté de l'intérêt pour elle était bel et bien mignonne. Étrangement mignonne, même. Elle venait probablement de faire son coming out, elle se cherchait, ou peut-être qu'elle avait vu Gréta à la télévision et n'était attirée que par sa célébrité.

– Par quoi je commence ? demanda cette dernière en émincant des champignons qu'elle jeta dans une casserole. J'aurais besoin d'un truc pour… tu vois… briser la glace.

– Dis juste « salut », répondit Stella.

C'était ce qu'elle faisait, et jusque-là cela lui avait plutôt réussi.

– Juste « salut » ?

– Oui. Tu dis « salut », elle répond quelque chose, et voilà… vous commencez à discuter.

Posant son couteau, Gréta attrapa son téléphone. Elle regarda l'écran un bref instant, comme pour réunir le courage de se lancer, et Stella ressentit à nouveau une forme de compassion pour elle. Cette pauvre femme avait vraiment quelque chose de pathétique.

– J'espère qu'elle va répondre vite, je vais mourir de stress.

Gréta jeta son téléphone sur le plan de travail, comme si l'appareil était brûlant, puis elle versa un quart de litre de crème sur les champignons.

– Mieux vaut penser à autre chose, marmonna-t-elle. Elle est comment, la nouvelle ministre ?

– Sympa, fit Stella. On fait nos pauses cigarette ensemble.

– Ah oui ? Je ne l'aurais jamais crue du genre à fumer. Et de quoi vous parlez pendant ces pauses ?

– De tout et de rien.

– Ça a l'air d'être une dure à cuire.

– Comment ça ?

– Bah… elle a un sacré palmarès, elle a fait plein de trucs, tu vois. Camps de réfugiés, Médecins sans frontières, zones sensibles. Elle a l'air accro à l'adrénaline. Pas le genre de personne qu'on s'attend à voir devenir ministre. Ça me paraît être beaucoup de paperasse par rapport à ce qu'elle a fait avant.

Gréta tendit le bras vers son téléphone pour voir si l'inconnue lui avait répondu.

– Rien, dit-elle d'un ton angoissé.

– Pas de stress, fit Stella en sentant son ventre gargouiller. Si ça ne marche pas, tu sais ce qu'on dit… une de perdue, dix de retrouvées. Au pire, il y a toujours la bonne vieille sorcellerie islandaise pour s'attirer les faveurs d'une dulcinée, ajouta-t-elle en pointant du doigt le tatouage sur son bras.

Gréta se mit à rire.

– Si tu es capable de faire un petit tour pour qu'elle tombe amoureuse de moi, je ne suis pas contre.

– Je ne plaisante pas, répliqua Stella en avalant une poignée de biscuits avant de boire une gorgée de bière. Il existe un vieux tour de magie pour enchanter les filles. Il est même plutôt simple.

Gréta la regarda d'un air inquisiteur, comme pour voir si elle était sérieuse.

– Je ne sais pas trop si je crois à ce genre de choses, dit-elle finalement en remuant sa sauce aux champignons.

Stella haussa les épaules.

– La magie, c'est comme l'effet placebo. Si tu y crois, ça marchera.

19

Il y avait quelque chose d'irréel dans la façon dont l'hôtesse d'accueil secouait la tête, comme si Úrsúla vivait dans une dimension particulière de l'existence et ne parvenait pas à établir de connexion avec la suivante, où se trouvaient les autres employés du ministère. Cela ne collait pas, tous les visiteurs qui pénétraient dans le bâtiment étaient inscrits dans un registre à leur entrée et à leur sortie. Úrsúla demanda à la femme de chercher encore une fois, dans l'ordinateur puis dans le livre, ce qu'elle fit sans trouver la moindre visite pour le vendredi matin.

– On a peut-être oublié de la noter ? demanda Úrsúla, sans trop d'espoir toutefois – mais autant essayer, le registre était géré par des êtres humains, et les êtres humains font des erreurs.

– C'est improbable. Personne n'est autorisé à entrer sans avoir pris rendez-vous. Je téléphone systématiquement à l'étage pour informer de l'arrivée du visiteur et mon interlocuteur me répond oui ou non. Si on me dit non, je n'autorise tout simplement pas l'entrée. Évidemment, tout peut arriver, mais…

– La femme avait rendez-vous. Elle devait rencontrer Rúnar, mon prédécesseur. Cela a dû être noté.

La secrétaire consulta à nouveau le planning du vendredi avant de hausser les épaules.

– C'est une femme dans la cinquantaine qui est venue me voir, précisa Úrsúla, espérant que sa description rafraîchirait la mémoire de la secrétaire. Il me semble que c'était juste avant midi, elle est restée un quart d'heure et Freyja l'a raccompagnée en bas. Cela ne vous dit rien du tout ?

La secrétaire avait commencé à secouer la tête avant même qu'Úrsúla ait terminé sa phrase.

– C'était une journée difficile, dit-elle. Les changements de ministre sont toujours chargés pour nous, il y a beaucoup d'allées et venues dans le bâtiment. Je suis vraiment désolée.

Elle baissa les yeux sur son bureau au lieu de regarder Úrsúla en face. Celle-ci commençait à bouillir. La formulation était presque identique à celle que Freyja avait employée : journée difficile, changement de ministre, blabla, désolée. Impossible de discuter avec des gens qui vous présentent leurs excuses.

Úrsúla soupira. Eva avait sans doute raison : le personnel du ministère était stressé à cause du changement d'équipe, et Ódinn avait sûrement fait circuler le message qu'on ne devait pas déranger la nouvelle ministre pour une petite affaire. Il était tout à fait possible que le nom de la femme ait été rayé du planning pour empêcher qu'Úrsúla ne se mêle de ce problème. Cela partait sans doute d'une bonne intention, mais il allait falloir qu'elle explique à son chef de cabinet qu'elle n'aimait pas se laisser contrôler ainsi.

Elle ressortit par la porte du personnel à l'arrière du bâtiment. La neige s'était amoncelée sur sa voiture. Elle tira sur la manche de son manteau tout neuf, choisi par Eva, et balaya l'épaisse couche qui en recouvrait le toit pour pouvoir ouvrir sa portière. Cette fois, elle avait verrouillé les portes et s'était garée sur une place non réservée, afin d'éviter tout colis surprise comme le vendredi précédent. Elle ne put cependant s'empêcher de vérifier l'intérieur du véhicule. La puanteur y était insupportable, elle enverrait Eva la faire nettoyer le lendemain. Elle ne pouvait pas laisser Nonni s'en charger par un temps pareil. Elle trouva la pelle dans le désordre qui régnait par terre et gratta l'essentiel de la neige accumulée sur le pare-brise et les autres vitres, puis elle s'assit et démarra.

La circulation était lente à cause des intempéries, les déneigeuses n'étaient passées que sur les voies principales. Úrsúla ouvrit la fenêtre pour avoir un peu d'air frais, mais le vent envoya aussitôt dans la voiture une bourrasque de neige dont il était difficile de dire si elle venait directement du ciel ou du toit. Il était bientôt l'heure des nouvelles. Elle alluma la radio, l'éteignit à nouveau en percevant un claquement à l'arrière. Elle tendit l'oreille un instant, puis ralluma finalement l'autoradio. À vrai dire, elle aimait écouter les actualités sur le chemin du retour, ainsi elle n'avait pas besoin de demander aux enfants de se taire en mangeant et pouvait regarder le journal télévisé en replay quand ils étaient couchés.

Le journaliste évoquait les critiques de membres des deux formations de la coalition envers le Premier ministre pour avoir confié ce poste à Úrsúla plutôt qu'à l'un des hommes plus âgés et plus expérimentés de leurs partis respectifs. C'est alors qu'elle entendit le claquement de nouveau. Elle baissa le volume, le remonta aussitôt car elle voulait entendre la fin du reportage. Ce devait être un glaçon qui s'était coincé dans l'une des roues. Le Premier ministre se défendait avec aisance, affirmant qu'on pouvait toujours critiquer ses choix, que de nombreuses personnes étaient qualifiées pour ce poste, mais que la parité était une règle essentielle dans son parti, sans oublier le fait qu'une grande connaissance de la problématique des réfugiés était un atout majeur.

Úrsúla sursauta en entendant un nouveau claquement, cette fois plus fort que le précédent, aussitôt suivi d'un second moins puissant. En vérité, cela ressemblait à un bruit de fusillade au loin. Chaque claquement émettait une légère vibration dans la carrosserie, comme s'ils provenaient du coffre. Il fallait qu'elle jette un coup d'œil. Quelque chose de lourd semblait aller et venir à l'arrière. Peut-être qu'elle avait oublié une bonbonne de gaz pour le barbecue depuis l'été passé. Elle tourna dans un grand parking près du port. Elle voulait s'arrêter au niveau de la barrière, mais les congères étaient si hautes de part et d'autre qu'elle dut pénétrer à l'intérieur pour espérer pouvoir sortir de son véhicule sans se retrouver avec de la neige plein les chaussures.

Elle coupa le moteur, sortit, s'immobilisa en entendant un autre claquement. Cette fois, la voiture était arrêtée, rien ne pouvait bouger. C'était comme si le coffre abritait un être vivant. Elle jeta un regard circulaire, regrettant soudain de s'être rendue au port, car même si elle n'avait pas quitté la ville, elle était absolument seule dans un espace vide, sur un parking mal éclairé. Si toute émotion positive semblait profondément enfouie en elle, la peur, elle, pouvait facilement refaire surface, et parfois un simple sentiment d'isolement suffisait à lui faire perdre ses moyens.

Elle hésita à se rasseoir derrière le volant, à rentrer et à demander à Nonni de jeter un coup d'œil au coffre. Mais un claquement supplémentaire lui fit changer d'avis. Elle n'avait pas envie de repartir dans ces conditions. Elle envisagea également d'appeler la police, mais éloigna cette pensée à la perspective de se retrouver devant des hommes en uniforme qui se moqueraient de sa paranoïa. Elle se fit alors violence, s'approcha de la voiture et tendit la main pour ouvrir le coffre.

20

Gunnar s'était habillé en moins de trois minutes. Arrivé chez la ministre, il jeta un coup d'œil au miroir du vestibule et nota que, malgré sa précipitation, il avait plutôt fière allure. Sa cravate était soigneusement nouée, et il avait réussi à lisser ses cheveux de manière assez nette sur la route. L'appel du ministère l'avait surpris, alors qu'il commençait tout juste à digérer sa déception. Il avait abandonné son dîner, une escalope de poulet cuite à la vapeur, et s'était précipité dehors.

– Bonjour, dit l'agent de la Direction de la Sécurité nationale en charge de la protection des membres du gouvernement.

Gunnar l'avait rencontré à plusieurs reprises, mais impossible de se rappeler son prénom. Il se souvenait juste que celui-ci avait une consonance russe. Il le suivit dans le salon où, face à deux policiers en uniforme, la nouvelle ministre était assise, le bras autour d'une adolescente qui avait enfoui son visage dans le creux de son épaule. Dans la cuisine ouverte, juste derrière, un grand brun, probablement son mari, était occupé à préparer du café.

– Que se passe-t-il ? murmura Gunnar à son interlocuteur.

– Un sans-abri qui s'était caché dans son coffre s'est jeté sur elle.

– Mon Dieu…

– Oui… cela faisait visiblement plusieurs jours qu'il vivait là-dedans. Quoi qu'il en soit, elle a finalement décidé de suivre les recommandations des autorités et d'accepter d'avoir un chauffeur. Tu commences aujourd'hui.

La ministre étant encore occupée à livrer son témoignage aux policiers, l'homme enjoignit à Gunnar de le suivre.

– À partir de maintenant, tu vas la chercher à la porte chaque matin et tu la raccompagnes tous les soirs. S'il n'y a personne à la maison, tu la suis à l'intérieur et tu vérifies les points suivants.

Lui tendant une liste, l'homme énuméra les éléments sur son propre exemplaire tandis que Gunnar faisait avec lui le tour du propriétaire.

– Porte de derrière verrouillée, fenêtres en bon état. Au rez-de-chaussée, fenêtres en bon état, lumières fonctionnelles. Premier étage : fenêtres en bon état, lumières fonctionnelles, porte du balcon verrouillée, pas de vitre cassée.

– Je connais le protocole, dit Gunnar.

L'homme s'arrêta de lire.

– C'est un nouveau règlement. Le risque d'agression sur les ministres s'est accru. Être chauffeur pour un élu n'est plus le même travail qu'il y a quelques années.

– J'ai suivi une formation de garde du corps. Je connais le protocole.

Au moment où ils regagnèrent le salon, les policiers étaient en train de partir. Le mari apporta le café – trop tard.

– Vous en voulez ? demanda-t-il.

Gunnar secoua la tête. Il n'en buvait pas, cela le rendait nerveux.

– Voici votre nouveau chauffeur, dit l'agent de la Sécurité nationale.

L'intéressé se pencha et tendit la main à la ministre.

– Gunnar, dit-il.

– Úrsúla, répondit-elle.

Sa poignée de main était ferme et chaleureuse.

– Je vous présente Nonni, mon mari. Herdís, ma fille. Nous avons aussi un fils de dix ans qui est chez un ami ce soir. Dieu merci.

– Oui, vous avez dû avoir une belle frayeur.

– En effet. J'imagine que Boris vous a tout raconté en détail. Je n'ai rien, mais j'ai fait une bonne chute dans la neige. Et mes certitudes en ont pris un coup. Vous savez que je comptais conduire moi-même ?

Gunnar hocha la tête, soulagé de pouvoir remettre un prénom sur le visage de l'homme qui l'avait accueilli.

– J'ai travaillé en Syrie, où on entendait des bombes à longueur de journée, et avant cela au Liberia durant l'épidémie d'Ebola. En général, j'ai les reins solides, mais on ne s'attend pas à avoir le moindre problème en Islande. J'ai été prise de court.

Gunnar hocha la tête. Elle cherchait visiblement à se justifier, à prouver qu'elle n'était pas du genre à paniquer pour rien, mais c'était inutile. Il était ravi d'obtenir enfin l'emploi de ses rêves.

– Gunnar se chargera donc de votre sécurité, intervint Boris. Le mieux est de ne pas ouvrir la porte le matin avant qu'il vienne sonner.

– Pourquoi ? demanda l'adolescente.

– Dernièrement, certains ministres ont reçu des petits « cadeaux » sur leur perron. Des saletés, des tags sur leur porte, ce genre de choses.

Les yeux de la jeune fille s'écarquillèrent dans un mélange de surprise et de terreur. Elle regarda Gunnar d'un air suppliant.

– Vous allez protéger ma mère ?

– Oui, répondit-il en souriant. Je vais m'assurer qu'il ne lui arrive rien.

MARDI

21

Úrsúla saisit l'enveloppe en plastique qu'Eva lui tendait et souleva l'ouverture pour jeter un coup d'œil aux pages imprimées. Les quotidiens *Fréttablaðið* et *Morgunblaðið* ainsi que l'hebdomadaire *DV* et de nombreux médias en ligne avaient parlé de l'affaire lorsqu'elle avait éclaté six mois auparavant, mais rien de récent. Le dernier article remontait à cinq mois.

– On donne la date de la plainte mais aucun nom n'est mentionné, ni celui de la mère ni celui de la fille, commenta Eva.

– Cela devrait suffire à Ódinn, il ne doit pas y avoir trente-six policiers à Selfoss qui ont reçu une plainte pour viol. Cela doit être inscrit quelque part.

– Oui, il est écrit ici que l'adolescente s'est rendue au centre médical sur place, qu'un kit de viol a été commandé auprès de l'hôpital national de Reykjavík et que la police de la capitale a été contactée pour prendre sa plainte, dans la mesure où celle-ci était dirigée contre un agent des forces de l'ordre locales.

– OK. Super, merci, Eva, dit Úrsúla en lui rendant l'enveloppe plastifiée. Tu peux passer voir Ódinn et lui dire que j'exige l'ouverture d'une enquête officielle pour savoir où en est cette affaire ?

Eva hocha la tête et tourna les talons. S'asseyant devant l'ordinateur, Úrsúla consulta ses mails. Son assistante les avait déjà filtrés, annotant ceux auxquels elle devait répondre en personne. Elle trouverait le temps de le faire avant son premier Conseil des ministres.

Terminant la tasse de café que sa secrétaire lui avait apportée, elle avait déjà répondu à une grande quantité de mails lorsque Eva réapparut à la porte.

– J'ai appelé ton chauffeur. Le conseil va commencer. Tu as un entretien rapide avec le Premier ministre juste après.

– Il va vouloir aborder le sujet de la nationale Sud, dit Úrsúla. Je ne suis pas vraiment prête. J'ai encore tout un tas de paperasse à parcourir.

– Tu peux contacter Rúnar pour obtenir les informations dont tu as besoin, suggéra Eva en lui ouvrant la porte. Je peux aussi te faire un compte rendu.

Úrsúla hocha la tête. Ce ne serait sans doute pas de refus, elle avait peu d'heures à consacrer à un travail de recherche nécessitant une grande concentration.

– C'est tellement stupide de se faire conduire entre deux bâtiments, alors que j'irais plus vite à pied, dit-elle.

La peur éprouvée la veille semblait soudain infondée en plein jour, et elle regrettait amèrement d'avoir finalement accepté un chauffeur et une voiture de fonction.

– Crois-moi, ça vaut mieux. Tu n'as pas envie d'arriver là-bas tout essoufflée et les pieds trempés devant la foule de journalistes qui attend les membres du gouvernement, répliqua Eva en tenant son manteau pour qu'elle puisse l'enfiler.

– Je peux m'habiller toute seule, fit remarquer Úrsúla, provoquant le rire de son assistante.

– Apprends à accepter qu'on soit à ton service. Ça ira mieux.

Úrsúla eut un sourire en coin. C'était ce que lui disait souvent Nonni. Il aimait la choyer. C'était sa manière de lui montrer son amour, de lui montrer combien elle était précieuse pour lui, même s'il le faisait aussi en partie pour lui faire comprendre à quel point elle était mieux à la maison avec sa famille que dans une zone de conflit à essayer de sauver le monde.

Eva lui tendit l'ordre du jour du Conseil des ministres qu'elle parcourut rapidement en se dirigeant vers l'ascenseur.

– Qu'a dit notre cher chef de cabinet quand tu lui as montré l'enveloppe ? demanda-t-elle une fois la porte automatique refermée.

– Il m'a expliqué, ou devrais-je plutôt dire *mecspliqué*, que ce genre de dossier ne pouvait pas être une priorité tant que d'autres affaires plus importantes attendaient, mais qu'il respecterait évidemment la volonté de la ministre et lancerait une enquête.

– Pauvre petit, soupira Úrsúla. Je le lui rappellerai plus tard dans la journée, puis demain à nouveau. Encore et encore, jusqu'à ce qu'il se lasse de ce petit jeu et fasse enfin ce que je lui demande.

– Bienvenue dans le monde de la politique, répondit Eva.

Úrsúla se mit à rire.

– Je ne crois pas y rester très longtemps. C'est une mission temporaire, j'espère juste repartir en ayant changé deux, trois petites choses.

Elle avait toujours imaginé qu'elle passerait l'essentiel de sa carrière les mains dans le cambouis, à essayer d'apporter un peu d'ordre au chaos. Avoir des enfants rendait toutefois cette ambition difficile et, lorsqu'elle était tombée enceinte de Herdís, elle s'était résolue à accepter un poste administratif au sein du

Haut-Commissariat des Nations unies pour les réfugiés. Mais cela n'avait pas duré. À peine avait-elle pris ses fonctions qu'elle avait accepté de se rendre sur place dans les camps de réfugiés afin de réunir des informations. Après cela, elle s'était de temps en temps accordé un congé sans solde, quand tel institut ou telle association lui réclamait de l'aide, jusqu'au jour où Nonni en avait eu assez. Un an auparavant, il avait exigé qu'ils retournent en Islande, qu'elle trouve un travail qui ne la priverait pas de sa famille pendant des semaines. Un travail qui lui offrirait autre chose qu'un quotidien d'épidémies et de bombes. Mais elle nourrissait toujours quelque part ce désir d'un avenir poussiéreux sous un soleil de plomb où elle pourrait essayer d'apaiser les souffrances des autres.

– On verra, dit Eva. La politique, c'est un virus. Une fois que tu es infectée, il est difficile de t'en débarrasser.

Úrsúla rit.

– J'ai échappé à Ebola au Liberia, je devrais m'en sortir ici.

22

La veille au soir, ils l'avaient laissé prendre une douche avec du savon, lui avaient donné un pantalon et un tee-shirt propres avant de l'enfermer dans la cellule. Ensuite, ils lui avaient offert un petit-déjeuner, puis lui avaient remonté les bretelles et ordonné de ne plus s'approcher de la ministre. Les policiers d'aujourd'hui n'étaient pas des mauvais gars. Pas comme à l'époque, où on l'avait tabassé pour rien.

L'agent qui avait pris sa déposition avait une expression sévère en lui demandant s'il savait à qui appartenait le véhicule dans lequel il s'était réfugié. Il avait secoué la tête, avait prétendu que c'était une simple coïncidence. Il avait bien envie de faire confiance à ce jeune policier qui semblait honnête, de lui dire qu'Úrsúla était en danger, entre les griffes du Diable, mais il n'avait pas osé. Il n'était pas impossible que le Malin eût la main ici aussi. Ses mensonges et ses stratagèmes s'étendaient partout.

Il passa devant la station de bus de Hlemmur, devenue trop chic pour qu'il puisse y traîner depuis les travaux de rénovation avec ses restaurants en tout genre. Les gens perdaient l'appétit en sentant son odeur, lui avait dit le gardien. Il rejoignit directement le marchand de journaux.

– Bien le bonjour, dit-il en entrant.

Le vieux caissier qui travaillait ce jour-là soupira, avant de se diriger vers la thermos pour lui servir un café.

– Tu as dormi au commissariat ?

– Service cinq étoiles.

Sirotant son café, il resta un petit moment appuyé au comptoir et observa les deux hommes assis aux machines à sous.

– Ça leur arrive de gagner quelque chose sur ces appareils ?

– Bah… Quelques pièces, de temps en temps. Je pense que ce qui les intéresse le plus, c'est de jouer. C'est pas l'argent, contrairement à ce qu'ils croient.

Remerciant le caissier pour le café, il jeta le gobelet dans la poubelle et sortit dans la tempête de neige qui venait à présent de l'ouest et semblait gagner en intensité. Il descendit la rue Laugavegur en direction du foyer. Si celui-ci n'ouvrait qu'en fin de journée, les gars traînaient parfois devant à boire un coup. Peut-être que l'un d'eux partagerait sa bouteille avec lui. Ses mains s'étaient mises à trembler.

23

Quand les photographes eurent quitté la salle de réunion, Úrsúla se rendit compte à quel point elle avait craint ce moment : être assise à cette table emblématique qu'elle avait si souvent vue dans les journaux, être l'un des acteurs, l'un des dirigeants souriants qui posaient, mains sur les genoux, avant de fermer la porte sur le reste du monde pour prendre leurs décisions. Elle fut toutefois soulagée de constater combien l'ambiance était décontractée une fois ladite porte refermée.

– Où sont les beignets ? lança le Premier ministre, et l'assemblée se mit à rire.

C'était visiblement une habitude. Lorsque le plat fut disposé sur la table, la plupart des ministres se penchèrent pour prendre une pâtisserie et la tremper dans leur café, suivant l'exemple du chef du gouvernement. Deux des femmes s'abstinrent, se contentant de boire de l'eau gazeuse. Elles faisaient probablement attention à leur ligne – Gudrún, la ministre des Affaires sociales, était plutôt bien en chair. Les femmes politiques devaient toujours soigner leur allure, tandis que les hommes semblaient ne jamais s'en soucier, n'hésitant pas à déboutonner leur veste et à exhiber fièrement la bedaine qui tendait leur chemise.

Quand l'assemblée se dispersa, elle songea finalement avec soulagement que ce premier conseil n'avait pas été bien différent de n'importe quelle réunion professionnelle, exercice auquel elle était depuis longtemps rodée. La seule chose qui l'avait marquée, c'était la façon si formelle dont ils s'interpellaient entre eux, n'utilisant non pas leur prénom, mais leur titre.

– Café ? proposa le Premier ministre lorsqu'ils se retrouvèrent seuls.

Úrsúla secoua la tête. Se rapprochant, elle prit place à côté de lui au bout de la table. Par la fenêtre lui apparaissaient les immeubles qui encadraient la place Lækjartorg où une petite déneigeuse dégageait la route et salait les trottoirs pour les passants.

– Plus j'y pense, poursuivit le Premier ministre en tendant le bras pour attraper un énième beignet qu'il trempa prudemment dans son café, plus je me dis que c'était une excellente décision de réunir à nouveau les transports, les administrations locales et la justice en un seul ministère de l'Intérieur.

Il croqua dans son beignet et continua de parler tout en mâchant.

– Rúnar n'était simplement pas l'homme de la situation, mais j'ai la nette impression que tu le seras.

– Merci, répondit Úrsúla. J'espère ne pas décevoir tes attentes ni celles des deux partis.

– Je n'ai aucun doute à ce sujet, fit le Premier ministre, la bouche toujours pleine.

Úrsúla se racla la gorge et inspira profondément.

– Passons au gros dossier, suggéra-t-elle.

Le Premier ministre hocha la tête.

– Bien que la nationale Sud ait été l'une de nos principales promesses de campagne, il va falloir trouver un moyen de faire machine arrière, dit-il. Soit on explique que le budget ne suit pas, sans trop rentrer dans les détails, soit on dit que le projet est mis en attente jusqu'aux prochaines élections, qu'on planche dessus, quelque chose comme ça. Ainsi, on peut y mettre un terme sans trop de vagues. Fais confiance à Ódinn pour inventer un prétexte béton.

Úrsúla ouvrit la bouche, mais elle n'eut pas le temps de prendre la parole.

– Enfin, si tu te sens le courage, tu peux assumer la responsabilité de cette décision toute seule, mais tu risques de payer les pots cassés.

– C'est bien le problème, glissa Úrsúla. Il y a consensus sur la construction de cette route, tous les sondages montrent que nos concitoyens y sont favorables. L'évaluation de l'impact écologique a été validée, ainsi que le financement. Pourquoi faut-il y mettre fin ?

– Tu trouves approprié qu'un parti social-démocrate défende un projet de route privée qui va forcer les Islandais à devoir payer pour voyager dans leur propre pays ? fit-il en saisissant un nouveau beignet.

Úrsúla se demanda s'il avait pris un petit-déjeuner.

– Bien sûr, confier ça à une entreprise privée n'est pas l'idéal, mais tu penses vraiment qu'il existe un autre moyen pour que cette route voie le jour dans un futur proche ?

Le Premier ministre reposa son beignet et soupira, la tête baissée sur sa tasse de café, comme s'il y cherchait une miette.

– Je t'ai vu à la télévision quand tu as présenté le plan, ajouta Úrsúla. Tu me l'as vendu, comme à tout le monde. Pourquoi as-tu changé d'avis à présent ?

Le Premier ministre fit tournoyer le fond de café qui restait dans sa tasse avant de le siroter bruyamment. Puis il se racla la gorge et regarda Úrsúla dans les yeux.

Elle fut décontenancée par le bleu électrique de ses iris. Elle avait souvent remarqué son regard perçant sur les photos, mais jamais en vrai. Il y avait sans doute quelque chose dans la froide lumière de l'hiver entrant par la fenêtre qui le faisait ressortir.

– C'est une affaire délicate, dit-il à voix basse. Il faut qu'on règle ça d'une manière ou d'une autre, le plus tôt sera le mieux.

Il se tortilla sur son siège, posa les coudes sur la table et se pencha vers Úrsúla.

– Il y a un problème concernant le financement, reprit-il. Les fonds de pension sont les principaux investisseurs, l'État possède quelques parts et une grande partie du projet est aussi financée par des fonds étrangers.

– J'ai regardé ça, répondit Úrsúla. Je ne vois pas où est le problème.

– Le problème… c'est qu'il s'avère que l'un de ces fonds d'investissement, à vrai dire le plus important, n'est étranger que sur le papier. Il appartient en réalité à un Islandais.

Le Premier ministre se racla de nouveau la gorge.

– Ingimar Magnússon, ajouta-t-il.

Úrsúla le fixa, bouche bée.

– Ingimar Magnússon, le seul, l'unique ?

– Hmm. Oui.

– Oups.

La réponse lui avait échappé.

– Eh oui, acquiesça le Premier ministre en s'appuyant à nouveau contre son siège, les yeux rivés sur la table, l'air gêné, comme un enfant qui vient de faire une grosse bêtise. C'est bien le mot.

24

En sortant sur le parvis du siège du gouvernement, perdue dans ses pensées, Úrsúla dut se retenir d'éclater de rire lorsqu'elle vit son chauffeur se précipiter pour lui ouvrir la portière. Lui ne semblait pas du tout prendre sa mission à la légère. Habillé comme un garde du corps étranger en costume noir, chemise blanche et cravate noire, il était également équipé d'une oreillette blanche dont le fil disparaissait sous son col.

– Je me sens un peu ridicule de ne pas faire ces quelques dizaines de mètres à pied, dit-elle, comme pour s'excuser, même si c'était sans doute la dernière personne auprès de laquelle elle devait se justifier – après tout, c'était son travail.

– La plupart des gens qui ont eu un chauffeur ont du mal à s'en passer après, répondit-il.

C'était ce qu'Ódinn lui avait dit. Peut-être était-ce la réponse automatique des membres de l'administration quand ils voulaient forcer un ministre à se laisser conduire à droite et à gauche, avec ce même mélange d'autorité et de sollicitude qu'elle avait subi ces derniers jours.

– Je vais finir par m'habituer, dit-elle avant de se rendre compte que cela pouvait constituer un manque de respect. Je ne veux en aucun cas minimiser l'importance de votre travail, s'empressa-t-elle d'ajouter. C'est juste une sensation étrange d'être devenue un personnage vers lequel sont tournés tous les regards.

Le chauffeur hocha la tête.

– Je sais, dit-il avec calme. Vous vous y ferez.

Lorsqu'ils furent arrivés au ministère, elle attendit qu'il sorte de voiture et vienne lui ouvrir, comme il le lui avait demandé. Puis il l'accompagna jusqu'à la porte et ne fit demi-tour que lorsque Eva les eut rejoints, avec à la main un téléphone qu'elle tendit à Úrsúla.

– J'ai l'impression d'être une enfant, murmura-t-elle à son assistante en prenant l'appareil.

– C'est Rósa, chuchota Eva à son tour. La femme qui est venue te voir vendredi…

Úrsúla n'eut pas besoin d'en entendre davantage. Elle soupira de soulagement.

– Je suis contente d'avoir de vos nouvelles, dit-elle.

La femme commença aussitôt à s'excuser.

– J'espère que vous ne m'en voudrez pas de vous contacter par l'intermédiaire de votre assistante, votre numéro me renvoie au Conseil des ministres, et je ne voulais pas vous appeler directement chez vous…

– Tout va bien, fit Úrsúla. Je voulais justement vous parler. Je n'ai pas noté votre numéro de téléphone et ma secrétaire semble avoir perdu vos coordonnées. Je suis désolée.

– Non, non, vous n'avez pas à vous excuser, répliqua la femme. Je suis vraiment reconnaissante que quelqu'un veuille nous aider. Tout le monde semble s'être ligué contre nous. Depuis maintenant six mois, les camarades de ma fille la harcèlent sur Internet, on la traite de « pute du village ». Elle qui n'a jamais couché avec qui que ce soit… en dehors… en dehors…

La voix de la femme se brisa. Úrsúla ne savait pas quoi dire, aucun mot ne pourrait la consoler.

– Je suis vraiment navrée, dit-elle d'une voix basse. C'est un monde cruel, et il n'y a rien de plus douloureux que de voir ses enfants en faire l'expérience.

Elle entendit la femme soupirer puis renifler.

– Donnez-moi votre nom complet, votre date de naissance, ceux de votre fille aussi, reprit-elle en essayant de paraître plus énergique. Je vais confier ces informations directement à mon chef de cabinet dès ce matin, l'enquête devrait être rapidement ouverte.

Úrsúla fut surprise du grognement de mépris à l'autre bout du fil.

– Si vous avez toujours le même chef de cabinet, je doute qu'il se passe grand-chose, répliqua la femme. Je lui ai parlé je ne sais combien de fois, il me promet qu'il va se renseigner, mais il ne se passe jamais rien.

25

– Pourquoi tu ne mets pas à profit l'intérêt que tu as pour l'Histoire et le folklore islandais en faisant des études là-dessus ? demanda Stefán en fixant sur elle ce regard inquisiteur qui avait toujours eu le pouvoir de capter son attention.

C'était pour cette raison que Stella l'écoutait religieusement, comme elle le faisait depuis qu'il était devenu son conseiller alors qu'elle n'avait que dix ans. C'était aussi la raison pour laquelle elle le rencontrait encore une fois par mois dans un café, même s'il avait pris sa retraite depuis longtemps déjà. Ce qu'elle comprenait moins, c'était pourquoi il acceptait de lui consacrer encore du temps et de se montrer aussi généreux envers elle.

– Je crois que l'école gâcherait tout, répondit-elle en regardant par la fenêtre.

La neige incessante était en train de s'accumuler sur la vitre, bientôt on ne pourrait plus rien voir à l'extérieur.

– L'école gâche toujours tout, ajouta-t-elle.

Il sourit derrière sa barbe grise, et Stella lui rendit la pareille.

Il semblait toujours prendre plaisir à la voir et elle lui en était reconnaissante, même si elle s'agaçait parfois de son ingérence.

– Et puis, les intellectuels ne croient pas à la magie. Ils font juste des recherches sur ses origines, la façon dont elle était utilisée, poursuivit-elle. J'ai lu plein d'articles, personne n'utilise plus la magie.

– Pourquoi, d'après toi ? demanda-t-il, le regard pétillant.

– Parce que les gens croient que ça ne marche pas, que ce sont juste des foutaises.

– De vieilles croyances, ajouta Stefán, amusé.

– Oui, et je le comprends. Mais… et si c'était une ressource mal exploitée ? Et si la magie fonctionnait, si c'était possible de l'utiliser ?

Stefán soupira, souriant jusqu'aux oreilles.

Son sourire disparut instantanément quand la serveuse s'approcha et demanda en anglais à Stella si elle voulait commander autre chose.

– Elle est islandaise même si elle a le teint mat, siffla-t-il.

Stella sourit à la jeune fille et secoua la tête.

– Oh, je ne savais pas que vous parliez islandais, fit cette dernière, contrite.

– Pas de problème, répondit Stella.

Habituée, elle ne se formalisait plus lorsqu'on s'adressait à elle en anglais, ce qui arrivait de plus en plus souvent depuis l'explosion du tourisme – les étrangers étaient aujourd'hui bien plus nombreux que les Islandais dans le centre de Reykjavík.

– Tu allais dire… ? demanda-t-elle à Stefán qui semblait encore énervé.

– Les gens qui souffraient du froid et de la faim, qui étaient accablés par la maladie, la superstition, la peur des trolls et des fantômes avaient besoin de croire qu'ils pouvaient reprendre un peu le contrôle de leur existence. Mais je ne vois pas en quoi le *Nábrók*[2] ou les *Fretrúnir*[3] pourraient être utiles à nos contemporains, pour être tout à fait honnête.

Stella rit. C'était tellement typique de sa part d'évoquer les runes de pets. Elle devait bien admettre que certains vieux symboles islandais étaient à mourir de rire. Mais d'autres pouvaient être réellement bénéfiques, même encore aujourd'hui.

– OK, OK, dit-elle. Mais imagine à quel point cela serait intéressant de se rendre invisible. Et si tu voulais rencontrer une femme, je pourrais t'aider.

– Je suis encore parfaitement heureux avec ma chère Ása, répliqua Stefán en souriant.

Il tendit alors la main et la posa sur le bras de Stella.

– Mais je comprends tout à fait que, petite fille, tu aurais aimé te rendre invisible.

Il la regarda de nouveau avec des yeux inquisiteurs, et toujours ce même ton de sollicitude dans la voix.

– Est-ce que tu n'essaierais pas, comme les gens au XVIIe siècle, d'avoir un tant soit peu de contrôle sur ta vie avec ces histoires de magie ?

2. « Nécro-culotte », sortilège consistant à se fabriquer un pantalon avec la peau d'un homme mort. Accompagné du symbole magique correspondant, ce sortilège permettait d'accéder à d'infinies provisions de pièces d'or.

3. « Runes de pets », runes utilisées en sorcellerie pour causer des problèmes gastriques chroniques à ses ennemis.

26

En fin de journée, pendant qu'elle rangeait son bureau, Úrsúla songea aux mille autres façons dont elle aurait pu s'y prendre pour que la plainte pour viol fasse l'objet d'une enquête plus approfondie. Enfin, il était trop tard. Ce qui était fait était fait. Et elle devait admettre que le sang battait un peu plus fort dans ses veines à présent. Elle avait sans doute eu besoin de se changer les idées après cette matinée avec le Premier ministre. Ou peut-être qu'elle avait simplement eu envie de voir Thorbjörn – le seul à éveiller une émotion en elle depuis qu'elle était rentrée en Islande. Sa proximité faisait naître un désir qu'elle n'avait pas ressenti depuis bien trop longtemps, et elle ne parvenait pas à se l'expliquer. Quoi qu'il en soit, à peine avait-il mis un pied dans son bureau qu'il l'avait attirée à lui pour l'embrasser.

Elle lui avait ensuite expliqué l'affaire et il avait immédiatement répondu que la solution était simple. Réunissant les articles imprimés par Eva, il avait noté le numéro de téléphone de la mère et plié le tout avant de le ranger dans la poche de sa veste. Son attitude détachée impressionnait Úrsúla autant qu'elle l'agaçait.

– Je peux organiser une interview avec la mère, dit-il. Ça fera parler.

– Bonne idée, répondit Úrsúla. Comme ça, tu demandes au ministère où on en est, ce qui m'obligera à faire pression pour qu'on relance l'enquête. On ne pourra plus balayer ça sous le tapis.

En discutant avec la mère au téléphone, elle avait conclu que les méthodes classiques ne conviendraient pas dans ces circonstances. Il fallait qu'elle fasse quelque chose pour briser la bulle de silence où le ministère avait tendance à ranger les affaires délicates. Elle en profiterait pour faire comprendre à tous ses collaborateurs qu'elle ne tolérerait pas ces méthodes. Si son année à ce poste avait pour unique résultat une plus grande efficacité dans le traitement des demandes adressées aux pouvoirs publics, elle en serait déjà contente. Il fallait faire le ménage au sein de l'institution, et elle n'avait pas peur de se lancer dans cette entreprise. La seule question, c'était de savoir si Thorbjörn était vraiment son meilleur atout pour cela.

– Comment te sens-tu ? demanda-t-il d'une voix chaleureuse.

Elle déglutit. Il avait été si doux avec elle quand elle s'était figée et renfermée au beau milieu d'une interview sur son séjour au Liberia. C'était à son retour en Islande, après un bref passage dans les camps de réfugiés en Syrie, symbole de l'enfer pour la plupart de ses compatriotes. Sous le feu des projecteurs, elle avait dû s'interrompre d'un coup, tant elle trouvait la situation inappropriée face à la misère dont elle avait été témoin. Les mots lui manquaient pour décrire son travail et elle n'était même pas sûre qu'on puisse tirer du positif de son témoignage. Certaines choses étaient simplement trop affreuses pour être partagées. Ebola en faisait partie. Thorbjörn avait dit qu'il comprenait. Il ne l'avait pas poussée, malgré ses deux jours de recherche pour préparer l'entretien, qui par ailleurs avait déjà été annoncé par le *Journal du Web*. Après cet événement, la pensée de Thorbjörn avait provoqué en elle une sensation de chaleur nouvelle, et à présent qu'il la regardait d'un air intrigué et lui demandait comment elle se sentait, elle fut de nouveau envahie par cette même vague d'émotion.

– Tout va très bien, dit-elle.

Elle toussa d'un air gêné. Secouant la tête, il lui prit le bras, l'attira à lui, l'embrassa. Un instant, Úrsúla se laissa faire, avant de le repousser, malgré l'envie pressante qu'elle ressentait de reposer sa tête contre son torse, de se réfugier dans sa puissante étreinte, de disparaître en lui et d'oublier.

Elle finit de ranger ses affaires avant de se rasseoir et de faire bouger la souris de son ordinateur pour le rallumer. Elle devait se ressaisir avant de rentrer. La culpabilité qui l'étreignait depuis plus d'un an s'était encore amplifiée, comme il fallait s'y attendre. Non seulement elle ne ressentait plus rien à l'égard de sa famille, mais en plus elle avait laissé cet homme l'embrasser – pire, elle lui avait rendu son baiser. C'était mal à tout point de vue. Et en même temps, son cœur battait comme il n'avait pas battu depuis longtemps, à un rythme nouveau qui envoyait des ondes d'euphorie dans tout son corps. Elle ferma les paupières, revit cet instant.

Thorbjörn n'avait pas changé. Large d'épaules, les cheveux rasés, une barbe de deux jours sur les joues. Elle se demandait même s'il ne portait pas la même chemise à carreaux que le jour où il l'avait interviewée.

– Tu ne vas pas bien, avait-il murmuré en la serrant contre lui.

Elle avait alors été envahie d'un profond sentiment de reconnaissance. C'était si bon d'être comprise. Si bon de sentir son empathie.

– Tu ne vas pas bien du tout. Mais je peux t'aider.

27

La batterie de la visseuse électrique étant déchargée, Gunnar dut terminer son travail à l'aide d'un tournevis que Jón, ou Nonni – ainsi que la ministre appelait son mari –, lui avait prêté. La boîte aux lettres encastrée dans la porte était maintenant condamnée, la famille allait devoir se faire à l'idée de ne plus recevoir ses journaux gratuits le matin. La missive qui attendait la ministre sur le tapis quand elle était rentrée était visiblement écrite par un personnage troublé, avec des lettres irrégulières, des lignes vacillantes, des gribouillages hésitants et de nombreuses taches d'encre. Mais le message était pour le moins perturbant : *N'oublie pas que la mort accompagne toujours le Diable.*

Gunnar avait pris la feuille de papier des mains d'Úrsúla et l'avait glissée dans une enveloppe qu'il transmettrait à la Sécurité nationale, chargée de réunir et d'analyser toutes les menaces reçues par les hommes et femmes au pouvoir. Parfois, c'étaient les mêmes fous qui harcelaient plusieurs politiciens.

– Je passerai à la poste demain et je demanderai à ce qu'on vous ouvre une boîte postale. J'irai chercher votre courrier deux ou trois fois par semaine, dit Gunnar.

Le mari d'Úrsúla le regarda d'un air surpris.

– Vous pouvez peut-être vous occuper de nos courses aussi ?

Gunnar rit.

– Sans problème ! s'exclama-t-il en plaisantant.

Nonni lui proposa une bière, qu'il déclina.

– Je ne bois pas.

Il en avait pris l'habitude. Il ne supportait pas d'être soumis à l'envie ne serait-ce que d'une bière bien fraîche à la fin d'une journée de travail. Dans sa volonté de mûrir, son objectif était de se débarrasser de toute servitude. N'être l'esclave de rien, ni de l'alcool ni de sa violence intérieure. Le téléphone lui évita de devoir s'expliquer. Les gens arboraient souvent une expression dubitative quand il refusait une boisson alcoolisée. C'était comme s'il avouait que quelque chose n'allait pas chez lui. Souvent, on finissait par lui demander s'il était alcoolique et on secouait la tête d'un air incrédule quand il répondait qu'il avait arrêté de boire sans véritable nécessité.

– Allô ?

C'était Boris, de la Sécurité nationale. Il sortit sur le perron, s'abritant sous la marquise pour se protéger des flocons qui tombaient désormais plus paisiblement du ciel.

– Tu avais raison, dit Boris. L'homme a été libéré aujourd'hui vers midi, il est donc tout à fait possible que ce soit lui qui ait laissé ce petit mot.

– C'est ce que je pensais. On a condamné la boîte aux lettres, on verra bien.

– Oui. La police pense qu'il cherchait juste à se mettre à l'abri dans le coffre de la voiture à cause de la tempête. Il n'a pas toute sa tête, ils estiment que c'est inutile de lancer des poursuites. Il faut juste essayer de le raisonner s'il continue de la harceler.

28

Úrsúla avait mal au ventre tant elle culpabilisait, autant pour le baiser que pour les sentiments qui l'avaient étreinte en présence de Thorbjörn. Où était le problème ? Pourquoi n'arrivait-elle pas à éprouver quoi que ce soit envers Nonni, qu'elle aimait depuis si longtemps, en qui elle avait une confiance infinie, et pourquoi brûlait-elle d'une sorte de passion étrange envers un parfait inconnu ? Être au lit avec Nonni, près de lui, sentir la chaleur qui émanait de son corps, c'était si agréable, si sécurisant. À n'y rien comprendre…

Si elle devait se livrer à une sorte de thérapie de comptoir, c'était sans doute dû à son état de stress post-traumatique, celui-là même qui anesthésiait complètement son amour pour les gens qui comptaient vraiment. C'était comme si une fracture s'était formée entre son esprit et son corps, sa raison et ses émotions. Ce qu'elle croyait savoir n'avait plus aucune influence sur ce qu'elle ressentait au fond de son cœur. Or son cœur battait encore au rythme euphorique que Thorbjörn avait provoqué et qui l'embarrassait au plus haut point. Elle ne le reverrait plus. Elle s'était laissée aller à la tentation, mais à présent c'était terminé. Il y avait trop à perdre, elle refusait de blesser Nonni.

Elle l'observa tandis que, assis sur le lit, la tablette sur les genoux, il consultait ses mails. Il avait quitté une bonne position à l'université de Genève pour devenir vacataire au département d'économie de l'Université d'Islande afin qu'ils puissent retourner à Reykjavík. Afin qu'elle retrouve son équilibre dans un environnement sûr et paisible qu'elle connaissait bien. Ces lunettes de lecture qu'il avait récemment achetées dans une station-service ne lui allaient pas, elles glissaient sans cesse sur son nez, et il y avait quelque chose d'attendrissant à le voir ainsi maintenir la tête en arrière pour voir l'écran à travers les verres. Sentant qu'elle le regardait, il se tourna vers elle.

– Comment ça va ? demanda-t-il.

Elle ravala la boule dans sa gorge. Cette question ne concernait pas les grandes problématiques de sa vie, l'état de son couple, ses sentiments. Il voulait parler du billet retrouvé sur le paillasson quand elle était rentrée.

– Ça va, répondit-elle. Je suis d'accord avec la police, je pense que ça ne vaut pas la peine d'en faire un drame et de porter plainte. Le pauvre homme n'a sûrement plus toute sa tête.

– Hmm, souffla Nonni en retirant ses lunettes. Tu crois que c'est lui qui t'a adressé ce mot ? Le SDF qui était dans ton coffre ?

– J'en suis certaine. Par contre, je ne pense pas qu'il se cherchait simplement un abri. La note qu'il m'a écrite le prouve.

– Comment ça ?

– Je crois qu'il cherche à m'adresser un message. Quand il a bondi hors du coffre, j'avais l'impression qu'il voulait me dire quelque chose.

Nonni posa la tablette et se redressa, visiblement perturbé.

– Ne te laisse pas embarquer dans ce genre de raisonnement, dit-il avec sérieux.

– Oh, je sais, répondit Úrsúla. Mais avec ce petit mot aujourd'hui…

Nonni l'interrompit.

– C'est normal qu'un homme comme lui éveille des souvenirs douloureux en toi, à cause de ton père et de tout ça, mais il faut que tu fasses attention à ne pas encourager ce comportement. Ne commence pas à prendre en pitié ce fou furieux dont tu ne sais rien, si ce n'est qu'il pourrait s'avérer dangereux.

– Je sais, répondit Úrsúla. Je sais.

Elle se rapprocha de Nonni, posa la tête sur son épaule et respira son parfum. La culpabilité l'envahit de nouveau tandis qu'elle se laissait emporter par le bien-être dans la chaude sécurité de son étreinte. Et, en même temps, un autre sentiment encore plus désagréable se mit à grandir en elle à mesure qu'elle y pensait. Le sentiment que le sans-abri la connaissait. Elle essaya de se remémorer l'instant où elle avait ouvert le coffre et où il avait bondi vers elle. N'avait-il pas crié son nom ? N'avait-il pas dit « Úrsúla » ?

MERCREDI

29

Cela n'allait donc jamais cesser. Voilà que l'affaire ressortait alors que la situation commençait tout juste à s'améliorer. Kiddi était entré dans la pièce en furie, hurlant de sa fragile voix d'adolescent qui oscillait entre basse et fausset qu'il ne retournerait jamais à l'école, que cette putain de famille pouvait aller au diable. Et, à cet instant, Marita n'était pas loin d'être d'accord. Faisant défiler l'article sur l'écran d'ordinateur, elle vit que le journal comptait publier le lendemain une entrevue avec Rósa, la mère de Katrín Eva, et la nouvelle ministre de l'Intérieur, Úrsúla Aradóttir. La semaine allait être longue. Elle vida sa tasse dans l'évier. Le café était froid, elle n'y avait pas touché depuis que Kiddi avait bondi hors de sa chambre avec l'ordinateur entre les mains pour quasiment le lui jeter au visage.

Elle se versa une nouvelle tasse de café chaud, ajouta un trait de crème et soupira. Il fallait qu'elle rassemble son courage pour appeler l'école et annoncer que Kiddi était malade, puis la banque pour les informer du fait qu'elle ne viendrait pas au travail aujourd'hui. Elle était fatiguée de voir depuis son comptoir défiler ces clients qui faisaient semblant de n'être au courant de rien, se débrouillaient pour tomber sur un autre conseiller ou au contraire se précipitaient vers elle pour lui manifester leur soutien, à elle et à sa famille, assénant que cette histoire n'était qu'un tas de mensonges d'une gamine en manque d'attention. Que Jónatan était un homme bon qui ne serait jamais capable d'une chose pareille.

Il fallait également qu'elle appelle sa mère aux îles Féroé pour l'avertir et lui demander de garder Klemens encore quelques semaines. Il était trop jeune pour se rendre compte de la situation et les employés de l'école maternelle étaient tout à fait adorables, mais elle ne se sentait pas la force de gérer un enfant de quatre ans en ce moment. Le jour où la police de Reykjavík était venue prendre la déposition de Jónatan, Klemmi avait piqué une crise de nerfs. Elle arrivait généralement à le calmer sans problème, mais cette fois elle n'avait pas réussi à se contrôler et l'avait giflé. Sa présence si exigeante devenait insupportable quand elle avait elle-même à peine assez d'énergie pour tenir le coup. Sans parler de Kiddi. Lui, il était suffisamment grand pour comprendre ce qui se passait.

Marita revint en haut de la page et relut l'article. La description des événements était la même dans tous les médias. Comme si les uns ne faisaient que répéter ce que les autres avaient déjà écrit. La victime présumée faisait du baby-sitting et gardait un soir le fils de quatre ans du policier, lorsque ce dernier était rentré plus tôt que prévu du travail. Il lui avait offert une bière et, peu habituée à boire de l'alcool, elle s'était vite retrouvée ivre. C'était à ce moment-là que le policier l'avait forcée à avoir un rapport sexuel. L'adolescente était rentrée chez elle, dévêtue et en larmes, puis elle avait suivi sa mère au centre médical où des agents de Reykjavík avaient été appelés pour prendre sa déposition. Une histoire terrible et, pour le grand public qui ne connaissait ni Jónatan ni Katrín Eva, assurément crédible.

Mais Marita avait un tout autre souvenir de cette soirée. Elle ne s'était d'ailleurs pas privée de le dire à la police. Elle avait croisé l'adolescente sur le pas de la porte en rentrant de sa soirée avec les collègues de la banque. Certes, la jeune fille semblait pressée, mais elle n'était ni dévêtue ni en larmes. Habillée de ce gros manteau qu'elle portait toujours, elle avait salué Marita en la croisant, et cette dernière avait demandé si Klemmi avait été sage, à quoi Katrín Eva avait répondu oui avant de préciser qu'il dormait depuis longtemps. Puis elles s'étaient dit au revoir, Marita avait retiré ses chaussures et son manteau, s'était servi un verre d'eau qu'elle avait apporté dans le salon où Jónatan était endormi sur le canapé, encore vêtu de son uniforme. Elle lui avait soulevé les pieds pour s'asseoir, ce qui l'avait réveillé, puis elle avait tranquillement bu son verre d'eau en lui racontant le déroulement de la fête. Il ne lui avait pas semblé ivre, même s'il était possible qu'il ait bu deux ou trois bières. Il l'avait écoutée, avait ri aux quelques plaisanteries qu'elle lui avait répétées, puis il avait bâillé. Il avait posé ses pieds nus sur ses cuisses, et elle avait glissé la main dans son pantalon pour lui caresser la cheville.

Marita ferma l'ordinateur et attrapa son téléphone. Elle avait fini son café, il était 8 h 30. Il fallait qu'elle se dépêche d'affronter la secrétaire de l'école et celle de la banque, qui toutes deux feraient sans doute comme si de rien n'était, alors qu'elles savaient très bien de quoi il retournait. Elle inspira profondément, essaya de retrouver son calme, mais sa main continuait de trembler tandis qu'elle composait le premier numéro.

30

Úrsúla aurait dû se rappeler que Thorbjörn travaillait la nuit, et qu'il travaillait vite. Mais elle ne s'attendait pas à ce que cela paraisse sur Internet avant le matin. À présent tous les médias avaient repris l'article, annonçant un entretien avec Rósa, la mère de la jeune fille violée, pour le lendemain. Thorbjörn avait pris rendez-vous pour interviewer Úrsúla à son tour, rendez-vous qu'Eva avait placé le plus tard possible sur son planning afin qu'elle puisse se préparer.

Freyja, sa secrétaire, passa la tête dans le cadre de la porte pour annoncer l'arrivée d'Ódinn.

– Faites-le entrer, dit Úrsúla.

Elle fit signe à Eva de rester assise, il valait mieux l'avoir avec elle pour cette conversation. Son smartphone à la main, le chef de cabinet le lui tendit en s'asseyant. Sur l'écran apparaissait le gros titre de Thorbjörn : *La police a le droit de violer ? La plainte d'une adolescente de quinze ans perdue au sein de l'administration.*

– Qu'est-ce que ça signifie ? lança-t-il.

Elle n'essaya même pas de prétendre être surprise, il avait une longue expérience et connaissait les rouages du métier.

– Maintenant je dois répondre aux médias, dit-elle. Je te demande donc de lancer une enquête formelle.

Ódinn hocha la tête, puis ouvrit la bouche comme pour dire quelque chose. Úrsúla s'empressa de le couper :

– Tout de suite. Tu ouvres une enquête immédiatement.

– Je vois, fit-il avant de se relever, un sourire amer aux lèvres.

Il hésita, souhaitant visiblement ajouter un mot, mais s'abstint finalement et tourna les talons. Ce n'était pas comme ça qu'Úrsúla voulait travailler, mais cette mésaventure constituait une bonne leçon pour lui. Il fallait qu'il apprenne que ce n'était pas à lui de diriger les opérations en escamotant les dossiers délicats.

– Ódinn, reprit-elle avant qu'il ne sorte. Sache que tu n'as pas besoin de me protéger, je peux traverser n'importe quelle tempête, ça n'a aucune importance. La seule chose qui compte, c'est que les gens trouvent une solution à leurs problèmes lorsqu'ils s'adressent à leurs dirigeants. J'ai promis à la mère de cette jeune fille que j'allais mener l'enquête. Je dois tenir ma promesse.

Il se retourna, la regarda un instant et hocha la tête. Elle voyait bien qu'il était blessé, pour ne pas dire humilié, mais au moins elle était parvenue à faire bouger les lignes dans cette affaire qu'il s'était, semble-t-il, évertué à étouffer.

– Ç'a été ? demanda-t-elle à Eva lorsque Ódinn eut refermé la porte.

Celle-ci hocha la tête.

– Un bon mélange de détermination et d'explications. Cette histoire va faire le tour des médias, tu vas vraiment devoir prouver que tu peux traverser n'importe quelle tempête.

– J'assume. La transparence est une bonne chose, dit Úrsúla. Et j'ai promis que j'allais faire la lumière sur cette affaire. Je ne trahis pas une promesse.

Elle avait à peine prononcé ces mots que Freyja fit entrer Thorbjörn dans le bureau. Aussitôt, Úrsúla fut envahie de l'habituelle culpabilité mêlée de désir ardent qu'elle ressentait en sa présence. Elle était sur le point de trahir une autre promesse. Sans doute la plus importante qu'elle ait jamais faite.

31

Gunnar sursauta en entendant la ministre pousser un cri de surprise sur le siège à côté de lui. Son téléphone à la main, elle lisait quelque chose à l'écran qui ne semblait pas l'amuser du tout.

– Un problème ? demanda-t-il.

Ils étaient en route pour l'inauguration d'une exposition de vieux procès-verbaux à la Bibliothèque nationale où elle devait tenir un discours. Mais, à présent, c'était comme si le sang avait soudain reflué de son visage, elle était d'une pâleur cadavérique.

– Quelque chose que vous devriez sans doute regarder, dit-elle en lui tendant le téléphone.

Il ralentit, cherchant un emplacement où la neige avait été dégagée sur le bord de la route. Il se gara finalement devant un abribus et lut le mail comportant une description détaillée de ce que les *bonnes femmes qui se mêlent de ce qui ne les regarde pas* méritaient. Effroyable à lire, le texte montrait une imagination débordante sur la façon dont on pouvait mutiler le corps d'une femme. Plus spécifiquement le corps d'Úrsúla. L'expéditeur était fossi@gmail.com. Il pouvait s'agir de n'importe qui.

– Gardez ça sous la main, dit-il en lui rendant son téléphone. On va transmettre aux analystes de la Sécurité nationale. Ce sont des menaces, il n'y a pas d'autre mot.

Úrsúla hocha la tête, éteignit son téléphone et le glissa dans sa poche.

– Ça va aller ? demanda Gunnar avant de redémarrer.

– Oui, oui. Bien sûr, répondit-elle en inspirant profondément. C'est juste extrêmement désagréable.

Il rejoignit la voie principale où la circulation avançait péniblement en raison du verglas. Il réfléchit à la façon de formuler sa pensée sans avoir l'air de lui dire comment faire son travail.

– Est-ce qu'il ne vaudrait pas mieux laisser votre assistante trier vos mails ? proposa-t-il prudemment. La plupart des ministres le font. Vous n'avez pas à lire ce genre d'horreurs.

– Hmm, souffla-t-elle d'un air pensif. Eva s'en occupe déjà, mais en général je lis mes mails dès qu'ils arrivent. Peut-être que je devrais m'abstenir.

Elle regarda par la fenêtre et poursuivit, comme pour elle-même :

– Mais est-ce qu'il ne vaut pas mieux que je sache quand quelqu'un m'envoie ce genre de message de haine ? Est-ce qu'il ne vaut pas mieux que je sois préparée ?

Elle le regarda d'un air sincèrement interrogatif. Elle ne s'était visiblement pas attendue à cela en acceptant le poste de ministre.

– Eva et moi allons réunir les mails de ce genre, les menaces, et nous les confierons à la Sécurité nationale qui pourra établir un rapport mensuel à votre intention. Ils m'avertiront si je dois garder un œil ouvert sur quelque chose en particulier. On pourra évaluer un éventuel danger plus précisément tout en vous épargnant l'essentiel de ces horreurs.

Elle soupira de nouveau et redirigea son regard vers la vitre, où apparaissait l'étang du centre-ville, le

35

Marita était à bout après la conversation téléphonique. Ivre, Jónatan n'avait cessé de pleurer, et c'était encore plus insupportable que la colère qui s'emparait de lui quand il était sobre.

– Peut-être que je mérite tout ça, avait-il dit.

Elle lui avait ordonné de se taire. Il n'avait pas le droit de tenir de tels propos. On pourrait mal les comprendre, les considérer comme un aveu de culpabilité. S'efforçant de le calmer, de le rassurer, elle lui avait conseillé de se coucher. Tout irait mieux après une bonne nuit de sommeil. Mais, évidemment, ce n'étaient que des mots. Il y avait à vrai dire de fortes chances que la situation empire encore. Car le lendemain serait publié l'entretien avec Rósa, sans doute une énième interview larmoyante reprenant toutes les sornettes que l'adolescente avait racontées à sa mère. Jónatan la rappellerait alors, il hurlerait ou se lamenterait sur son sort, et à nouveau elle devrait le consoler. Elle avait si mal pour lui. Envoyé dans un commissariat à l'autre bout du pays au moment où l'affaire avait éclaté, il était seul, il s'ennuyait, sa famille lui manquait. Et malgré l'empathie qu'elle ressentait pour lui, Marita devait bien avouer que son absence était un soulagement. Elle avait beau essayer de se raisonner, elle était toujours en colère contre lui. Pour les avoir mis dans cette situation. Parce qu'il avait effectivement donné une bière à la jeune fille. Et cela avait semblé être le point de départ de toute cette affaire.

Il n'était pas encore minuit, mais elle s'assit à son ordinateur pour voir si l'un des médias n'avait pas déjà publié le PDF de son édition du jour. Ces derniers mois, elle avait constaté que le journal du matin était parfois disponible dès la soirée de la veille. Elle parcourut les principaux titres : toujours rien. Il était 23 h 30, cela ne tarderait plus. Elle ouvrit Facebook, fit défiler son fil d'actualités. Elle ne voyait plus rien qui concernait l'affaire, ayant supprimé de son compte tous ceux qui avaient dit des choses contre elle et sa famille. Il ne lui restait plus que quelques amis, essentiellement des gens de chez elle, aux îles Féroé, qui suivaient peu les médias islandais. Ici, elle n'avait que quelques collègues de la banque et une poignée d'adolescents – des amis de Kiddi.

Son cœur s'emballa quand le visage de Katrín Eva apparut sur l'une des photos. Il s'agissait d'une image qu'elle avait elle-même postée et qui, par une coïncidence morbide, apparaissait dans ses *souvenirs*. Katrín Eva tenait Klemmi, alors âgé de trois ans, dans ses bras. Elle venait d'être engagée comme baby-sitter. Kiddi considérait qu'il avait autre chose à faire que de surveiller son petit frère, même s'ils lui avaient proposé une belle somme d'argent de poche en échange. Il voulait un vrai job d'été, hors de la maison, aussi avait-il préféré se faire embaucher comme caissier dans un des magasins de la chaîne Bonus. Katrín Eva avait gardé Klemmi pendant les deux mois de vacances et, durant l'hiver, elle venait parfois travailler le soir, quand ils avaient besoin d'elle. Elle avait ainsi été leur baby-sitter jusqu'à ce que… Jusqu'à ce qu'elle ait soudain l'idée de rentrer chez elle en pleurant et qu'elle raconte à sa mère que Jónatan l'avait violée.

Marita effaça le souvenir, puis chercha la photo et la supprima à son tour. Si seulement les choses étaient aussi simples dans la vraie vie.

Elle parcourut à nouveau les médias. Le premier journal venait de mettre en ligne sa version PDF. Elle la téléchargea et la feuilleta rapidement. Rien à la une ni sur les deux premières pages. Ce n'est qu'à la quatrième qu'elle tomba sur l'article. Encore une fois, on répétait le prétendu déroulé des événements, suivi d'une brève citation de la ministre de l'Intérieur qui disait promettre de se renseigner pour savoir où en était l'affaire. Comme si on pouvait parler d'une affaire. Pourquoi la police n'abandonnait-elle pas cette histoire, comme tant d'autres ? Ils devaient recevoir des tas de plaintes chaque jour pour toutes sortes d'accusations. Et l'accusation d'une mère de famille énervée parce qu'on avait donné une bière à sa fille ne pouvait quand même pas être à ce point prise au sérieux. Cette ministre de l'Intérieur aurait mieux fait d'occuper son temps à autre chose. Marita rouvrit Facebook et alla voir son profil. Elle semblait être ingénieur de formation et avoir travaillé à des missions humanitaires. Elle avait visiblement changé de photo de profil le jour où elle avait pris ses fonctions. La précédente la montrait levant un verre de vin lors d'une fête ; la nouvelle, plus respectable, était un simple portrait devant un fond monochrome. Marita cliqua sur l'image et observa le visage de la jeune femme. Si elle avait une once d'intelligence, elle se rendrait vite compte que la plainte contre Jónatan reposait sur un mensonge et que cette gamine et sa mère étaient complètement folles. Voyant que la ministre avait laissé son adresse mail publique sur Facebook, Marita se demanda si elle ne devait pas lui écrire le fond de sa pensée.

36

Observant le champ de texte encore vide sur sa boîte mail, Gunnar se demandait comment formuler le message qu'il allait adresser à fossi@gmail.com. Il devait se montrer poli mais décidé. L'objectif était de faire comprendre à ce type qu'Úrsúla n'était pas seule et sans défense, mais au contraire entourée d'une équipe d'hommes prêts à la protéger. Les autres hommes étaient la seule chose que craignaient ces types qui aimaient faire peur aux femmes.

Bonsoir, commença-t-il. *Je m'appelle Gunnar, je suis le garde du corps d'Úrsúla Aradóttir, la ministre de l'Intérieur. Le chef de cabinet et l'assistante de Madame la Ministre m'ont informé de votre lettre à son attention et m'ont confié la mission d'y répondre.*

C'était évidemment faux. D'abord, il n'était pas garde du corps mais chauffeur, ensuite il n'avait consulté personne au sujet de cette réponse, mais il n'allait pas laisser à cette brute la satisfaction de savoir qu'Úrsúla avait personnellement lu son mail, qu'il avait atteint son but.

Il est clair que vous souffrez d'un problème d'agressivité qui n'est en aucun cas l'affaire de Madame la Ministre. Je vous conseille donc de trouver un autre défouloir et vous saurai gré de ne plus envoyer de message à cette adresse.

Bien cordialement,
Gunnar.

Il cliqua sur « Envoyer », et le message s'envola vers l'inconnu avec un petit bip. Il s'allongea ensuite par terre et entreprit de faire une séance d'abdominaux. Une série de trente, pause, deuxième série, pause, et ainsi de suite. Ces exercices lui permettaient de faire le vide dans son esprit tandis qu'il se concentrait sur le nombre de ses répétitions. Commençant à fatiguer, il effectua des mouvements plus lents pour forcer encore un peu plus sur ses muscles. *No pain, no gain*, songea-t-il en poursuivant.

– Qu'est-ce que tu fais debout à une heure pareille ? demanda Íris d'une voix ensommeillée en entrant dans la pièce.

Elle s'était endormie après qu'ils avaient fait l'amour, tandis que lui s'était réveillé d'un bond au bout de quelques minutes sans parvenir à refermer l'œil.

– Des exercices, dit-il.

– Pourquoi ton ordinateur est allumé ?

– Comme ça. Un truc à régler pour le boulot.

– À quoi tu travailles à cette heure-ci ?

Elle s'approcha de l'appareil, posé sur le canapé, avant de se pencher pour examiner l'écran. Gunnar se précipita pour fermer la machine.

– Quoi ? lâcha Íris.

Il reconnut immédiatement ce ton qu'il ne connaissait que trop bien. Ce ton piquant, tendu, qui annonçait la tempête.

– Qu'est-ce que tu caches ?

– C'est confidentiel. En rapport avec le boulot.

– Tu mens, siffla-t-elle.

– Non, dit-il avec calme. Je travaille pour les pouvoirs publics, je ne peux pas laisser qui que ce soit d'autre lire mes mails.

– Tu es un putain de chauffeur ! hurla-t-elle, réveillant probablement les touristes de l'appartement voisin. Qu'est-ce qu'un putain de chauffeur peut bien faire de si secret ? Hein ?

– C'est confidentiel, répondit-il avec calme, se retenant de la corriger.

Il avait envie de lui dire qu'il était garde du corps, qu'il se chargeait de la sécurité de la ministre, qu'il travaillait en lien direct avec la Direction de la Sécurité nationale. Mais elle savait tout cela, elle voulait juste le faire réagir. Or, elle n'obtiendrait pas de réaction.

– Si tu écris à une autre fille, je te jure que je vais péter les plombs ! cria-t-elle avant de se précipiter dans la chambre où elle se mit à faire un boucan de tous les diables.

Il s'abstint de lui faire remarquer que c'était déjà plus ou moins le cas.

– Je n'écris à personne d'autre, lui lança-t-il. C'est la vérité.

Cela avait beau être la vérité, il ne pouvait rien faire quand elle était dans cet état. Rien qu'il ait envie de faire, en tout cas. Il se repositionna par terre afin de poursuivre sa séance d'abdominaux. Il n'avait pas fini sa première série qu'il entendit la porte d'entrée claquer derrière Íris. Cette fois, aucun doute : les touristes d'à côté devaient bel et bien être réveillés.

Inspirant profondément, il entama une série de pompes. Les muscles ne grossissaient que lorsqu'ils subissaient des micro-traumatismes, il fallait donc qu'il se surpasse s'il voulait accroître sa force. Il approchait des trois cents et la sueur s'était mise à couler sur son front quand il reçut une notification sur son ordinateur annonçant la réception d'un nouveau mail. À bout de souffle, il se releva, fit bouger la souris pour réveiller l'écran et vit ce à quoi il s'attendait : une réponse de fossi@gmail.com. Il l'ouvrit et put constater que sa requête polie n'avait fait que jeter de l'huile sur le feu.

Tu peux me conseiller tout ce que tu veux, connard, ce n'est pas à toi de me donner des ordres. Je lui arrache les nichons avec les dents si j'ai envie et je lui viole son putain de trou du cul de snob après lui avoir défoncé le crâne. Allez vous faire foutre, toi et cette putain de salope.

37

Encore et toujours, le temps s'écoulait de manière circulaire et pourtant il y avait ces petites nouveautés auxquelles il devait bien s'adapter. Aujourd'hui, il s'était rendu à un enterrement à la cathédrale de Reykjavík avec Eddi, son camarade qui ne refusait jamais un verre. Celui-ci était si émotif qu'il s'était mis à pleurer à la fin de l'oraison funèbre de cet homme qu'il ne connaissait pourtant pas.

– J'ai l'impression de le connaître après ce discours, dit-il en hoquetant.

Un instant plus tard, le directeur des pompes funèbres vint leur dire de se taire, car ils chantaient trop fort par-dessus les psaumes. C'était un homme plutôt sympathique, qui les autorisait à rester assis au dernier rang, du moment qu'ils se tenaient à carreau. Il était toujours doux et conciliant avec eux, contrairement à certains de ses collègues qui ne les laissaient même pas entrer dans l'édifice.

Ensuite, ils s'étaient joints à la réception qui suivait la messe dans la salle de congrégation de la cathédrale, en haut d'un escalier qu'ils eurent le plus grand mal à monter – Eddi à cause de son état d'ébriété, lui-même à cause de cette fichue jambe. Se remplissant au passage la panse de tartes et de quiches diverses, ils avaient répété à qui voulait l'entendre d'une voix nouée : « Il était toujours si gentil avec moi. » Personne n'osait les mettre dehors, un tel manque de générosité aurait fait insulte à la mémoire du défunt. Cela fonctionnait à chaque fois.

Eddi vomit tout son repas sur le trottoir quand ils furent parvenus à redescendre les marches sur les fesses. C'était toujours plus difficile de descendre que de monter. Ils se soutinrent l'un l'autre, tandis qu'Eddi pleurait de honte et d'un chagrin imaginaire, jusqu'au foyer où ils se rincèrent le visage avant d'aller se coucher.

En pleine nuit, il se réveilla en sursaut, avec l'écho de paroles divines qui résonnaient dans sa tête. Faisant un signe de croix, il remercia le Ciel d'avoir un allié contre les puissances maléfiques qui l'attaquaient de toute part depuis qu'il avait découvert que la petite Úrsúla était à la botte du Diable. Mais, l'instant suivant, il se trouva face au surveillant furieux qui lui ordonnait de se lever.

– Tu sais très bien qu'on ne tolère pas ce genre de comportement ! s'exclama le jeune homme avant d'ajouter qu'Eddi, chamboulé, avait dû être envoyé aux urgences à cause de lui. Un œil au beurre noir, une lèvre ouverte, tu as même réussi à lui briser l'une des rares dents qu'il lui restait ! La salle de bains est couverte de sang. Qu'est-ce qui t'a pris de tabasser ton ami comme ça ?

La fureur du surveillant était mêlée de déception. C'était un homme bon, celui-là, mais sévère comme tous ceux qui travaillaient là.

– Je ne vais pas nier quelque chose dont je ne me souviens pas, marmonna-t-il en enfilant son manteau.

Visiblement, les puissances maléfiques étaient encore à l'œuvre autour de lui. Si le Diable contrôlait désormais la ministre de l'Intérieur, il ne s'arrêterait pas là.

– Tu vas réfléchir à ce que tu viens de faire, Pétur ! Tu ne reviendras pas tant que tu ne seras pas capable de respecter les règles de la maison, s'écria le surveillant dans son dos tandis qu'il s'éloignait d'un pas lourd dans la neige.

C'était peu avant l'aube, personne dans les rues, le silence régnait partout. Il eut rapidement les pieds mouillés, la neige était en train de fondre et les empreintes laissées par les passants avant lui s'étaient transformées en un millier de petites flaques qu'il s'efforçait d'éviter avec un succès mitigé. Chez Úrsúla, les lumières étaient éteintes et la boîte aux lettres avait été condamnée. Heureusement, sa voiture était garée devant la maison, il pouvait laisser son message sous un essuie-glace. Son avertissement.

JEUDI

38

Úrsúla leva les yeux de son écran, s'apprêtant à dire bonjour à Nonni qui revenait après avoir accompagné les enfants à l'école. Elle eut cependant un léger mouvement de recul en voyant son expression.

– Un nouveau message ! siffla-t-il en agitant avec fureur un morceau de papier sous son nez. Sur le pare-brise ce matin. Il t'est visiblement destiné.

Úrsúla s'empara du papier humide et l'étala sur la table devant elle.

Qui reçoit les conseils du Diable s'attirera une mort inévitable.

– C'est une menace de mort pure et simple ! s'exclama Nonni, piétinant à côté d'elle, trop énervé pour s'asseoir.

Úrsúla hocha la tête.

– Je transmets à Gunnar.

Sa remarque ne sembla qu'aggraver la situation.

– Gunnar ! Qu'est-ce que ton chauffeur y peut ? Il faut prévenir la police immédiatement et interdire à ce type de s'approcher de toi !

Úrsúla se leva et prit Nonni dans ses bras. Terriblement tendu, il eut le plus grand mal à se calmer. Elle appuya son visage contre son torse, sentant le rythme paniqué de son cœur à travers sa chemise.

– Je prends ça très au sérieux, mon chéri, je te le jure, dit-elle. Gunnar est en contact direct avec Boris, qui est en charge de notre sécurité. C'est lui qui réunit toutes les informations pour déterminer la marche à suivre.

Nonni la serra fort contre lui avant de la libérer de son étreinte et de murmurer :

– Je dois avouer que cela me fait un peu peur.

– Je sais. À moi aussi.

Elle lui caressa la joue. Vu son état, il valait mieux ne pas mentionner le mail qu'elle avait reçu la veille. Son sentiment de sécurité serait anéanti à tout jamais. Lui qui avait cru qu'elle serait tranquille en Islande. Qu'il ne s'y passait jamais rien de mal, que la malveillance n'existait que dans les commentaires sur Internet. Elle était de toute façon convaincue que ce mail ne voulait rien dire et n'avait aucun rapport avec les messages manuscrits, à présent qu'elle savait qui en était l'expéditeur.

– Mon pressentiment était correct quand je disais que le sans-abri semblait me connaître, avoua-t-elle enfin. J'ai vu hier dans le rapport de police qu'il s'agit de Pétur Pétursson. Je ne l'avais pas reconnu, avec cette barbe et ses dents manquantes.

Nonni fit un pas en arrière, les mains levées en l'air.

– Úrsúla ! s'écria-t-il. Tu ne me le dis que maintenant ?

– Je ne m'en suis rendu compte qu'hier soir. Je ne voulais pas que ça t'empêche de dormir.

Ce n'était qu'une partie de la vérité. Elle avait à vrai dire voulu y réfléchir toute seule dans un premier temps. Analyser sa propre peur, son propre chagrin, avant de devoir affronter la réaction de Nonni, qui était exactement telle qu'elle s'y était attendue. Le visage écarlate, il allait et venait dans la cuisine avec une expression dont elle n'aurait su dire si elle était de colère ou de peur.

– Pétur Pétursson ? fit-il.

– Oui.

– Pétur Pétursson s'est caché dans le coffre de ta voiture et t'a envoyé des menaces de mort ? asséna-t-il, la voix sur le point de se briser.

Úrsúla hocha la tête.

– Pétur Pétursson, l'homme qui a tué ton père ?

39

Stella lâcha un juron quand ce putain de bus qu'elle n'avait pas les moyens de prendre passa devant elle, l'arrosant de neige fondue. Dans un accès de colère, elle dessina un Óttastafur en l'air destiné au chauffeur, aussi inutile que fût dans cette situation ce symbole censé distiller la peur chez son ennemi. Si elle en avait eu la possibilité, elle aurait marché plus loin de la route, mais une haute congère sur le trottoir l'en empêchait. Elle avait eu assez de neige pour toute une vie. Elle qui avait tant aimé ce tapis blanc quand elle l'avait vu pour la première fois, à son arrivée en Islande. Gudmundur les avait réveillées, sa mère et elle, pour qu'elles viennent admirer la scène. Excitée comme une puce, elle s'était précipitée dans le jardin encore en pyjama, et elle avait dansé en attrapant les flocons avec sa langue et ses mains avant de s'allonger sur la neige blanche et douce où elle s'était roulée jusqu'à ce que ses dents se mettent à claquer de froid. Sa mère et Gudmundur avaient ri, ils s'étaient embrassés, puis il avait préparé des crêpes pour le petit-déjeuner. Elle se rappelait avoir songé, assise à regarder les flocons tomber par la fenêtre tandis que le beurre mêlé de sucre coulait sur son menton, que sa mère et elle avaient énormément de chance d'être désormais en sécurité, de ne plus avoir rien à craindre.

Elle se disait que c'était presque trop beau pour être vrai. Et en effet, ça l'était. De la même manière que la neige tombait si pure et blanche du ciel avant de se transformer en une boue grisâtre sur le sol, le mariage de sa mère et de Gudmundur devint bientôt amer. Puis dangereux.

Stella tourna vers le boulevard Saebraut qu'elle traversa immédiatement pour gagner le front de mer qui, déneigé et salé, lui permettait d'avancer plus vite. Les précipitations qui tombaient du ciel rosâtre ressemblaient à de la neige fondue, qui se transformerait sans doute en pluie lorsque le soleil se lèverait. C'était du moins ce qu'elle espérait. Quelques jours de pluie nettoieraient cette neige sale et la glace en dessous.

Elle s'approchait du passage piéton en bas du ministère où elle pensait traverser de nouveau lorsqu'elle glissa sur une plaque de verglas et tomba. Prenant par réflexe appui sur son bras, elle se mordit la lèvre pour ne pas crier de douleur quand son poignet heurta le sol. Elle était trempée, avait envie de pleurer. Mais elle avait pris une décision. Elle allait vendre à ce pervers toutes les poubelles qu'il voulait, du moment qu'il acceptait de lui donner mille couronnes par sac, et en liquide. Au moins, elle aurait de quoi se payer le bus, voire un hot-dog et un Coca pour le dîner.

40

Après avoir terminé de déblayer la neige du perron, Gunnar saupoudra par-dessus une généreuse quantité de sel. Nonni lui avait dit que ce n'était pas nécessaire, mais ce genre de tâche faisait partie de sa mission et il ne comptait pas être responsable d'un éventuel accident. En outre, le mari d'Úrsúla lui semblait suffisamment occupé comme cela, la ministre ne participant que rarement aux travaux ménagers étant donné ses horaires étendus. Il repensa au mail de Fossi pendant qu'il lançait des poignées de sel sur les marches. Il s'en voulait de lui avoir écrit. Il savait pourtant très bien que c'était peine perdue d'en appeler au bon sens de quelqu'un capable d'envoyer un tel message.

Úrsúla ouvrit la porte d'entrée avant qu'il ait appuyé sur la sonnette.

– Venez prendre un café, dit-elle. Nonni vient de le servir.

– Je peux attendre dans la voiture si vous avez besoin d'un peu plus de temps.

Il voulait qu'Úrsúla se rende compte qu'elle n'avait pas besoin de se préoccuper de lui. C'était souvent difficile pour les gens qui n'avaient pas l'habitude d'avoir des employés à leur service, et cela pouvait entraîner des tensions, ainsi que le décrivait son manuel sur la protection rapprochée.

– Je dois vous parler, dit-elle en lui faisant signe de la suivre.

Son cœur s'emballa et son estomac se noua. Elle allait le renvoyer. Reprendre elle-même le volant. Il avait remarqué à quel point elle se sentait mal à l'aise de se faire conduire partout et de l'avoir sans cesse sur les talons. Dans l'entrée, il retira ses chaussures et la suivit d'un pas hésitant dans la cuisine où elle s'assit à la table.

– Bonjour. Tenez, servez-vous, dit Nonni en posant la cafetière et une tasse devant lui.

Gunnar hocha la tête sans toucher à rien.

– Bonjour, répondit-il d'une voix basse.

Il observa l'expression sur le visage des deux époux. Quelque chose n'allait pas, cela se voyait. Les veines du cou de Nonni étaient gonflées alors qu'il allait et venait d'un air nerveux derrière sa femme. Celle-ci tendit à Gunnar un petit bout de papier sale.

Qui reçoit les conseils du Diable s'attirera une mort inévitable, lut-il. Le message avait beau être excessivement déplaisant, il ressentit immédiatement un immense soulagement. Elle ne comptait pas le renvoyer. Bien au contraire, elle semblait avoir besoin de lui. Le couple était visiblement très secoué par cette missive.

– On dirait que ça vient de notre vieil ami le SDF, dit-il.

Úrsúla hocha la tête. Nonni se racla la gorge comme pour lui faire signe de poursuivre.

– Notre vieil ami, comme vous dites, n'en est sûrement pas un, dit-elle avant de lui tendre une feuille.

Il s'agissait du rapport de police relatant l'incident du coffre dont Úrsúla avait été victime.

– Regardez son nom.

Gunnar s'exécuta. Cela ne lui disait rien, en dehors du fait qu'il avait bien entendu la police mentionner que l'homme se prénommait Pétur.

– Commence par le début, glissa Nonni derrière elle.

Úrsúla se racla la gorge à son tour.

– Nous avons une histoire commune, reprit-elle avant d'inspirer à fond. Mon défunt père était alcoolique. Il a pour ainsi dire fini sa vie dans la rue, c'est à peu près le seul souvenir que j'ai de lui. Quand j'étais petite, je le croisais en ville avec certains de ses copains de beuverie, sale et ivre, parfois à hurler, parfois blessé après s'être battu ou avoir eu un accident. Très souvent, il traînait avec Pétur, ils étaient bons amis.

Elle but une gorgée de café qu'elle sembla avoir du mal à avaler.

– Pétur logeait dans la même cellule au commissariat de Hlemmur la nuit où mon père est mort.

– Pétur Pétursson, l'homme qui lui envoie ces menaces de mort, n'est autre que l'assassin de son père ! intervint Nonni.

Il ne parvenait plus à contenir sa colère, visiblement enfouie depuis trop longtemps. Sa femme resta silencieuse, les yeux baissés sur sa tasse de café. Gunnar ne distinguait aucune colère sur son visage. Juste de la tristesse.

– Il a été exempté de responsabilité pénale, poursuivit-elle. J'imagine qu'il a quitté le centre pénitentiaire hospitalier de Sogn depuis un moment, maintenant. Mais effectivement, c'est assez déplaisant de le voir s'intéresser à moi comme ça…

– S'intéresser à toi ! éructa Nonni. Oui, c'est pour le moins désagréable que le meurtrier de ton père se mette à t'envoyer des menaces de mort !

41

Lorsque Marita fut suffisamment réveillée pour prêter attention aux pensées qui flottaient dans son esprit, elle ouvrit les yeux et soupira. Elle vivait à nouveau cette phase de cauchemars à répétition qu'elle avait connue lorsque l'affaire avait éclaté, tandis qu'elle ressassait les événements de cette soirée dans l'espoir de trouver un indice dans sa mémoire qui pourrait prouver l'innocence de Jónatan.

Elle avait croisé Katrín Eva, emmitouflée dans son manteau, sur le pas de la porte alors qu'elle rentrait.

– Bonsoir, ma chérie, comment ça s'est passé ?

L'adolescente avait marmonné quelque chose, et Marita avait cru comprendre que tout s'était déroulé sans accroc.

– Klemmi a été sage ?

– Oui, il dort depuis longtemps.

Katrín Eva n'avait pas levé les yeux. Elle devait avoir sommeil, voulait sans doute se dépêcher de rentrer chez elle plutôt que de traîner dans le froid.

– Je te fais un virement, ma puce.

Déjà sur le départ, l'adolescente s'était retournée et avait agité en l'air une liasse de billets pour lui montrer que Jónatan s'était chargé de la payer. On aurait dit trois billets de cinq mille couronnes, ce qui lui semblait excessif, mais son mari adorait jouer les grands princes.

Certes, Katrín Eva s'était peut-être montrée un peu sèche. D'habitude, elle souriait davantage et discutait volontiers avec Marita avant de partir, mais il était tard. Elle était sans doute fatiguée, surtout si elle avait bu de la bière. Peut-être que c'était la raison pour laquelle elle ne s'était pas attardée, ne lui avait pas raconté une anecdote amusante au sujet de Klemmi, comme elle le faisait parfois, ou ne lui avait posé aucune question sur sa soirée. Peut-être qu'elle essayait de cacher qu'elle avait consommé de l'alcool en évitant ainsi son regard et en dissimulant son visage sous le col en fourrure de ce manteau hors de prix dont elle était si fière.

Mais même si elle n'avait pas nettement vu son visage, Marita avait assuré aux policiers de Reykjavík que c'était le cas, car elle savait très bien que Katrín Eva ne pleurait pas. Elle l'aurait entendu à sa voix. C'était d'un ton tout à fait normal qu'elle avait dit que Klemmi dormait depuis longtemps. Par ailleurs, si quelque chose d'inhabituel s'était passé, Marita l'aurait tout de suite senti en entrant dans la maison. Le salon n'aurait pas été imprégné de cette atmosphère si sereine, et Jónatan lui-même n'aurait jamais été aussi calme, il n'aurait pas ri à son récit de la soirée et soupiré de bien-être tandis qu'elle lui massait les pieds, s'il avait violé leur baby-sitter. Tout ça n'était qu'un tissu de mensonges.

Marita souffla une dernière fois avant de s'étirer. Une nouvelle journée l'attendait où courage et stoïcisme seraient de mise. Elle devait rappeler l'école pour signaler l'absence de Kiddi, la banque pour signaler la sienne, puis elle irait voir les journaux en ligne et lirait les commentaires des articles sur les réseaux sociaux. Heureusement, la plupart des gens croyaient à sa version de l'histoire et doutaient de la véracité des faits exposés. Elle n'en était pas fière, mais elle devait bien avouer jubiler un peu en parcourant ceux qui qualifiaient Katrín Eva de salope et de menteuse. Cela soulageait cette colère qu'elle refoulait sans cesse afin de garder la tête froide.

Ce qu'elle craignait le plus, c'était l'entrevue avec Rósa. Elles étaient si bonnes amies auparavant. C'était pour cette raison que Katrín Eva avait commencé à faire du baby-sitting pour eux, sa mère l'avait proposée quand elle avait entendu dire qu'ils cherchaient une nounou. Marita se leva et tendit la main vers les vêtements qu'elle avait jetés sur une chaise la veille au soir. Encore une journée en jogging. Elle n'avait pas le courage de faire mieux. Les rideaux resteraient fermés. C'était plaisant, de pouvoir se couper du monde extérieur avec ces simples morceaux de tissu épais qui la protégeaient des regards – imaginaires ou réels. De toute façon, il faisait aussi sombre dehors qu'à l'intérieur.

42

Voyant l'expression grave que Boris et Ódinn arboraient lorsqu'elle arriva au ministère, Úrsúla regretta presque d'avoir informé Gunnar de la situation.

– Nous allons commencer la journée par un débriefing sur la sécurité des ministres, dit le chef de cabinet en ouvrant la marche jusqu'à la salle de réunion.

Úrsúla et Gunnar s'assirent côte à côte, face aux deux autres.

– Café ? Thé ? proposa Ódinn.

Tous déclinèrent, et il fit un vague signe à sa secrétaire qui comprit qu'elle pouvait disposer. Gunnar tendit le morceau de papier devenu sec et chiffonné à Boris.

– En effet, on peut vraiment interpréter ce message comme une menace de mort, conclut ce dernier. Surtout venant d'un homme avec un tel passif.

– Il faut clairement le mettre hors circulation, fit Ódinn après s'être penché sur Boris pour lire le texte à son tour. On ne peut pas rester sans réagir.

La sensation de malaise qui s'était emparée d'Úrsúla en arrivant disparut lorsqu'elle constata à quel point on prenait l'affaire au sérieux. Elle avait sans doute craint de se voir qualifier d'hystérique. Comparé à Ebola, aux bombes, aux balles des mitrailleuses, le message d'un sans-abri fou à lier ne paraissait pas bien menaçant. Sa crainte semblait si disproportionnée. Où était la femme qui, chaque matin, avait revêtu une combinaison de plastique et des lunettes de protection avant de s'engouffrer dans la zone de quarantaine de Monrovia pour organiser l'agrandissement quotidien des camps ? Où était la femme qui, concentrée et calme malgré le sifflement constant des bombes, parvenait à faire collaborer des dizaines d'associations humanitaires pour faciliter le déplacement de camps entiers de réfugiés vers la Jordanie ?

– Mettre quelqu'un hors circulation n'est pas aussi simple, répliqua Boris, mais je vais voir si on ne peut pas le faire interner dans un service psychiatrique fermé.

– Il faut faire établir une ordonnance restrictive, que tout soit clair au niveau judiciaire et qu'on puisse faire intervenir la police s'il essaie de s'approcher, dit Gunnar.

– Je mets nos avocats sur le coup, répondit Ódinn en notant quelques mots sur son calepin.

– Gunnar, nous passons au niveau d'alerte maximal tant que cet homme est en liberté. À toi de prendre les dispositions nécessaires, que les enfants ne rentrent jamais seuls, etc. Il faudrait aussi installer de toute urgence une caméra de surveillance devant leur maison afin qu'ils puissent voir qui sonne à la porte. Je n'arrive pas à croire que ce ne soit toujours pas fait.

Boris tapotait sur l'écran de sa tablette tout en donnant ses instructions. Gunnar hocha la tête.

– Je ferai un compte rendu à la famille ce soir, expliqua-t-il à Úrsúla. Et j'informerai l'école et Jón que c'est moi qui irai chercher les enfants ces prochains jours pour les ramener à la maison.

Il s'adressa ensuite à Ódinn :

– Si on peut synchroniser tout ça avec l'emploi du temps de madame la Ministre, n'est-ce pas ?

– Bien sûr, répondit Ódinn. La sécurité de la Ministre et de sa famille est prioritaire.

Úrsúla était soulagée, tant pour le sérieux avec lequel Ódinn traitait l'affaire que pour le fait qu'il semblait lui avoir pardonné l'incident de la veille.

– Je me pose une question, commença Úrsúla.

Les trois hommes levèrent les yeux sur elle. C'étaient les premiers mots qu'elle avait prononcés au cours de cette réunion.

– Pourrais-je avoir des informations sur le séjour à l'hôpital de Pétur ? Je n'ai jamais su combien de temps il avait passé au centre de Sogn, ni quel était son diagnostic quand on l'a laissé sortir. Si on considérait qu'il constituait un danger quelconque ou bien…

Ódinn hocha la tête et prit des notes tandis que Boris tapait quelque chose sur sa tablette. Ils se levèrent tous, et Ódinn fit un signe de tête à Úrsúla avant d'ouvrir la porte sur le couloir. S'arrêtant soudain, Boris se tourna vers elle.

– Encore une chose, dit-il d'un air pensif. Vous savez qui est ce « Diable » au sujet duquel Pétur semble vouloir vous avertir ?

43

La question de Boris ne cessait de la hanter depuis le matin, sans qu'elle ait toutefois eu le temps de s'y attarder véritablement. *Qui est-il, ce Diable ?* Elle s'était fait livrer son repas directement au bureau, avait mangé en essayant de réfléchir au financement de la nationale Sud, mais les documents à sa disposition ne disaient rien des liens d'Ingimar Magnússon avec les travaux. Se renseignant sur les fonds d'investissement impliqués dans le projet, elle avait juste vu que ceux-ci appartenaient à une organisation étrangère. Si Ingimar était bel et bien derrière cette organisation, il fallait mettre fin à sa collaboration au plus vite. Il fallait qu'elle trouve une solution.

Après son déjeuner, elle avait reçu la visite des garde-côtes d'Islande, venus discuter d'une éventuelle augmentation de leur budget. Ils étaient accompagnés d'un dénommé Adolf, employé du ministère qui travaillait au deuxième étage et qui avait montré tant d'insistance pour qu'ils obtiennent cette augmentation que même les garde-côtes s'en étaient trouvés gênés.

– Ils doivent bénéficier d'un budget plus généreux, c'est impératif, avait-il dit d'un ton lourd de sens à la fin de la réunion.

En sortant, il s'était arrêté sur le pas de la porte, empêchant Úrsúla de passer avec son corps imposant.

– Encore une fois, je vous promets d'examiner ça sérieusement, avait-elle répété d'un ton ferme avant de faire un pas de plus vers l'homme, espérant qu'il comprenne le message et se pousse.

– Une promesse n'est jamais qu'une promesse... avait-il dit sans bouger d'un iota.

Alors qu'il s'apprêtait à ajouter quelque chose, Úrsúla l'avait interrompu d'une voix cette fois plus sévère :

– Je tiens toujours mes promesses.

Elle l'avait fixé d'un regard déterminé jusqu'à ce qu'il baisse les yeux, puis elle s'était tournée vers les garde-côtes qui observaient la scène avec embarras.

– Je le répète : je vous promets de considérer sérieusement votre demande.

Les garde-côtes hochèrent vivement la tête. Úrsúla soupçonna que l'insistance d'Adolf les avait plus agacés qu'autre chose. Elle se tourna de nouveau vers ce dernier, avança encore, de telle sorte qu'ils se touchaient presque, et enfin il se poussa pour lui permettre d'ouvrir la porte.

L'espoir d'une pause cigarette entre deux réunions s'envola quand elle vit que son rendez-vous suivant était arrivé. Trois universitaires spécialistes de langue islandaise à l'air inquiet voulaient discuter avec elle du maintien du Comité des prénoms[4]. Elle devrait leur

4. *Mannanafnanefnd*, comité chargé de valider tout nouveau prénom, en s'assurant notamment qu'il respecte les règles d'orthographe et de grammaire islandaises (comme les noms communs, les noms propres se déclinent et leur terminaison peut être amenée à changer selon leur fonction dans la phrase). L'existence de ce comité est sujet à débats récurrents en Islande.

répéter une fois de plus que l'État n'avait, selon elle, pas à se préoccuper des affaires privées.

– Nous espérions qu'une nouvelle ministre serait plus ouverte à entendre nos arguments, que vous seriez même favorable au maintien du Comité des prénoms, dit l'un des spécialistes.

La profonde ride entre ses yeux se creusa encore un peu plus.

– Comme je vous l'ai dit, je pense qu'il est nécessaire de dissoudre le Comité des prénoms et d'avoir confiance dans le bon sens de nos concitoyens.

– Dans ce cas, il faudra changer les lois de protection de l'enfance ! soupira l'une des deux femmes.

Tous trois arboraient une expression horrifiée.

– N'est-ce pas une bonne chose ? demanda Úrsúla, s'efforçant d'employer un ton aussi léger que possible pour contrebalancer la gravité de ses interlocuteurs. Si quelqu'un veut vraiment donner à son enfant un prénom laid au point de lui porter préjudice, n'est-ce pas à la protection de l'enfance de se pencher sur ce cas ? N'est-ce pas aux institutions directement concernées de s'assurer du bien-être des enfants ?

Ils lui énumérèrent alors leurs arguments habituels sur la préservation de la langue islandaise, la créativité sans limite des jeunes parents, la situation dans les pays voisins. Quoi qu'elle réponde, elle semblait incapable d'apaiser leurs inquiétudes. Ils auraient pu rester des heures si Freyja n'était pas entrée dans le bureau pour mettre un terme à leur rendez-vous. Les trois universitaires se levèrent et Úrsúla les salua d'une poignée de main, promettant de lire leur rapport avec attention.

Entrée au moment où le trio ressortait, Eva tendit à Úrsúla un café et un beignet.

– Un problème ? demanda-t-elle, en grignotant elle aussi une pâtisserie.

Úrsúla se mit à rire.

– Non, non. Je veux bien être à l'écoute, mais je refuse de mettre sur le même plan des universitaires en mal d'autorité et des parents qui ne peuvent pas faire faire un passeport pour leur enfant parce qu'ils n'ont pas réussi à lui donner un prénom dans les règles. Je ne supporte pas ce genre d'abus de pouvoir.

– Tu vas donc maintenir la décision de ton prédécesseur et dissoudre le Comité des prénoms ?

– Oh que oui.

Úrsúla trempa son beignet dans son café avant de mordre dedans. La pâtisserie ne suffit toutefois pas à noyer l'amertume de la boisson – il s'agissait sans doute de café filtre resté trop longtemps dans une thermos.

– Tu pourrais m'installer une vraie machine à café dans le bureau ? demanda-t-elle à Eva qui s'empressa de noter sa requête sur son téléphone. Le genre qui ne fait qu'une tasse à la fois, mais qui ne fait pas trop mal à ma conscience écolo ?

Eva eut un sourire taquin.

– Tu prends goût à la vie de luxe ! Tu as ton propre chauffeur, et maintenant tu veux ta machine à café personnelle !

– Je suis au point concernant la sauce des ministres, la voiture des ministres et même la poubelle des ministres. Il ne me manquait plus que le café.

Elles étaient en train de rire quand Ódinn frappa à la porte et entra sans attendre.

– Qu'est-ce qu'il y a de si drôle ? demanda-t-il.

Úrsúla secoua la tête et Eva retrouva immédiatement son sérieux. L'homme les regarda d'un air intrigué l'une après l'autre avant de s'approcher prudemment du bureau, comme s'il craignait un nouvel éclat de rire. Il posa une feuille de papier devant la ministre.

– Ta déclaration aux médias sur la plainte pour viol. Le topos habituel : le ministère est désolé, la ministre fait tout ce qui est en son pouvoir, blablabla… Je l'envoie immédiatement si tu es satisfaite.

Úrsúla prit la feuille de papier et la parcourut rapidement.

– Je comptais rencontrer le journaliste en personne. Ce genre d'annonce, ça sert juste à gagner du temps et éviter de répondre, dit-elle.

Ódinn n'était visiblement pas d'accord.

– Je te recommande vivement de t'en tenir à cette déclaration. Car oui, nous devons gagner du temps pour voir où en est l'affaire. Ce n'est pas une bonne idée de parler aux journalistes dès maintenant.

– Qu'en dis-tu, Eva ? demanda Úrsúla dans le maigre espoir d'obtenir un peu de soutien.

Cela n'avait à vrai dire aucune importance. Elle refusait d'envoyer un message standardisé, elle était décidée à rencontrer le journaliste. Qui n'était autre que Thorbjörn.

44

Le cœur battant, Stella descendit d'un pas rapide l'escalier qui menait à la porte de derrière. Peu de chances qu'on l'ait vue jeter ces papiers sans les avoir préalablement détruits, le ministère était quasiment vide en fin de journée et, de toute façon, personne ne lui prêtait jamais attention. Le pervers l'attendait près du conteneur à recyclage, comme convenu. Elle enfouit un sac dedans et en profita pour lui glisser discrètement les deux autres, jetant un coup d'œil aux fenêtres du bâtiment pour s'assurer que personne n'était témoin de la scène.

– C'est la ministre et son chef de cabinet ? s'assura le type en saisissant les deux sacs.

– Oui, répondit Stella. Celui de la ministre est noué, celui du chef de cabinet est fermé avec du scotch.

Hochant la tête, il lui tendit deux billets qu'elle glissa dans sa poche, partagée entre la joie d'avoir un peu d'argent, ce qui lui procurait toujours un sentiment de sécurité, et une légère angoisse qui commençait à naître dans son ventre. Elle serait sans doute renvoyée si on apprenait son petit jeu. Et ce serait dommage, car c'était l'un des jobs les plus agréables qu'elle ait eus. Elle avait presque un frisson d'horreur à l'idée de devoir retourner à l'agence pour l'emploi, s'inscrire au chômage, accepter n'importe quel travail lorsqu'elle arriverait au bout de ses droits.

Le type remonta dans sa voiture sans un au revoir et Stella quitta le parking pour rejoindre le boulevard Saebraut, hésitant entre utiliser une partie de l'argent pour prendre le bus ou bien se faire violence, rentrer à pied et garder la somme entière pour se payer un bon repas. En vérité, ce dont elle avait le plus envie, c'était de filer au pub Dillon et tout dépenser en bière avant que DJ Andrea ne vienne commencer son set. Cette dernière lui paierait d'autres pintes et, si elle buvait toute la soirée, Stella n'aurait pas besoin de manger. Elle ne s'était toujours pas décidée quand son téléphone se mit à sonner. Gréta. La seule à l'appeler ces temps-ci, depuis que ses deux meilleures amies s'étaient mises en couple et avaient perdu tout intérêt pour le monde extérieur.

– Elle veut qu'on prenne un verre ensemble, dès ce soir après mon JT ! s'exclama la journaliste avec précipitation. Je ne sais pas du tout où lui proposer d'aller. Où vont les gamines branchées, celles qui sont toujours au fait de ce qui est *in* ?

Stella ne put s'empêcher de sourire devant l'image que Gréta semblait avoir d'elle. Elle-même ne se sentait pas particulièrement *in* tandis qu'elle piétinait dans la neige fondue avec deux mille couronnes en poche, obtenues en vendant des poubelles. Évidemment, Gréta ne l'avait jamais vue dans sa petite chambre aux murs couverts de taches de moisissure, avec les toilettes sur le palier qu'elle partageait avec quatre autres personnes.

– Je passe devant ton immeuble, dit-elle. Tu veux que je monte et qu'on en discute ?

Elle vit apparaître dans son esprit le petit réfrigérateur à la porte en verre de la cuisine de Gréta, rempli de bière et de champagne bien frappé.

– Super, merci ! s'exclama la journaliste. Je me prépare pour les infos, je suis juste passée me changer, mais je t'en prie, monte. Je panique à mort pour ce rendez-vous, peut-être que je me fais des illusions. Je ne sais pas ce qui m'a traversé la tête, cette fille a dû me *swiper* par erreur, elle fait peut-être partie de ces gens qui ne savent pas distinguer leur gauche de leur droite…

Stella raccrocha sans dire au revoir. Ce n'était pas bien pour Gréta de se laisser aller au désespoir. Arrivée dans le hall de l'immeuble, elle appuya sur le bouton de l'ascenseur. Avec un peu de chance, la journaliste aurait encore de ces amuse-gueules qu'elle lui avait offerts la dernière fois. Dont les olives grecques qu'elle disait faire venir directement de chez le producteur.

45

Quelque chose avait changé quand il revint avec les cannettes d'eau gazeuse, mais il mit du temps à comprendre de quoi il s'agissait. C'était elle qui l'avait envoyé acheter cette eau aromatisée au citron vert et, s'il trouvait ridicule d'acheter de l'eau en bouteille en Islande alors que celle du robinet était d'excellente qualité, il avait malgré tout cédé. Il aimait bien lui faire plaisir. Même s'il se passait quelque chose d'étrange, en l'occurrence. Appuyée contre le plan de travail de la cuisine, elle sirotait un verre d'eau.

– Tu ne viens pas de m'envoyer faire des courses justement parce que tu ne voulais pas boire l'eau du robinet ?

– C'était une blague ! s'exclama-t-elle en vidant son verre dans l'évier. Je te taquinais.

Le geste précipité, l'expression gênée, elle semblait avoir été prise sur le fait. Ce n'était pas une simple taquinerie, elle cachait quelque chose. Gunnar observa le salon et ses yeux se posèrent sur son ordinateur portable sur la table basse. Il était sûr de l'avoir laissé sur le canapé en partant.

– Tu as regardé mon ordinateur ? demanda-t-il.

– Non, je… fit-elle en haussant les épaules. Je voulais juste aller sur le Net. Voir ce qui passait au cinéma. Ça te dirait qu'on se fasse un film ce soir ?

– Je t'ai demandé de ne pas y toucher.

– C'est bon, je regardais juste les bandes-annonces. Où est le problème ?

– Je t'ai dit d'utiliser l'iPad pour aller sur Internet quand tu es ici. Je t'ai répété que je suis le seul à utiliser le portable. Je n'ai pas le droit de le partager, c'est mon outil de travail.

– Très juste. Pour ton travail de chauffeur, lâcha-t-elle avant de se précipiter vers la porte. Quelle mission importante !

Elle fit claquer le battant derrière elle. Gunnar se demanda combien de temps le cadre tiendrait encore à ce rythme. S'ils restaient ensemble, il devrait bientôt investir dans une porte en acier.

Il prit l'ordinateur et s'assit par terre avec.

Le dernier mail de fossi@gmail.com, qu'Eva lui avait fait suivre, était du même ordre que les précédents. Il regrettait tellement de lui avoir écrit. Loin de l'effet escompté, cela n'avait fait qu'empirer les choses et attisé encore davantage la haine de ce fou furieux à l'égard de la ministre. Le mieux était sans doute de laisser les messages de ce genre sans réponse, mais il y avait quelque chose chez ces lâches qui proféraient des menaces sans avoir le courage de le faire en leur vrai nom qui tapait sérieusement sur les nerfs de Gunnar. C'était son point faible, son talon d'Achille – raison de plus pour ignorer ces mails.

Sale pute de féminazi, sache que ta chatte ne vaut pas plus que celle des autres salopes de ton genre. Un jour, je te choperai dans le noir sans que tu t'y attendes et je te défoncerai la gueule avec mon poing américain avant de te baiser jusqu'à ce que tu me supplies de t'épargner, espèce de chienne.

Gunnar essaya de sourire, de trouver une forme de néant en lui pour réunir la force de rire de ces mots grotesques, ou au mieux de les ignorer, mais c'était impossible. Son sourire se transforma bientôt en grimace et, avant même qu'il ait eu le temps de se contrôler, il avait envoyé sa réponse.

Espèce d'abruti, sache que tes mails n'atteignent jamais la Ministre, tu peux donc écrire autant que tu veux, c'est moi qui filtre et ça va directement à la police. La seule conséquence, c'est qu'un jour les forces de l'ordre se pointeront à ta porte quand ils auront tracé la provenance de tes torchons. P-S : Lave-toi la bouche avec du savon.

Gunnar se pencha en arrière, savourant le fait d'avoir pu se défouler un peu. Il ferma les yeux, imagina Fossi, se créa une image mentale de cet homme. Un vieux pervers transpirant, mal rasé, avec un complexe d'infériorité, assis sur un fauteuil élimé, son portable sur les genoux, à se branler devant du porno ultra-violent.

Il ne put savourer son sentiment de victoire très longtemps, car seulement quelques minutes plus tard il reçut une réponse.

Qu'est-ce qui te fait croire que j'ai peur de la police ? Je suis justement l'un des rares qui n'en aient pas peur. Ta pute qui croit qu'elle peut se permettre d'être ministre devrait plutôt avoir peur de moi. Et toi aussi, connard.

46

C'était la première fois depuis son retour en Islande qu'Úrsúla se sentait véritablement vivante. La torpeur avait cédé la place à une vague de chaleur qui parcourait son corps comme de la lave en fusion sous un glacier dès qu'elle repensait à Thorbjörn et à leurs retrouvailles aujourd'hui. Elle était tellement heureuse de ressentir enfin quelque chose qu'elle en avait presque les larmes aux yeux. À cet instant, la culpabilité semblait bien loin, même si elle était certaine qu'elle la retrouverait à la seconde où Nonni rentrerait de sa réunion de travail. En attendant, elle comptait profiter de cette euphorie ressentie pour la première fois depuis des mois. Assise devant une série policière à la télévision, le dossier de la nationale Sud sur les genoux, elle ne put s'empêcher d'envoyer un texto à Thorbjörn.

Merci pour tout...

Son cœur s'emballa une fois le message expédié. Elle se demanda où il se trouvait en ce moment. Peut-être dans un bar à boire une pinte – il était très actif dans le monde de la nuit –, peut-être au travail à écrire un article. Ou bien comme elle, assis sur son canapé à essayer d'effacer les baisers et la passion qui les avait unis de sa mémoire sensorielle.

Merci à toi, fut sa réponse. Elle ressentit une pointe de déception. La formulation était trop plate pour son esprit affamé. *Merci à toi*, c'était si impersonnel. Quelque chose que l'on disait à des gens rencontrés lors d'un anniversaire ou d'un meeting de parti politique. Son téléphone émit un nouveau bip et son cœur bondit dans sa poitrine quand elle lut :

Pas envie de prendre une douche. Je veux garder ton parfum avec moi toute la nuit.

Elle lui envoya un cœur, ferma les paupières et revit leur rencontre qui semblait s'être déroulée si longtemps auparavant, alors qu'elle ne remontait qu'à quelques heures. Elle avait demandé à Gunnar de la conduire chez le journaliste pour une « courte entrevue », ainsi qu'elle l'avait formulé sans davantage de précision. Quarante minutes plus tard, elle s'était précipitée dans la voiture et s'était assise sur le siège arrière. Gunnar n'avait pas réagi ni même semblé remarquer qu'elle se remaquillait et se recoiffait sur le chemin du retour.

Úrsúla sursauta en entendant frapper. Avait-elle somnolé ? Ou était-elle simplement perdue dans ses pensées ? En tout cas, elle était désormais bien éveillée et son cœur cognait fort dans sa cage thoracique. Elle se leva, avança doucement vers l'entrée où elle s'immobilisa pour tendre l'oreille. Peut-être que ces coups avaient été le fruit de son imagination, une manifestation de sa conscience qui voulait reprendre le contrôle. Nonni ne frapperait pas, il avait la clé, et les enfants dormaient dans leurs lits respectifs. Sur la pointe des pieds, elle rejoignit la chambre d'Ari et jeta un coup d'œil à l'intérieur. Profondément endormi, il était allongé sur le ventre, comme d'habitude, et avait fait glisser sa couverture sur le sol couvert de jouets. Peut-être qu'il avait accidentellement fait tomber quelque chose. Ce ne serait pas la première fois qu'il s'endormait en jouant aux Lego. Avançant d'un pas, Úrsúla prit la couette qui gisait par terre et l'étendit sur son fils avant de lui caresser doucement les cheveux. C'était un beau garçon qui deviendrait un homme séduisant, comme son père. On frappa à nouveau. Úrsúla bondit. Cela provenait de la porte d'entrée. Aucun doute à ce sujet. Quelqu'un frappait à la porte.

47

Stella se prépara un sandwich pendant que Gréta allait et venait d'un pas frénétique, essayant une tenue après l'autre pour obtenir ses conseils avisés. Elle hocha finalement la tête devant un débardeur gris pailleté qu'elle lui recommanda d'associer à une veste noire. Gréta enfonça la tenue dans son sac, elle se changerait juste avant de rejoindre l'inconnue. Stella lui conseilla de lui donner rendez-vous au bar de l'hôtel Marina, de lui dire dès le début qu'elle ne pouvait pas rester et de s'assurer de partir après deux verres. C'était toujours mieux d'être celle qui mettait fin à la rencontre.

– Si tu l'aimes bien, ajouta-t-elle, tu te réfugies dans un coin, au bar, aux toilettes ou je ne sais où, puis tu dessines à la salive ce symbole dans ta paume droite et tu lui dis au revoir avec une poignée de main que tu essaies de faire durer le plus possible.

Stella griffonna le symbole magique sur un morceau de papier qu'elle tendit à Gréta.

– C'est quoi ? demanda cette dernière.

– Un vieux sortilège islandais pour attirer une jeune femme à soi.

Laissant échapper un grognement, Gréta s'empara tout de même du morceau de papier.

– C'est fou que tu sois aussi portée sur le folklore alors que tu es pour ainsi dire étrangère, commenta-t-elle.

Elle se précipita dans la salle de bains pour se brosser les dents. Stella termina son sandwich, grignota un morceau de chocolat trouvé dans l'un des placards de la cuisine et enfonça une bière dans chacune des deux poches de sa veste. Elle accompagna ensuite Gréta jusqu'à l'ascenseur. Vêtue d'un manteau vert menthe, celle-ci avait noué ses cheveux sans les coiffer en une courte queue-de-cheval qui reposait sur sa nuque. Quand l'ascenseur eut atteint le rez-de-chaussée, elle tendit la main à Stella, se pencha en avant et l'embrassa sur la joue.

– Merci pour ton aide, dit-elle avec douceur.

Elle la regarda un instant dans les yeux et lui sourit avec une expression qui n'était pas sans rappeler celle de Stefán, l'assistant social. Il lui arrivait souvent de la scruter ainsi, avec un mélange d'authenticité et de curiosité qu'elle n'avait jamais su pleinement déchiffrer. Gênée, Stella reprit sa main et retroussa le nez.

– Tu ne peux pas demander à ta coiffeuse de faire quelque chose d'un peu plus sexy que d'habitude ?

– Comme quoi ? demanda Gréta d'un ton brusque.

Stella regretta aussitôt sa question. Voilà qui n'allait pas arranger le stress de la journaliste. Mais la phrase était pour ainsi dire sortie toute seule, sans doute pour mettre fin à ce regard qui la rendait mal à l'aise.

– Je sais pas, quelque chose de plus rock'n'roll. Un peu plus jeune.

– Merde, ça va être un désastre. Elle va sûrement me détester, siffla Gréta avec amertume alors qu'elle se précipitait vers sa voiture.

Stella suivit la direction opposée, rejoignant le boulevard Saebraut pour prendre le bus.

Elle était plutôt contente d'elle. Elle avait résisté à la tentation de faire la tournée des pubs, sans doute parce qu'elle avait descendu deux bières durant la petite demi-heure passée chez Gréta et qu'elle en avait rapporté deux autres chez elle. Une fois rentrée, elle prit une douche et s'allongea sur son matelas pour se reposer. Finalement, elle s'endormit et ne se réveilla que beaucoup plus tard dans la soirée, lorsque son téléphone bipa pour annoncer un message.

Elle veut me revoir ! disait Gréta, aux anges si l'on en jugeait par tous les smileys et cœurs qui suivaient sa phrase. Stella lui renvoya un pouce en l'air avant de se lever et de rejoindre la cuisine commune, qui servait également de salon pour les ouvriers polonais qui vivaient ici. Elle alluma la télévision pour voir si la journaliste l'avait prise au mot et s'était fait faire une nouvelle coiffure. Accédant au *replay*, elle lança la vidéo qui commença au milieu du générique précédant le « bonsoir » rituel de Gréta. Celle-ci semblait avoir radicalement changé de personnalité alors qu'elle entamait la lecture des principaux titres. La femme à l'écran était sûre d'elle, sereine, souriante. Elle avait une nouvelle coiffure, un peu plus ébouriffée, des mèches courtes anarchiques qui venaient remplacer le brushing en forme de casque qu'elle arborait d'habitude. Cela lui donnait meilleure mine. Elle demanda au présentateur météo quel serait le temps, au chroniqueur sportif quel était le programme de la soirée, puis elle reporta son regard vers la caméra et remercia les téléspectateurs pour leur fidélité. Stella stoppa la vidéo et retourna en arrière pour repasser l'extrait. Elle n'avait jamais véritablement observé Gréta. Ne l'avait jamais regardée avec attention. Elle appuya sur pause à la toute fin du journal, tandis que la journaliste regardait droit vers l'objectif, de la même manière qu'elle l'avait regardée droit dans les yeux dans l'ascenseur, et Stella dut admettre que, malgré sa carrure encore plus imposante à l'écran et son physique peu flatteur, elle dégageait une énergie assez sexy. Peut-être que ce n'était pas du tout un hasard si la fille mignonne de Tinder voulait un nouveau rendez-vous.

48

À pas de loup, Úrsúla s'approcha de la porte et colla son oreille contre le battant. Retenant son souffle, elle prit garde de se déplacer le plus doucement possible afin qu'on n'entende aucun bruit de l'extérieur. Il ne pouvait s'agir d'une connaissance, tous leurs amis savaient désormais parfaitement qu'il valait mieux téléphoner avant de venir étant donné leur emploi du temps chargé. Cela ne pouvait pas être un démarcheur non plus, il était bientôt 23 heures. Elle sursauta en entendant de nouveaux coups contre la porte et en sentant la vibration du bois contre sa joue. Il n'y avait que cette fine planche entre elle et la personne qui se trouvait à l'extérieur, et elle se demanda qui pouvait montrer un tel entêtement et continuer à frapper alors que personne n'avait répondu les deux premières fois.

Il devait bien entendu s'agir de quelqu'un de parfaitement innocent, un voisin venu demander du lait ou un autre service ; mais les mails, les notes anonymes, les commentaires sur les réseaux sociaux qu'elle n'avait pu s'empêcher de regarder avaient finalement réussi à instiller en elle la peur. La peur que quelqu'un d'hostile se trouve là, de l'autre côté. En même temps, elle était furieuse contre elle-même de se laisser aller à une telle crainte. Elle avait tenu le choc face à un virus mortel, face à des fusillades incessantes. Elle avait traversé des régions entières accablées par la famine, avait su faire son travail en ignorant le ventre tendu des enfants et les gémissements des femmes qui les tenaient à demi-morts dans leurs bras. Se sentant ridicule, elle sourit en songeant à ce que diraient les internautes s'ils la voyaient à cet instant, leur nouvelle ministre de l'Intérieur, l'héroïne de l'humanitaire, terrifiée à l'idée d'ouvrir la porte de chez elle.

Une toux grave se fit entendre de l'autre côté, suivie d'un raclement de gorge, et à présent la peur d'Úrsúla se manifesta sous la forme d'un homme avec une barbe en qui elle avait un jour eu confiance, avant de le détester avec cette résolution mêlée de tristesse propre aux enfants. Cet individu qui avait refait son apparition dans sa vie et semblait chercher toutes les occasions de se manifester. Il n'y avait qu'un vieil homme pour émettre un tel raclement de gorge, il s'agissait forcément de Pétur. Elle voulut aller chercher le téléphone pour appeler la police mais, impuissantes, ses jambes ne lui obéissaient plus, et elle se laissa glisser, tremblante, contre la porte. Ce bouton de sécurité qui devait bientôt être installé chez elle aurait été le bienvenu. Elle aurait appuyé dessus, aurait fait arrêter Pétur, l'aurait fait enfermer. Pour qu'enfin cessent ces messages hostiles, ces incursions dans sa vie privée pendant qu'elle était seule avec ses enfants.

Comme à distance, elle entendit une clé tourner dans la serrure. La porte s'ouvrit et, par un mécanisme de défense, elle se mit à pousser sur ses jambes. Elle appuyait, appuyait avec son dos, de toutes ses forces pour la maintenir fermée, mais elle n'en avait pas assez, car la porte s'ouvrait toujours un peu plus. Elle ne se ressaisit que lorsque Nonni se fut accroupi devant elle, son visage entre ses mains, alors qu'elle pleurait à chaudes larmes, la mâchoire serrée.

– Eh, eh, Úrsúla ! Calme-toi, calme-toi. Tout va bien.

Il parlait d'un ton apaisant, mais elle n'arrivait pas à s'extirper de cet état d'alerte.

– Quelqu'un était en train de frapper, souffla-t-elle. Quelqu'un était à la porte avant que tu arrives, et il frappait et frappait et toussait. C'était Pétur, il essaie d'entrer chez nous !

– Non, non, Úrsúla ! C'était le vieux vendeur de poisson séché, rappelle-toi, celui de Grindavík, qui vient tous les mois. Il m'a dit qu'il n'osait pas sonner, au cas où les enfants dormiraient. Je l'ai croisé un peu plus bas dans la rue.

Úrsúla regarda Nonni dans les yeux, confuse. Elle avait la sensation que son cœur éclatait dans sa poitrine tandis que les larmes continuaient de couler sur ses joues. C'était sans doute l'intimité partagée avec Thorbjörn qui avait ainsi brisé toutes ses défenses, ouvert une porte dérobée qu'elle avait ces derniers mois maintenue fermement verrouillée.

– Chut, chut, mon amour, dit Nonni d'une voix réconfortante en soulevant un gros paquet de poisson séché.

49

Au grand soulagement de Marita, Kiddi avait dormi la majeure partie de la journée et n'était sorti de sa chambre que pour engloutir quelques tranches de pain avec du beurre de cacahuètes et de la confiture, sans lui adresser la parole, avant d'aller s'enfermer à nouveau. Elle avait essayé de lui donner une petite tape dans le dos pendant qu'il mangeait à la table de la cuisine, mais il avait immédiatement eu un mouvement de recul. Elle ne savait pas comment l'aborder. Ne savait même pas si elle avait l'énergie pour le faire. Elle était simplement reconnaissante à chaque heure passée repoussant l'inévitable moment où elle devrait affronter sa réaction à l'interview de la mère de Katrín Eva. Elle-même tremblait de peur et de rage depuis qu'elle l'avait lue à son réveil, et les nombreux commentaires de soutien à l'adolescente et à sa mère sur l'édition en ligne n'arrangeaient rien. De toute façon, le grand public prenait toujours la défense de ceux qui criaient le plus fort. Elle avait la sensation que sa famille était une sorte de cible que le monde entier s'autorisait à viser. Certains rappelaient que Jónatan avait un fils du même âge que Katrín Eva, comme si cela avait un quelconque rapport. D'autres se demandaient pourquoi ils avaient besoin d'une baby-sitter alors qu'ils avaient Kiddi, comme si cela avait quelque chose de louche. C'était peut-être la fatigue mais, en lisant entre les lignes, Marita avait l'impression que les gens soupçonnaient que son mari et elle avaient engagé Katrín Eva pour des motifs suspects, alors qu'ils avaient simplement cédé à la paresse de Kiddi, qui hurlait quasiment à la mort à chaque fois qu'on lui demandait de surveiller son petit frère.

Ce qui l'avait le plus agacée, c'était le commentaire de la femme qui se demandait quelle opinion elle, l'épouse de l'accusé, avait de l'affaire, comme si elle devait représenter le sexe féminin contre son mari.

Rósa, la mère de Katrín Eva, disait dans l'entretien que cette soirée avait ruiné la vie de sa fille, et la sienne également. Que plus rien ne serait jamais comme avant. Marita pouvait en dire autant de sa propre famille. Ni elle, ni Jónatan, ni Kiddi ne se remettraient de cette affaire, et elle n'arrivait pas à comprendre ce qui avait pris à Katrín Eva d'inventer une telle histoire. Comment avait-elle eu l'idée, après plus d'un an d'échanges amicaux avec la famille, de raconter des choses pareilles ?

Devant la télévision, Marita se rendit soudain compte que la série policière qu'elle regardait était terminée. Elle avait l'impression que l'épisode venait de commencer. Son tricot posées sur les cuisses, elle n'y avait pas ajouté une maille. Elle avait dû passer un long moment assise les yeux dans le vide. Elle sursauta et fit tomber ses aiguilles quand Kiddi sortit de sa chambre en hurlant :

– C'est un putain de mensonge, elle n'était pas vierge ! Elle s'est fait baiser plein de fois, je connais au moins deux mecs qu'elle a sucés !

Pétrifiée sur son fauteuil, elle l'écouta cracher ces mots terribles en agitant les poings dans les airs comme un boxeur, avant qu'il ne retourne d'un bond dans sa chambre en claquant la porte.

Marita avait envie de se lever, d'aller le voir, pour en savoir plus ou pour apaiser la colère qui grondait en lui, mais elle n'en avait pas la force. Si elle comprenait la rage qui l'animait, sa violence et sa grossièreté l'avaient tétanisée. Sa voix était plus grave et il grandissait chaque semaine, mais elle était abasourdie d'entendre son petit garçon évoquer ces pratiques sexuelles avec un tel naturel, comme si elles appartenaient à son quotidien d'adolescent.

VENDREDI

50

Adolf fit un pas vers elle quand elle entra dans l'ascenseur, comme s'il l'avait attendue. Lorsqu'elle le salua, il se contenta d'un sourire ironique, croisant les bras sur son torse. Elle crut le voir s'étirer légèrement, comme pour se grandir. Elle fut alors envahie d'une sensation désagréable, mais elle se rappela qu'elle était encore sous le choc après la soirée de la veille. Il y avait bien longtemps qu'elle n'avait pas perdu le contrôle ainsi. Elle qui n'avait même pas cédé à la panique quand Pétur s'était jeté sur elle en sortant de son coffre. Évidemment, elle ne savait pas que c'était lui à ce moment-là et, depuis qu'elle l'avait appris, elle était en proie à un douloureux mélange de crainte et de chagrin qui ouvrait en elle une brèche qu'elle s'était évertuée toute sa vie à sceller. Une brèche vers la moelle encore fragile, encore immature de l'enfant. Reculant d'un pas, elle répéta « bonjour » d'un ton plus décidé.

– Est-ce qu'un comité a été mis en place afin d'évaluer notre proposition ? demanda-t-il de but en blanc avec froideur.

L'ascenseur s'immobilisa au même moment et Úrsúla fit un pas dehors.

– Non, pas un comité, répondit-elle en feignant un sourire amical. Mais j'ai réuni un groupe informel qui va travailler avec les garde-côtes pour trouver un terrain d'entente.

Adolf bloqua la porte de l'ascenseur.

– Ah oui ? On ne m'a pas parlé d'un quelconque groupe de travail.

Le sourire d'Úrsúla s'élargit.

– En effet, vous n'en faites pas partie, rétorqua-t-elle avant de tourner les talons.

Elle parcourut le couloir d'un pas rapide en entendant les portes de l'ascenseur se refermer derrière elle et fila droit vers son bureau, non sans signaler au passage à Freyja qu'elle ne voulait pas être dérangée durant l'heure qui suivait.

Haletante, elle s'appuya contre la porte après l'avoir claquée. Son regard se posa sur Eva, assise le nez pratiquement collé à son écran d'ordinateur.

– Je n'en reviens pas, murmura celle-ci.

Úrsúla acquiesça.

– Oui, j'ai lu l'interview de la mère de cette pauvre adolescente en rentrant à la maison hier. C'est tellement tragique.

Eva secoua la tête et Úrsúla eut un frisson dans le dos en voyant son expression.

– Je ne parle pas de ça, dit-elle. Je suis en train de lire un article qui vient d'être publié il y a quelques minutes. Un article à ton sujet.

51

« Selon nos sources, la ministre aurait, au cours d'une réunion avec ses collaborateurs et la police, demandé à consulter le dossier médical du dénommé Pétur Pétursson afin de connaître notamment ses antécédents psychiatriques. Il convient de rappeler que de telles informations sont évidemment confidentielles. »

Ódinn lisait d'une voix si grave et puissante que Gunnar en avait presque mal aux oreilles. Le chef de cabinet lâcha l'ordinateur sur la table dans un bruit sec.

– Nous étions trois lors de cette réunion, siffla-t-il en fixant Gunnar d'un regard perçant. D'où vient cette foutue fuite ?

– Je n'en sais rien, répondit l'intéressé en haussant les épaules. Je suis aussi perplexe que vous.

Ódinn continua de le regarder un bref instant avant de soupirer et de s'appuyer contre le dossier de son siège. S'il avait toujours semblé savoir garder son sang-froid, il employait à présent un ton sec et cassant et paraissait au bord de la crise de nerfs.

– Je ne comprends pas, dit-il. J'en ai parlé avec Boris, il était sous le choc, il n'avait même pas commencé à se renseigner. Personne au sein de la police ne peut être au courant, quant à moi je n'en ai pas pipé mot.

– Dans ce cas, c'est censé être moi ?

Gunnar esquissa un sourire forcé, dans une vaine tentative de montrer le ridicule de cette accusation. Le chef de cabinet resta impassible. Faisant tourner son fauteuil, il contempla par la fenêtre le ciel sombre qui ne se dégagerait pas avant la fin de la journée.

– Peut-être que tu l'as mentionné en passant à quelqu'un, sans y penser ? dit-il, les yeux toujours rivés sur la fenêtre.

– Non, affirma Gunnar.

– La réunion a eu lieu hier ! s'exclama Ódinn en se tournant de nouveau vers lui. Cette histoire n'a pas pu voyager bien loin en si peu de temps.

Gunnar haussa les épaules une nouvelle fois. Il n'avait aucune explication à donner, n'avait pas la moindre idée de la façon dont cette demande innocente et à vrai dire tout à fait compréhensible d'Úrsúla était devenue l'objet d'une telle controverse dans les médias.

– Tu es en couple ? demanda Ódinn.

– Je n'en ai parlé à absolument personne, insista Gunnar, voyant où l'homme voulait en venir. C'est aussi simple que ça.

Lâchant un soupir, Ódinn se tourna de nouveau vers la fenêtre.

– C'est un désastre que la ministre soit l'objet d'un tel scandale une semaine après avoir pris ses fonctions.

– Qu'est-ce qu'on fait ? demanda Gunnar en se levant.

D'un bond, le chef de cabinet l'imita.

– Vous ne faites absolument rien, martela-t-il. Le ministère publiera une déclaration et invoquera un malentendu.

Gunnar hocha la tête et tourna les talons, sentant le regard d'Ódinn peser sur sa nuque tandis qu'il quittait le bureau. De toute évidence, ce dernier ne le croyait pas et soupçonnait qu'il était la cause de la fuite.

Gunnar rejoignit l'ascenseur. Attendant que la porte s'ouvre, il consulta le journal sur son téléphone. C'était le chaos sur les réseaux sociaux et, sous l'article, chacun y allait de son commentaire. Il fit défiler l'un des échanges.

Gudmundur Jónsson : *Tiens tiens, encore un abus de pouvoir.*

> Abbi Stabbi Ólason : *Pour qui elle se prend cette bonne femme, au juste ? Les dossiers médicaux sont confidentiels !!*
>
> > Óli Gunnars : *Hey, mec : ce Pétur est l'assassin de son père, elle veut peut-être juste être sûre que ses enfants sont en sécurité.*
> >
> > Ingigerdur Adamsdóttir : *Dans ce cas, elle ferait mieux de rester chez elle pour s'en occuper, au lieu de se mêler de politique dont elle ne connaît visiblement rien.*
> >
> > > Hulda Ýr : *Euh… les années 50 ont téléphoné, elles voudraient récupérer leurs idées. Sérieux : les femmes sont censées rester chez elles ?*
>
> Emma Björk Eyfells : *Peu importe sa position, elle n'a absolument pas le droit de consulter le dossier médical de qui que ce soit, surtout pas d'un patient psy. Ce sont des informations sensibles !!*

PetitBlagueur : *Tout ce qu'elle mérite, c'est un bon coup de trique, celle-là :)*

> Hulda Ýr : *Sérieux ? Une femme politique fait un truc qui te plaît pas, et c'est le seul commentaire qui te traverse la tête ? Sale pervers.*

Einar Einarsson : *Ces privilégiés se croient tout permis ! Ils n'hésitent pas à abuser des personnes malades et à empiéter sur leurs droits fondamentaux. Démission !*

Gudmundur Jónsson : *Ben alors, les bobos bien-pensants ne sont plus contents de leur idole ?*

Secouant la tête, Gunnar pénétra dans l'ascenseur. Il ferait mieux de passer un coup d'aspirateur dans la voiture plutôt que de poursuivre cette lecture.

52

– S'il te plaîîîît, rentre à la maison, avait-elle dit d'une voix suppliante.

Appuyé contre le piédestal de la statue d'Ingólfur Arnarson, son père s'était contenté de lever sa flasque de schnaps en l'air, portant son regard vers le port pour trinquer.

– La vie bourgeoise, ce n'est pas pour moi, avait-il répondu.

Pétur avait immédiatement renchéri en tapant sur l'épaule de son ami :

– Cet homme est un artiste, il est fait pour la bohème ! On n'enferme pas un artiste dans un pavillon de banlieue.

Ils avaient alors chanté *Little boxes*, comme ils le faisaient si souvent quand elle venait demander à son père de revenir. La chanson terminée, Úrsúla s'était mise à pleurer. Accablée de désespoir, elle rêvait de pouvoir l'obliger à la suivre, à prendre un bain, à dormir et à manger un bon repas ; alors, tout s'arrangerait. Après quelques jours, il retournerait au travail et rapporterait de l'argent à la maison pour sa mère et elle. Comme avant.

– Maman est tellement fatiguée, dit Úrsúla. Elle travaille beaucoup et elle tricote plein de pulls quand elle rentre, pour avoir un peu plus d'argent, mais il n'y a jamais rien dans le frigo.

– Voilà qui en dit long sur cette bonne femme ! Perdre son temps à tricoter alors qu'elle pourrait le passer à lire les sagas islandaises et nourrir son esprit ! s'écria Pétur.

Le père d'Úrsúla lui asséna alors un coup de coude.

– Quel âge tu as maintenant, ma petite Úrsúla ? demanda-t-il avec douceur.

Elle ne comprenait pas comment il avait pu oublier.

– Dix ans, répondit-elle, voyant les larmes se mettre à couler sur son visage crasseux. S'il te plaît, rentre à la maison et aide-nous.

– Je suis un incapable, répliqua-t-il avant de boire une gorgée de sa flasque et de se remettre à pleurer.

C'était la dernière fois qu'Úrsúla avait tenté de lui demander de l'aide. Après cela, c'était toujours elle qui l'aidait. Avec la petite monnaie de sa tirelire, ou les sandwichs qu'elle lui faisait à l'insu de sa mère et qu'elle lui apportait en ville.

– Tout va bien ?

Posant la main sur son épaule, Eva se pencha sur elle. Assise à son bureau, elle n'avait pas remarqué que la porte s'était ouverte et que son assistante était entrée. Úrsúla se ressaisit, l'esprit à demi paralysé.

– Oui, oui, ça va. J'étais juste en train de penser à mon père. Cette affaire avec Pétur remue beaucoup de choses.

– J'imagine. Tu sais que je suis là pour toi quand tu veux. J'ai une épaule confortable sur laquelle pleurer.

Úrsúla sourit. C'était une belle offre, même si elle s'imaginait mal l'accepter. Elle n'avait pas l'habitude de pleurer, surtout pas au sujet d'un passé si lointain. Seul Nonni avait vu son côté sensible – la peur, le chagrin, la perte de contrôle dont elle était parfois victime. Comme la veille au soir quand le vendeur de poisson séché avait frappé à la porte.

– Merci, Eva. Tu es la meilleure. Mais pour parler d'autre chose, tu veux bien réunir une équipe de consultation qui pourrait évaluer avec les garde-côtes l'augmentation de leur budget ? Sans inclure cet Adolf, je n'aime pas son attitude.

Eva nota les instructions sur son téléphone à la vitesse de l'éclair.

– Autre chose ?

– Oui, la première mission de cette équipe serait d'aller voir les garde-côtes sur leur lieu de travail, et je veux les accompagner. Pour leur montrer que je prends leur demande très au sérieux. Peux-tu aussi m'organiser une visite au Bureau de l'immigration ? C'était ma priorité, mais je n'ai toujours pas eu le temps de m'y atteler…

Quand la porte se fut refermée derrière Eva, cette étrange torpeur nourrie de souvenirs mêlés s'empara à nouveau d'Úrsúla. Elle n'aurait su dire combien de temps elle avait passé ainsi paralysée, à regarder dans le vide. La sonnette de la porte d'entrée résonna dans son esprit. Le pasteur était arrivé accompagné de deux agents de police pour les informer, sa mère et elle, que son père était décédé. Et que Pétur était soupçonné d'être responsable de la tragédie. Sa mère avait pleuré, demandé pourquoi diable on avait enfermé ces deux hommes dans une même cellule. L'un des deux policiers avait expliqué que c'était samedi soir, que c'était la pleine lune et que toutes les cellules étaient occupées. Ils avaient présenté leurs condoléances, puis le pasteur avait posé sa main sur le crâne d'Úrsúla et récité une brève prière. Elle se rappelait avoir trouvé cela désagréable, comme si le pasteur la croyait plus jeune qu'elle n'était, comme s'il la prenait pour une enfant innocente, alors que, à douze ans, elle avait depuis longtemps perdu la foi en Dieu.

Elle avait souvent songé à quel point ce moment et la mort de sa mère, survenue dix ans plus tard, étaient différents. Alors adulte, elle lui avait tenu la main, assise à son chevet à l'hôpital, tandis que la vie lui échappait. Un sentiment de paix, d'intimité s'était mêlé au chagrin et à la reconnaissance qu'éprouvait Úrsúla. La mort de sa mère n'avait pas été violente. C'était une mort naturelle, quoique prématurée. Elle n'éveillait ni questions ni doute.

Úrsúla sursauta quand son téléphone sonna. Elle avait beau s'être promis de ne pas décrocher si Thorbjörn l'appelait, elle ne put résister à la tentation.

– J'espère que tu t'es bien fait plaisir ! siffla-t-elle dans l'appareil.

Le journaliste se défendit immédiatement.

– Je n'en savais rien, je n'ai été au courant de l'article que deux minutes avant qu'il soit mis en ligne, je te le jure ! Sinon, je t'aurais évidemment prévenue.

– Comment un tel article peut passer inaperçu dans une rédaction composée de quatre journalistes qui travaillent dans le même bureau ?

– Peut-être exactement pour cette raison, répliqua Thorbjörn. Nous ne sommes pas assez nombreux, nous sommes surchargés de travail et nous n'avons pas le temps de discuter ensemble. Tu ne peux pas savoir à quel point je suis navré, Úrsúla, je suis sous le choc.

– Qui est votre foutu informateur ? cracha-t-elle.

Malgré ses efforts pour rester intraitable, sa colère fondit et céda la place à un désir incontrôlable de sentir le corps nu de Thorbjörn contre sa peau.

– Je vais me renseigner pour toi, répondit-il. Je suis à la maison, là. Viens.

– Non.

– Allez. Viens.

53

La journée avait visiblement été difficile pour Úrsúla. Elle semblait même avoir maigri depuis le matin. Flottant sur son siège à côté de lui, elle paraissait absente, l'esprit à mille lieues de toute matérialité. Gunnar conduisait tranquillement, la distance était courte et il voulait faire durer le trajet au maximum pour lui laisser l'occasion de l'interrompre. Il savait parfaitement ce qu'elle faisait. C'était évident. C'était la deuxième fois en deux jours qu'elle lui demandait de l'emmener chez cet homme pour ce qu'elle appelait une « brève entrevue ».

En cherchant qui vivait à cette adresse dans le Registre national, il avait trouvé un dénommé Thorbjörn. Gunnar avait l'estomac noué à l'idée que la ministre s'autorise ainsi des visites au motif vraisemblablement personnel à un homme qui travaillait pour un journal en ligne dont l'unique objectif semblait être de ternir la réputation des dirigeants du pays.

– Vous êtes sûre de pouvoir faire confiance à ce… journaliste ? demanda-t-il prudemment en arrivant devant l'immeuble, qu'il avait toujours pris pour une cité étudiante.

– Oui, répondit Úrsúla en évitant son regard avant de sortir du véhicule. Je ne serai pas longue.

Clairement, elle ne voulait pas qu'il l'escorte. Il se contenta de la suivre du regard tandis qu'elle montait les marches jusqu'à la porte d'un des appartements. Elle disparut à l'intérieur sans avoir pris la peine de frapper. Pour éviter de se faire remarquer, Gunnar alla se garer sur une place discrète au fond du parking d'où il pouvait tout de même garder un œil sur l'immeuble.

Il avait un jour rêvé de vivre dans ce quartier proche de l'université qui accueillait essentiellement étudiants et professeurs. C'était à l'époque où il envisageait une carrière universitaire, où il pensait trouver son bonheur dans ces longs débats de fond avec des enseignants qui étaient en tout point différents de son père. Des hommes et des femmes qui le respectaient, l'écoutaient, le guidaient. Vers la fin de l'adolescence, il avait toutefois compris que le seul moyen pour lui de s'émanciper serait d'acquérir une force physique exceptionnelle. Puissance et vigueur lui donneraient la confiance nécessaire pour tout affronter. Et finalement, il avait réussi à faire un métier de cette lubie, comme son père l'avait qualifiée avec amertume, le jour où Gunnar était parvenu à prendre le dessus sur lui lors d'une énième cuite.

Tu fais quoi ce soir ?

Le message provenait d'Íris.

Rien, répondit-il.

Je peux venir chez toi ?

Gunnar eut presque l'impression d'entendre l'optimisme dans la sonnerie du téléphone.

Non, je suis fatigué, écrivit-il. *On se voit plutôt demain.*

Tu vas en voir une autre, c'est ça ?

Cette fois, la sonnerie avait semblé plus stridente et le message fut suivi d'un smiley avec des cornes tenant un trident.

Non, ma douce, répondit-il. *Je suis juste fatigué.*

Cela l'amusait de l'appeler « ma douce », « ma petite chérie » ou « ma puce ». Elle ne semblait pas se rendre compte de l'ironie d'un tel vocabulaire pour la qualifier. Íris était aussi loin qu'on peut l'être d'une petite puce toute douce.

Il jeta un coup d'œil à l'heure. Dix minutes seulement avaient passé depuis qu'Úrsúla était entrée dans l'appartement de Thorbjörn. Si la visite se déroulait comme la dernière fois, elle resterait au moins une demi-heure de plus. Il en profita pour consulter sa boîte de réception. Un nouveau mail de Fossi l'attendait, envoyé à l'adresse d'Úrsúla mais qu'Eva avait visiblement intercepté avant que la ministre le voie.

Espèce de salope, démissionne et je ne viendrai pas chez toi pour te violer, sale pute de féminazi qui détruit tout sur son passage.

Gunnar relut le mail encore et encore. Qu'est-ce qui pouvait bien éveiller une telle hostilité chez ce fou furieux ? Sans parler de progrès, il fallait admettre que c'était la première fois que le dénommé Fossi disait clairement ce qu'il attendait d'Úrsúla. Pourquoi il lui envoyait ces messages si terribles. Il voulait qu'elle démissionne de ses fonctions.

54

Allongée par terre, la tête appuyée sur l'épaule de Thorbjörn, Úrsúla commençait à peine à reprendre son souffle lorsqu'elle se mit à comparer le journaliste à Nonni. Et, assurément, il ne faisait pas le poids. Elle n'y comprenait rien. Elle avait à la maison un mari séduisant, plein de charme, qui l'avait soutenue durant toutes ces années, dont elle savait qu'il l'aimait, et pourtant elle était là, chez ce type plutôt rustre qu'elle ne connaissait pas du tout. Mais peut-être que c'était l'explication. Chez cet inconnu, elle avait la liberté. Si elle s'autorisait à s'ouvrir de nouveau à Nonni, si elle le laissait accéder aux émotions qui bouillonnaient en elle, elle craignait de devoir lui raconter ce qui s'était passé au Liberia. Lui raconter que les bombes, les fusillades qui faisaient son quotidien en Syrie avaient presque été un soulagement après l'effroyable confrontation au virus Ebola. Que la violence extérieure n'était rien à côté de celle que le corps humain pouvait abriter. Elle ne s'en sentait pas la force. Elle ne voulait pas le voir perdre son optimisme, sa naïveté d'enfant qui lui faisaient croire en la beauté du monde.

Úrsúla se redressa et enfila son débardeur en jetant un coup d'œil autour d'elle dans l'appartement de Thorbjörn. Comme dans les autres logements étudiants, le salon et la cuisine constituaient une seule pièce, puis il y avait la chambre et une petite salle de bains dans le prolongement du vestibule. Un logement considéré comme décent pour un étudiant islandais pendant quelques années, mais qu'une famille syrienne n'aurait pas refusé, même à long terme. Úrsúla se demanda comment Thorbjörn avait atterri ici, à son âge, avec un emploi stable, mais elle n'osa pas lui poser la question. Cela ne la regardait pas.

– Tu t'en vas ? demanda-t-il, lui caressant la cuisse, provoquant un frisson de plaisir en elle.

– Mon chauffeur m'attend dehors.

– Comment tu te sens ?

Elle haussa les épaules.

– Je n'ai pas l'habitude de faire ce genre de choses. Je n'ai jamais trompé mon mari auparavant.

Sans rien dire, Thorbjörn continua à la caresser avant qu'elle ne repousse soudain sa main.

– Tout va bien ?

Au lieu de lui répondre comme elle répondait à Nonni, à savoir en acquiesçant et en feignant un sourire, elle dit la vérité. C'était si facile, si naturel – sans conséquence.

– Non, ça ne va pas bien. Cela fait bien longtemps que ça ne va plus bien du tout.

SAMEDI

55

– Bien, bien, dit simplement le Premier ministre lorsque Úrsúla décrocha le téléphone.

Il n'y avait rien à ajouter pour qu'elle comprenne l'objet de son appel. Il espérait des nouvelles, qu'elle avait trouvé un bon prétexte pour faire marche arrière dans le projet de nationale Sud. Elle mima un *désolée* du bout des lèvres à l'intention d'Eva, assise face à elle, de l'autre côté du bureau. Elles étaient occupées à parcourir la liste des rendez-vous de la semaine suivante quand la sonnerie du téléphone avait interrompu Úrsúla au milieu d'une phrase.

– Rien de nouveau pour le moment, dit-elle avant de s'appuyer au dossier de son fauteuil, se tournant vers la fenêtre d'où elle apercevait les montagnes d'un bleu pâle au loin. Je continue d'y réfléchir.

Un rayon de soleil perçait les nuages et baignait un pan du mont Akrafjall d'étranges lueurs qui lui conféraient une aura mystique.

– Tu devrais t'adresser à Ódinn, dit le Premier ministre. Il est capable de te composer un argumentaire auquel personne ne comprendra rien mais qui semblera crédible malgré tout.

– Oui, je finirai sans doute par m'en remettre à lui. Mais je voudrais repousser l'échéance un peu. Le contrat n'attend plus que ma signature et je peux temporiser. Je voudrais que l'attention des médias autour de l'affaire du clochard retombe avant de me jeter dans la fosse aux lions.

– On peut noyer un scandale avec le suivant, rétorqua le Premier ministre. Plus on agite la poussière, mieux cela vaut.

– Je ne sais pas si je suis d'accord avec toi, Sieur Machiavel.

Elle espérait qu'un peu d'humour ferait redescendre la tension qu'elle percevait dans sa voix, mais cela eut l'effet inverse. Le Premier ministre ne semblait pas du tout d'humeur à plaisanter.

– Rúnar, ton prédécesseur, ne supportait pas la pression. Il s'est contenté de plier bagage et de prendre un congé maladie. Le moment est venu de voir si toi, tu es capable de tenir.

Avant même qu'Úrsúla ait le temps de digérer cette remarque, il avait dit au revoir et raccroché. Selon toute vraisemblance, il n'avait pas appelé pour savoir où en était l'affaire, mais bien pour lui mettre la pression.

– C'était quoi, ça ? demanda Eva, la regardant d'un air surpris.

Visiblement, la conversation téléphonique avait eu l'air aussi étrange de l'extérieur que de l'intérieur.

– C'était notre Premier ministre, lâcha Úrsúla dans un soupir. Il veut que je fasse sauter le projet de nationale.

– Quoi ? fit Eva, bouche bée. Il a perdu la raison, ou bien… ?

– Je sais.

Úrsúla se demanda une seconde si elle ne ferait pas mieux d'épargner les détails à Eva, mais elle avait terriblement besoin de parler à quelqu'un. D'avoir l'opinion d'un tiers et de formuler la problématique à voix haute.

– Il y a un souci avec le financement, expliqua-t-elle. L'un des fonds derrière le projet appartient à Ingimar Magnússon.

– Merde, fit Eva. Putain de bordel de merde, même.

Úrsúla eut un léger rire avant de soupirer.

– C'est le moins qu'on puisse dire. Si ça se sait, le gouvernement sera la risée de tous. Être allé aussi loin dans les négociations sur des travaux d'une telle envergure sans savoir à qui ils avaient affaire… Et si on fait comme si de rien n'était, si on poursuit le projet et que les gens apprennent qu'on savait qu'Ingimar était derrière tout ça, c'est encore pire. On ne peut pas dire que cet homme soit la personne la plus populaire en Islande en ce moment.

– Bordel… lâcha Eva.

Úrsúla avait presque envie de l'encourager à continuer de jurer – cela la soulageait. Elle-même aurait tout donné pour noyer cette putain d'affaire sous un océan de jurons et d'insultes.

– Le pire, c'est que je crois qu'on m'a confié ce poste justement dans ce but. Pour être la femme impopulaire qui va mettre fin à des travaux absolument vitaux que nos concitoyens attendent depuis une éternité. C'est pour ça que les deux partis de la majorité ont accepté d'avoir une ministre sans étiquette.

– Mer… commença Eva avant de s'interrompre. Il doit bien y avoir un moyen. On ne peut pas mettre fin à ce projet. Les touristes sont de plus en plus nombreux dans le Sud et les accidents ne cessent de se multiplier.

Úrsúla la regarda d'un air pensif. La déception d'Eva n'était sans doute rien à côté de celle qu'exprimeraient les habitants des régions concernées, les chauffeurs routiers et les agences de voyages.

– Il faudrait que je puisse parler à ce dénommé Ingimar, dit Úrsúla. Pour l'entendre explicitement me dire qu'il est derrière le projet. Je dois être sûre que le Premier ministre me dit la vérité. J'ai la sensation qu'on essaie de me manipuler.

Eva hocha la tête.

– Hors de question que tu essuies les plâtres de leur incompétence. Mais personne ne doit savoir non plus que tu es en contact direct avec Ingimar. C'est un terroriste.

56

Devant l'expression agacée de Nonni, Úrsúla s'empressa de mettre fin à sa conversation avec Eva avant de raccrocher et de glisser le téléphone dans sa poche. Il faisait un froid glacial, la neige crissait sous les pas des visiteurs qui allaient et venaient dans le musée en plein air d'Árbær.

– Non seulement tu rentres à la maison avec deux heures de retard, tu n'as quasiment pas lâché ton téléphone depuis, et maintenant ça, murmura-t-il pour éviter que les enfants ne l'entendent.

Par *ça*, il voulait dire sa longue conversation avec le directeur du Bureau de l'immigration qui, par hasard, achetait son billet pour le musée au moment où ils étaient arrivés. Après quelques sourires polis et les civilités habituelles, la femme du directeur et Nonni avaient emmené les enfants au terrain de jeu pendant qu'Úrsúla insistait auprès de son confrère sur l'importance de leur collaboration.

– J'ai éteint mon téléphone, dit-elle en glissant son bras sous celui de Nonni.

Elle avait été surprise par le ton sec du directeur du Bureau de l'immigration. Il avait marmonné quelques phrases, semblant indifférent à tout ce qu'Úrsúla lui disait. Il paraissait n'avoir aucun respect envers le ministère dont dépendait son institution, sans doute convaincu qu'une ministre qui ne serait en place que pendant un an aurait peu d'impact sur la politique migratoire.

Tout excités, les enfants descendirent l'allée en courant. Le programme du jour : faire des crêpes et suivre la visite de la ferme ancienne au toit de tourbe. Lorsqu'ils étaient en vacances d'été ou de Noël en Islande, ils avaient l'habitude de venir ici. C'était d'abord l'exposition de jouets qui avait le plus attiré leur attention, puis les animaux, mais cette fois Herdís portait un réel intérêt aux vieilles maisons et à la vie qu'on y menait. Ari, lui, s'intéressait à tout ce qui se mangeait – pour le reste, il semblait juste content de suivre le mouvement. Content lorsqu'ils étaient réunis en famille. Úrsúla aurait aimé que Kátur puisse les accompagner. Il allégeait toujours l'atmosphère et faisait rire tout le monde avec son indéfectible joie de vivre.

Elle avait bien fait de passer au ministère le matin même pour terminer les quelques tâches qu'il lui restait, répondre aux mails, aux questions de ses collaborateurs, et commencer à préparer la prochaine séance parlementaire. Elle était nerveuse et voulait être parfaitement prête pour sa première intervention officielle devant les députés. Le bâtiment était quasiment désert le samedi, et les médias absents, ce qui facilitait sa concentration. Depuis vingt-quatre heures, les journaux n'arrêtaient pas de ressasser les mêmes propos, se copiant les uns les autres, publiant des interviews avec des juristes qui n'arrivaient pas à se mettre d'accord sur les documents qu'un ministre avait le droit de consulter. Avec un peu de chance, la tempête passerait après le week-end.

Une odeur appétissante les accueillit lorsqu'ils pénétrèrent dans la ferme en tourbe. Les enfants étaient entrés les premiers, et Ari faisait déjà cuire une crêpe sur le feu en suivant les instructions d'une femme vêtue d'un pull en laine islandaise. Ils mangèrent, félicitèrent le petit garçon pour sa dextérité et, l'espace d'un instant, tout sembla parfaitement à sa place. Tous les quatre réunis, heureux, riant aux éclats.

– Ça alors ! Madame la Ministre elle-même qui vient nous rendre visite, dit un homme en entrant dans la cuisine.

Úrsúla eut une sensation désagréable en observant son visage familier, toutefois elle ne parvenait pas à situer où elle l'avait rencontré. Il régla rapidement le problème en tendant la main à Nonni pour se présenter :

– Bergmundur, linguiste spécialisé dans la langue et le folklore islandais.

– Jón, répondit Nonni. Et voici nos enfants, Herdís et Ari.

L'homme ne leur accorda pas un regard, fixant Úrsúla qui reconnut soudain l'un des universitaires venus la voir au sujet du Comité des prénoms. La ride soucieuse entre ses yeux semblait s'être encore creusée et, à en juger par le ton de sa voix, il n'avait pas pardonné à la ministre le déroulement de leur réunion.

– Je vous aurais plutôt crue du genre à visiter Disneyland, dit-il avec une ironie manifeste.

Il retira son manteau et Úrsúla resta sans voix face à son pull islandais tout en nuances de gris, avec des boutons et des côtes noires au bas des manches.

– J'aime les activités variées, marmonna-t-elle. Nous voulons que nos enfants essaient un peu de tout.

– Il y a un Disneyland en Islande ? demanda Ari.

Sa sœur lui asséna un coup de coude.

– Bien sûr que non, idiot !

– Pas de ça, les enfants, siffla Nonni d'un ton sévère.

– Pourquoi il dit ça, alors ? insista Ari d'une voix plus aiguë.

On décelait dans son timbre une sorte de désespoir, comme s'il craignait qu'on lui ait caché l'existence du grand parc d'attractions américain en Islande.

– Il y a un Disneyland ou pas ?

Cette fois, personne ne répondit, car Úrsúla l'emmena dehors.

– Allons manger des gaufres à la cafétéria, lâcha-t-elle.

Les enfants traversèrent en courant le plant d'herbe durci par le gel.

– Tu aurais pu lui dire au revoir un peu plus poliment, fit remarquer Nonni lorsqu'il l'eut rejointe dans la cour.

Il bouillait de colère. Il avait à vrai dire été à cran depuis le lever, lorsqu'il avait appris les nouvelles règles de la maison stipulant que personne ne pouvait répondre à la porte sauf lui, et que lui-même devait d'abord consulter l'écran connecté à la caméra de surveillance au-dessus de la porte d'entrée. Ils suivirent les enfants en silence en direction de la cafétéria. Úrsúla se surprenait elle-même du manque de courtoisie dont elle avait fait preuve, mais son esprit avait été absorbé par le pull en laine de l'homme, dont l'encolure arborait, dans des tons gris et noirs, un motif de rose à huit pétales tout à fait singulier et complexe. Le même que sur le pull de son père.

57

Marita versa de l'huile sur le gigot congelé posé sur la plaque du four avant de le saupoudrer d'une généreuse quantité de sel. Sa mère avait toujours mis les gigots d'agneau surgelés directement au four, mais Jónatan lui avait plus tard appris qu'il valait mieux les laisser décongeler trois à quatre heures au réfrigérateur, puis toute une journée à température ambiante.

– En l'occurrence, il vaut mieux faire un peu ramollir le membre avant de l'enfourner, avait-il dit.

Ils avaient ri ensemble. Puis il l'avait embrassée et lui avait donné une légère tape sur les fesses. Elle était heureuse alors.

Se remémorant cette plaisanterie grivoise, elle avait la nausée. Cette putain d'affaire n'entachait pas seulement le présent, mais également l'ensemble de ses souvenirs. Chacun de leurs échanges était désormais recouvert d'un voile de souffrance et de déception dont elle ignorait s'il se dissiperait un jour. À vrai dire, on pouvait bel et bien affirmer que tout était fichu. Cette catastrophe avait ruiné leur existence : leur passé, leur présent et leur avenir.

Marita versa du paprika et du curry sur la viande avant de la masser jusqu'à ce que les deux épices se mêlent en une pâte orange et que ses mains soient anesthésiées par le froid. Jónatan devrait s'en contenter en rentrant ce soir. Elle ne se sentait pas le courage d'aller acheter autre chose pour le dîner et avait décidé d'improviser avec ce qu'il lui restait.

Elle se versa une tasse de café. Elle s'était mise à préparer des cafetières entières chaque matin. Elle se resservait sans cesse, puis oubliait systématiquement chaque nouvelle tasse dans l'une ou l'autre pièce de la maison et ne les retrouvait qu'une fois la boisson froide. Elle avait fini de plier environ la moitié de son linge, empilé à côté des autres vêtements propres qui s'amoncelaient de manière désordonnée dans le salon. L'aspirateur gisait au milieu du couloir des chambres, elle avait juste assez d'énergie pour faire une pièce à la fois.

S'asseyant avec son café devant l'ordinateur, elle ouvrit Facebook, où elle trouva les messages de sa mère avec quelques photos de Klemmi. La nostalgie s'empara d'elle lorsqu'elle vit les joues roses et le sourire joyeux du petit garçon. Elle envoya quelques lignes à sa mère pour la remercier. Ce n'était pas nécessaire, la vieille femme était ravie de pouvoir s'occuper de son petit-fils, mais cela apaisait sa culpabilité d'avoir dû en quelque sorte abandonner son enfant. Elle ouvrit l'album photo pour contempler d'autres clichés de Klemmi. Il changeait si vite qu'on pouvait presque le voir grandir rien qu'en faisant défiler les pages. S'arrêtant sur un portrait de Jónatan avec ses deux fils datant de l'été précédent, elle cliqua dessus pour l'ouvrir en grand. Assis dans le jardin, l'homme tenait Klemmi sur ses genoux, avec Kiddi debout à côté en bermuda. C'était incroyable ce que les deux frères pouvaient ressembler à leur père. Dans les commentaires en dessous de la photo, Katrín

Eva disait : *Quels beaux garçons,* compliment qu'elle faisait suivre d'un cœur rouge. Jónatan avait répondu : *Surtout le plus âgé des trois, n'est-ce pas ?*, ce à quoi Katrín Eva avait répondu : *Oui !* avec une série de petits cœurs.

– Tu as vu ça ? fit Marita en montrant l'écran à Kiddi qui venait d'entrer dans la cuisine en pyjama.

– Je sais. Cette pute disait à tout le monde à l'école qu'elle trouvait papa sexy.

Marita en resta bouche bée. Comment n'en avait-elle jamais entendu parler ? Après ces si nombreuses conversations avec Jónatan sur les raisons qui auraient pu pousser l'adolescente à porter plainte contre lui. Cette anecdote éclairait l'affaire sous un nouveau jour. Elle changeait même complètement la donne.

– Attends une seconde… bégaya-t-elle. La police est au courant ?

– Oui, répondit Kiddi. Quand ils sont venus de Reykjavík pour interroger papa, ils ont aussi voulu me parler, tu te rappelles ? Papa était là en tant que responsable légal. Katrín Eva passait clairement son temps à le draguer, on ne s'est pas privés de le dire à la police. Tu fais attention à ce qui se passe autour de toi ou pas du tout ?

Il avait craché cette dernière phrase avec fureur puis, d'un geste précipité, avait ouvert le réfrigérateur, pris une brique de lait aromatisé au chocolat et avait disparu dans sa chambre.

L'esprit de Marita semblait soudain mû d'une énergie nouvelle. Enfin elle comprenait le comportement de Katrín Eva quand elle l'avait croisée le fameux soir.

Peut-être qu'elle pleurait bel et bien, ainsi que la police l'avait suggéré, en sortant de la maison. Se pouvait-il que l'adolescente ait fait des avances à Jónatan et qu'il l'ait repoussée ? Se pouvait-il qu'elle l'accuse d'un crime si terrible pour se venger de lui ?

58

– Oh que si, tu as pris des trucs ! s'exclama Stella en observant les paupières tremblotantes de Gréta.

Elle-même avait avalé une pilule, mais ce n'était visiblement rien à côté de ce que la journaliste s'était enfilé. Celle-ci était déjà arrivée au dîner des Anna quand Stella avait fait son apparition, avec un retard savamment calculé, comme d'habitude, pour s'épargner les éternels débats sur la pluie et le beau temps quand tout le monde était encore sobre. Ce n'était toutefois pas un problème ce soir-là, Gréta et une autre convive aussi éloquente monopolisaient la conversation en monologuant à tour de rôle pendant que le reste des invitées écoutait attentivement. L'ecstasy avait le don de rendre intéressant le plus insipide des babillages.

– Je me sens si libre maintenant, fit Gréta. Je dis simplement ce que je pense. Par exemple, je vais te demander expressément de me tenir au courant si la ministre te dit quelque chose au sujet de ces dossiers médicaux qu'elle a réclamés, ou bien si elle te parle de son père, de la façon dont il est mort, et tout ça. Tu me dis, hein ? Hein ? Tu me dis ? Parce que je suis ton amie, hein ?

– Je suis tenue à la confidentialité, répliqua Stella.

Ce qui était la stricte vérité, elle avait signé un papier à ce sujet lorsqu'elle avait commencé à travailler là-bas. Les incessantes questions de Gréta sur le ministère l'agaçaient, mais il fallait bien admettre qu'elle avait donné cette réponse surtout parce que c'était plus intéressant que d'admettre qu'elle était femme de ménage et qu'on ne lui faisait aucune confidence.

– T'es tellement mignonne ! s'exclama Gréta en gloussant avant de lui pincer la joue.

Elle tendit ensuite son téléphone à Stella.

– Tu peux me commander un taxi ? Les lettres n'arrêtent pas de sauter sur l'écran.

Pas étonnant qu'elle ait du mal à lire, songea Stella, elle-même prise de vertige rien qu'en essayant de la regarder dans les yeux.

– Tu vas à une autre soirée ? demanda-t-elle en réservant un taxi sur l'application dédiée. Tu comptes retrouver ta *dulcinée* ?

– Non, elle est prise ce week-end. Je vais me faire conduire jusqu'à la colline d'Öskjuhlid ou je ne sais quel endroit sombre pour observer les aurores boréales. J'ai cru recevoir comme un message de l'univers, apparemment elles sont magnifiques en ce moment. Tu vois, quoi, quelque chose qu'il faut absolument voir. C'est cette liberté intérieure que je ressens ce soir.

Une chose était sûre : quel que soit l'endroit auquel Gréta était connectée, ce n'était pas à la Terre. Stella eut une sensation désagréable.

– Ce n'est peut-être pas une très bonne idée d'aller dans un endroit sombre avec un chauffeur de taxi dans l'état où tu es, dit-elle.

Elle lui prit le bras pour attirer son attention tandis qu'elle se tenait dans l'entrée, un sourire niais sur le visage. Son regard allant et venant d'un point à l'autre de l'appartement, elle n'avait enfilé qu'une seule des deux manches de son manteau.

– Bon.

Après avoir fouillé un instant dans l'amoncellement de vêtements sur le portemanteau, Stella retrouva sa veste.

– Je viens avec toi pour cette espèce de chasse aux aurores boréales. Je ne vais pas te laisser traîner seule en ville.

À peine eut-elle prononcé ces mots que le taxi klaxonna dehors. Stella accompagna Gréta et l'installa sur le siège arrière. Le regard fixé sur le ciel, celle-ci se plaignait de la pollution lumineuse qui empêchait de voir quoi que ce soit.

Lorsqu'elles furent arrivées à destination, Stella demanda au chauffeur de les attendre sur le parking devant Perlan[5], mais l'homme exigea d'être payé avant qu'elles ne quittent le véhicule. Une fois parvenue à tirer la carte de crédit de la poche de Gréta qui se débattait pour pouvoir sortir, Stella courut après la jeune femme le long d'un sentier qui descendait jusqu'à la forêt en contrebas. Elle n'y voyait rien dans le noir, glissait sans cesse sur la neige recouvrant d'épaisses plaques de verglas et se cognait à intervalles réguliers aux branches d'arbres. Pour finir, elle percuta Gréta qui s'était immobilisée pour contempler le ciel.

– Comment ne pas se demander ce qu'elles nous veulent ? murmura celle-ci dans la pénombre, tandis que sur la voûte céleste dansaient des volutes de lumière verte et rose.

Jamais Stella n'avait vu de telles courbes, de tels mouvements. On aurait dit que le ciel entier était la

5. « La Perle », ensemble de réservoirs d'eau chaude géothermique surmontés d'un dôme qui surplombent Reykjavík.

scène de ce jeu aussi doux qu'électrisant de l'aurore, d'une telle puissance qu'elle le ressentait jusque dans sa peau.

– Je me demande si elles sont vraiment aussi belles ou si ce sont les pilules qui les rendent particulièrement vibrantes.

– C'est vraiment important ? fit Gréta avant de poser sa main chaude contre la joue de Stella. Tout ce qui compte, c'est ce que nous ressentons ici et maintenant, non ?

Se penchant sur elle, Stella l'embrassa d'un baiser ardent qui fit naître une vague de désir dans tout son corps. Et à cet instant, à mille lieues de toute réflexion logique, en proie au pouvoir de l'aurore boréale, elle se sentit exactement à sa place.

59

La porte du balcon ouverte, Gunnar entendait les basses des bars et des discothèques de la rue Laugavegur percer le silence nocturne. C'étaient les battements de cœur de la nuit, qui au petit matin s'achèveraient sur des cris et des chants à gorge déployée, juste avant que les touristes ne prennent le relais en tirant leurs valises sur la glace dans un bourdonnement constant tandis qu'ils remontaient la rue vers le central des navettes pour l'aéroport. Il était le seul Islandais restant dans l'immeuble, tous les autres appartements étaient loués à des voyageurs. On lui avait plusieurs fois proposé de racheter ce minuscule logement à prix d'or, mais c'était ici qu'il voulait être. De sa fenêtre, il voyait les bâtiments qui abritaient la plupart des ministères et pouvait les atteindre en moins de trois minutes à pied. C'était le lieu idéal pour son métier.

Íris avait appelé pour lui dire qu'elle comptait faire la fête avec ses amies, il était donc fort probable qu'elle rentre chez elle après. Il avait décidé de profiter de la soirée pour réfléchir aux mails envoyés à Úrsúla. D'un geste énergique, il secoua son cocktail protéiné et s'assit devant la table basse où il entreprit d'aligner les missives de Fossi qu'il avait imprimées. Il les classa par ordre chronologique, avec les réponses qu'il lui avait

87

– J’ai appuyé sur le bouton et je me suis précipitée dehors, répéta Úrsúla pour la énième fois, s’adressant cette fois à Boris qui venait d’arriver. Je me suis dit que si je ne m’échappais pas de suite, j’allais me retrouver paralysée de terreur, j’ai donc pris mes jambes à mon cou avant d’attendre la police.

– Très bonne décision, répondit Boris. Les femmes ont tendance à se figer quand on les attaque, il vaut donc mieux prendre la fuite pendant que vous êtes encore capable d’en décider.

La police avait emmené l’homme. L’unité d’élite, qui avait été la première sur les lieux, avait commencé par l’interroger dans la cuisine avant que les forces de l’ordre ne prennent le relais et ne le fassent sortir en passant par le salon, où Úrsúla était assise avec une policière. La tête baissée, l’homme semblait calme, et Úrsúla s’était demandé si elle n’avait pas monté cette affaire en épingle. Peut-être qu’elle avait simplement paniqué, comme le soir où elle avait pris le vendeur de poisson séché pour Pétur.

– Il pourrait s’agir d’un malentendu de ma part… commença-t-elle.

Boris secoua la tête. Alors qu’il s’apprêtait à reprendre la parole, un homme en uniforme apparut à la porte et l'interpella. Ils échangèrent quelques mots à voix basse et l'agent présenta à Boris un téléphone qu'il observa attentivement. Úrsúla n'en vit pas davantage, car la policière assise à côté d'elle sur le canapé lui tapota la main avant de lui demander si elle pouvait lui apporter un verre d'eau ou une couverture. Úrsúla se rendit alors compte qu'elle tremblait. C'était soit les nerfs, soit le courant d'air qui s'insinuait à travers la porte ouverte, avec les lumières clignotantes bleues des voitures de police.

– Personne n'a le droit de s'introduire chez vous sans y être invité, dit la jeune femme, continuant de lui tenir la main pour la consoler. Vous avez bien fait d'appuyer sur le bouton d'alerte. C'est à ça qu'il sert. Il vaut mieux l'utiliser une fois de trop que ne pas le faire.

Ces mots se voulaient sans doute encourageants, mais pour Úrsúla, ils étaient la preuve qu'il s'agissait bien d'une de ces fois de trop. Superflu, paranoïa, panique. Peut-être même un signe de stress post-traumatique. Elle sentit son visage rougir de honte. Inspirant profondément, elle se prépara à se lever, à dire à la policière de disposer et à avaler un double cognac pour se remettre.

Mais elle fut interompue par le retour de Boris. Il s'assit sur la table basse face à elle et se racla la gorge, l'air gêné.

– Je vais demander que Gunnar vous accompagne vingt-quatre heures sur vingt-quatre, le temps de comprendre ce qui se passe. J'ai parlé avec lui, il est partant. Et nous allons missionner un agent de police supplémentaire dans la voiture de patrouille devant chez vous. Je sais que c'est désagréable d'avoir constamment la police sur le dos et un employé qui loge à votre domicile, mais cela vaut mieux tant que nous n'avons pas tiré les choses au clair.

– Tiré quoi au clair ? demanda Úrsúla.

Boris se racla de nouveau la gorge.

– Il y a… hum… un compte Tinder qui a été créé en votre nom.

– Je sais. On l'a fait fermer.

Boris s'éclaircit encore la gorge, mais cette fois cela ressemblait plus à une toux.

– Quoi ? fit Úrsúla.

– Un nouveau compte a tout de suite été créé et…

– Et quoi ?

– Hum… il semblerait que l'individu qui dirige ce compte ait chatté en votre nom avec l'homme qui s'est brutalement introduit chez vous et qu'il l'ait encouragé… mais nous ne savons pas à combien d'autres hommes ce malade a parlé, il vaut mieux que Gunnar reste avec vous en toute circonstance.

– Encouragé à faire quoi ? De quoi parlez-vous exactement ?

– L'individu qui se fait passer pour vous invite des hommes chez vous pour réaliser… comment dire… un fantasme que vous auriez. Il leur dit d'ignorer vos protestations, de ne pas se laisser impressionner quand vous vous débattez, parce que ça fait partie du jeu. Une sorte de jeu de rôle, voyez-vous…

Úrsúla sentit son cœur ralentir tandis qu'elle était saisie d'un sentiment d'effroi qu'elle avait tout fait pour refréner depuis que cet inconnu avait déboulé chez elle. L'estomac retourné, elle n'avait plus aucune force dans les jambes, plus aucune force dans les bras.

Boris se racla la gorge de nouveau.

– L'individu fait croire à ces hommes que vous rêvez de vous faire violer.

88

Gunnar attrapa une brosse à dents et des sous-vêtements propres qu'il fourra dans son sac à côté de son ordinateur portable.

– Comment ça, tu vas loger chez elle ? hurla Íris.

Elle avait immédiatement sombré dans une colère noire, bien qu'il lui eût expliqué la situation et se fût excusé de gâcher la soirée qu'ils avaient prévu de passer ensemble.

– Loger chez *eux*, la corrigea-t-il. Elle, son mari et leurs enfants.

– C'est quoi ces conneries ? Je n'ai jamais entendu parler d'un chauffeur qui loge chez un ministre. Tu la baises, c'est ça, espèce de sale con ?

Interrompant la préparation de ses bagages, Gunnar soupira.

– Non, ma chérie, je ne couche pas avec la ministre. Ne me traite pas de con, s'il te plaît.

– C'est exactement ce que tu es, siffla-t-elle. Pauvre imbécile, tu crois que j'ai pas vu que tu t'es inscrit sur Tinder ? Que tu as créé un compte avant-hier ? N'essaie pas de me faire croire que tu loges chez elle parce que tu dois la protéger ! Si tu la baises pas, elle, tu dois baiser une autre grosse vache que t'as rencontrée sur cette appli de merde !

– Je me suis inscrit sur Tinder pour le travail. Quelqu'un a créé un faux compte au nom de la ministre, quelqu'un qui la harcèle, il fallait que je vérifie tout ça.

Les larmes coulaient à flots sur le visage d'Íris, dont les joues étaient striées de traces de mascara. Il tendit le bras vers elle, essaya de l'attirer à lui. Il voulait la prendre dans ses bras, la consoler. En général, il s'efforçait de ne pas se laisser affecter par les crises de colère de la jeune femme, mais à présent il avait pitié d'elle.

– Putain de menteur, murmura-t-elle en reniflant.

– Je sais que tout ça semble bizarre, mais c'est la pure vérité. Quelqu'un harcèle la ministre en lui envoyant des mails terribles, et maintenant il l'a inscrite sur Tinder et envoie des inconnus chez elle. C'est moi qui suis en charge de sa protection, c'est pourquoi je fais ce que la Sécurité nationale me demande. Et ce qu'ils me demandent maintenant, c'est de loger chez elle.

– Tu mens, hoqueta-t-elle.

À nouveau, il eut un pincement à l'estomac. Elle était si misérable, si impuissante face à sa propre fureur, qu'il avait envie de trouver un moyen de la consoler. La jalousie pouvait être si douloureuse.

– Je peux te jurer, Íris, que je n'ai jamais été avec deux femmes en même temps. Je ne te tromperais jamais. Je ne suis pas ce genre d'homme.

Le coup le prit par surprise et il n'eut pas le temps de se dérober. Une vive douleur lui traversa la joue quand la bague de la jeune femme l'écorcha. Une vague d'adrénaline monta en lui. Il porta la main à son visage, puis observa ses doigts. Cela ne saignait pas beaucoup, mais sa joue était anesthésiée, comme s'il sortait de chez le dentiste. Elle était plus forte qu'il ne l'avait cru. La tension monta dans ses veines. Il était furieux, mais aussi étrangement blessé. Cette attaque sur son temple, ce corps qu'il prenait tant de soin à développer, faisait naître en lui une autre émotion que les coups de son père à une lointaine époque. La main d'Íris était censée le caresser, lui donner de la tendresse, lui griffer le dos lorsqu'ils s'aimaient. Les larmes lui montèrent aux yeux. La surprise sur le visage de la jeune femme se transforma progressivement en une expression de terreur. Il connaissait cette expression, il l'avait déjà vue chez son père. Après la terreur viendraient encore plus de colère, puis le regret, et enfin l'amour.

– Tout est fini entre nous, dit-il simplement.

Les jambes flageolantes après cette montée d'adrénaline, il prit son sac et sortit, refermant soigneusement la porte derrière lui. Elle détruirait probablement son appartement, mais il n'y avait finalement pas grand-chose à détruire. Il pouvait se racheter de la vaisselle, ainsi qu'un nouveau téléviseur. Après quoi il ferait changer la serrure.

Essuyant les larmes et le sang de son visage, il descendit les marches en courant. Il s'autoriserait à pleurer pour de bon plus tard, quand Íris commencerait à lui manquer. Pour le moment, il comptait bien savourer le sentiment de légèreté et de soulagement qui l'étreignait. Il était arrivé au bout de son défi personnel. Il s'était prouvé à lui-même qu'il n'était pas comme son père. Il n'avait pas frappé Íris en retour. Mieux que ça, il n'en avait même pas eu envie. Peut-être pourrait-il finalement s'autoriser un jour à aimer.

89

– C'est une excellente nouvelle, mon Kiddi, dit Marita, le regard allant de son mari à son fils tandis qu'ils étaient à table en train de manger. Une très bonne chose pour nous que la police ait mis fin à l'enquête.

– Je sais.

L'adolescent ne leva pas les yeux, attrapant plusieurs rondelles de saucisse bouillie avec sa fourchette avant de les enfoncer dans sa bouche d'un geste hâtif. La tête penchée sur son assiette, Jónatan prenait son temps. Il coupait la viande en tranches fines sur lesquelles il déposait un peu de purée avant de les manger. Ni l'un ni l'autre ne touchait à la salade, comme d'habitude.

Quand l'avocat avait appelé, Jónatan et elle avaient sauté dans les bras l'un de l'autre, et Marita avait éclaté en sanglots.

– Allons, allons, avait dit son mari en essuyant les larmes de ses joues. Tu vois, je t'avais bien dit que mon innocence finirait par être prouvée.

Marita avait hoché la tête, puis enfoui son visage contre son torse en tremblant de soulagement. Ces derniers mois, elle avait lu assez d'articles sur différentes affaires de viol pour savoir que l'abandon d'une enquête ne signifiait pas forcément l'innocence de l'accusé, simplement que la police n'avait pas assez de preuves, mais peu importait. Jónatan était naturellement innocent, et la conclusion de l'enquête corroborait ce fait.

À présent, la joie des premiers instants semblait toutefois avoir quitté Jónatan. La mauvaise humeur qui se lisait sur le visage de Kiddi avait probablement gâché la bonne nouvelle. Le garçon avait la mine particulièrement sombre depuis qu'ils avaient été touchés par cette affaire, ce qui était normal, mais rien n'expliquait son incapacité à retrouver le sourire maintenant que tout ça était derrière eux.

– Peut-être qu'on devrait faire quelque chose pour fêter ça, proposa Marita. Prendre un peu de vacances, par exemple. Partir au soleil. Aux Canaries, ou à Tenerife…

– Tenerife fait partie des Canaries, lâcha Kiddi d'un ton sec.

Marita hocha la tête. Elle ne se formalisait plus depuis longtemps quand on la corrigeait. Originaire des îles Féroé, elle n'aurait jamais pu rester en Islande si elle avait pris trop à cœur ce genre de remarque. Sans compter qu'à l'adolescence, Kiddi semblait s'être convaincu que sa mère était idiote.

– Le temps devrait donc y être magnifique, répondit-elle avec un simple sourire. Qu'est-ce que vous en dites ? Une semaine de vacances au soleil ?

Kiddi se leva et alla déposer son assiette dans l'évier.

– Vous pouvez y aller avec Klemmi, il est hors de question que je parte en vacances avec lui, dit-il depuis la porte en désignant son père.

90

Assis sur le matelas, Pétur s'efforçait de respirer calmement. Son corps était probablement tellement habitué au froid qu'il bouillait à présent, alors qu'il ne portait que ses sous-vêtements. Il savait d'expérience que, s'il commençait à faire les cent pas dans la cellule, s'il se mettait à hurler et à frapper à la porte pour expliquer qu'il étouffait, cela ne ferait qu'accroître sa sensation de chaleur. Il valait mieux rester serein et essayer de respirer. Son corps se refroidirait alors peu à peu et s'équilibrerait avec la température qui régnait à l'intérieur du commissariat. Il était encore agité après l'altercation de la veille, c'était d'ailleurs sans doute la raison pour laquelle il avait si chaud. Il voulait juste emmener Úrsúla au calme pour pouvoir lui parler. Derrière le magasin par exemple, là où le Diable ne pouvait pas l'observer avec une caméra de surveillance. Ainsi, il aurait pu lui montrer la coupure de journal où elle était en photo avec Lui et lui demander si elle avait succombé à Son pouvoir.

Pétur se laissa tomber sur le matelas plastifié où sa peau colla, l'obligeant plutôt à s'allonger sur le sol de pierre froid. Il avait souvent séjourné ici, parfois seul, parfois avec un codétenu. Il lui arrivait de se sentir bien entre ces quatre murs, d'être même reconnaissant de bénéficier d'un abri, d'une douche, d'un petit-déjeuner. À d'autres moments, il avait été malade, blessé, humilié. Et, un jour, il avait vu un homme mourir dans une cellule en tout point identique à celle-ci. Son ami Ari.

Une fois de plus, il avait échoué à contacter sa fille Úrsúla pour lui dire la façon dont les choses s'étaient déroulées. Impossible de l'approcher, le Diable la suivait partout où elle allait. Pétur l'avait souvent prise dans ses bras quand elle était petite, la soulevant dans les airs en se vantant de sa force tandis qu'elle riait, se moquait de lui, lui faisait remarquer que ce n'était pas difficile de porter une enfant. Cela aurait à vrai dire été tout aussi facile à présent, si elle ne s'était pas autant débattue. Il avait fait une grave erreur en essayant d'attraper ainsi une adulte, mais il était à court d'idées. Il fallait qu'Úrsúla apprenne la vérité.

Il passa la main sur son visage abîmé. Il n'avait pas été tendre, cet envoyé du Diable tout vêtu de noir qui lui avait sauté dessus. Tandis qu'il gisait par terre menotté, sentant le goût du sang se mêler à celui du sel répandu sur le sol, Pétur s'était finalement estimé heureux que leur confrontation n'ait pas été plus violente. Le type en noir aurait pu lui frapper le crâne plusieurs fois contre le macadam. Il aurait pu lui donner des coups de pied. Lui broyer les os. Mais il n'en avait rien fait, car s'il était clair qu'il était l'homme de main du Diable, il n'était pas le Diable lui-même.

Pétur soupira. Il n'était pas près de se rafraîchir. Son maillot de corps était humide de sueur. Peut-être qu'il se réveillerait durant la nuit avec un frisson. Alors il grimperait sur le matelas et se mettrait sous la couverture.

Il était parvenu à glisser le message dans la poche d'Úrsúla. Il avait enfoncé le morceau de papier dans son manteau tandis qu'elle se débattait, au moment où il avait compris qu'il ne parviendrait pas à lui expliquer davantage la situation. Et ce morceau de papier, ce message, devrait suffire, car il lui avait désormais laissé son unique preuve : la photo où elle serrait la main du Diable.

91

Allongé sur le canapé du rez-de-chaussée, Gunnar ne distinguait pas ce qu'ils se disaient, mais il était clair que le couple était en train de se disputer à l'étage. Cela lui rappelait son enfance – seul dans la pénombre, les nerfs à vif alors qu'il tendait l'oreille pour percevoir le moment où tout basculerait. Le moment où le premier coup tomberait. Inspirant profondément, il essaya de se calmer. Aucun danger que la situation se reproduise ici. Nonni n'était sans doute pas un homme violent. Ayant ouvert l'application Tinder sur son téléphone, Gunnar ignorait toutes les femmes qui défilaient sur son écran, car il n'était pas à la recherche d'une rencontre, il voulait juste voir si Úrsúla apparaîtrait parmi elles. Tous les faux profils avaient été effacés, mais ce fou furieux de Fossi était bien capable d'en créer un énième. Gunnar était rassuré que la police ait ouvert une enquête. Selon lui, Boris n'avait pas pris ces mails de menace assez au sérieux. À présent qu'il y avait un vrai risque qu'un ministre subisse une agression sous leur surveillance, il s'était cependant retroussé les manches et avait mis le département de la cybercriminalité sur le coup.

Gunnar se redressa en entendant des pas dans l'escalier. Voyant Úrsúla descendre, il se leva et la suivit dans la cuisine.

– Tout va bien ? murmura-t-il.

Elle soupira.

– J'allais juste me prendre une bière. Vous en voulez une ?

Il secoua la tête, mais elle lui tendit une bouteille malgré tout. Il la saisit et retourna dans le salon avec elle.

– Excusez-moi. On doit vous empêcher de dormir, avec tout le boucan qu'on fait.

Elle s'installa sur l'un des fauteuils et fit glisser ses pieds sous ses cuisses. Elle était simplement vêtue d'un jogging et d'un débardeur. C'était étrange de pénétrer ainsi dans son espace personnel, dans sa vie intime, et soudain la jeune femme lui sembla plus petite et plus mince que d'habitude.

– Ne vous inquiétez pas, répondit-il en se rasseyant sur le canapé où il avait fait son lit avec les draps que lui avait confiés Úrsúla.

Il avait toujours un sac de couchage dans sa voiture, mais elle avait insisté pour lui donner une vraie couette, invoquant que c'était déjà suffisamment gênant de devoir dormir sur le canapé de parfaits inconnus. Il lui avait pourtant assuré que cela ne lui posait pas problème, que cela faisait partie de son travail.

– Je préfère être ici à assurer votre sécurité plutôt que de rester à la maison à craindre que des illuminés viennent frapper à votre porte.

Elle le regarda dans les yeux et sourit.

– En tout cas, je suis maintenant entièrement d'accord avec ceux qui me disaient au début que le chauffeur est le plus gros atout d'un ministre.

Elle sirota une gorgée de bière, alluma son téléphone et le lui montra.

– Je ne suis pas loin de penser que c'est même son seul atout, ajouta-t-elle.

Gunnar lut ce qui était écrit à l'écran.

Pétur Pétursson emprisonné sans chef d'accusation, disait le titre, et l'article qui suivait suggérait qu'Úrsúla utilisait sa position pour persécuter un clochard malade et se venger d'un vieux fait divers. En bas de page, le journaliste renvoyait à un lien vers une pétition en ligne demandant sa démission.

VENDREDI

92

Úrsúla n'avait quasiment pas fermé l'œil de la nuit, et elle avait finalement bu trois bières avec Gunnar. Nonni dormait à poings fermés lorsqu'elle était remontée, et il n'était toujours pas réveillé quand elle avait quitté le lit. Peut-être faisait-il semblant de dormir pour ne pas avoir à lui parler. Elle semblait avoir tout raté depuis qu'elle avait pris ce poste et, tandis qu'ils se disputaient la veille au soir, Nonni avait enfin pu laisser échapper cette colère qu'il gardait en lui depuis si longtemps et dont Úrsúla n'avait pas soupçonné l'intensité. Elle s'était bien doutée que certains changements le frustraient et elle regrettait d'avoir essayé de lui cacher quelques incidents, comme celui qui avait eu lieu sur le parking du magasin, mais son ressentiment envers elle l'avait prise par surprise. Peut-être qu'il percevait bel et bien cette distance entre eux, ces non-dits, son absence, alors qu'elle-même croyait jouer son rôle de manière convaincante.

La culpabilité s'abattit sur elle quand elle repensa à Thorbjörn et à ce qui s'était passé entre eux la semaine précédente. Elle était à bout de forces. Elle contempla par la fenêtre un bus à deux étages qui s'arrêtait devant Harpa, la salle de concerts, pour accueillir une ribambelle de touristes qui tremblaient dans le vent glacial provenant de l'océan. Quelque chose au fond d'elle lui disait que la situation s'arrangerait si elle parvenait à être sincère avec Nonni et à partager avec lui ne serait-ce qu'une infime portion du cauchemar qui la hantait sans cesse. Mais elle n'en avait pas envie. Elle ne se sentait pas le droit de briser son optimisme en lui démontrant à quel point l'existence humaine n'était qu'un processus biologique volatile qui pouvait être détruit, réduit en une fraction de seconde à une flaque de sang à l'odeur de mort ou à un tas de poussière.

Le psychologue vers lequel Médecins sans frontières l'avait envoyée après son retour du Liberia lui avait dit qu'il fallait qu'elle ose réinvestir dans la vie. Qu'elle se convainque qu'elle pourrait s'en remettre. Elle y avait songé durant quelques semaines avant de sauter sur le projet suivant : superviser le transfert d'un camp de deux mille réfugiés syriens en Jordanie.

Úrsúla repoussa sa tasse de café. Elle demanderait à Freyja de lui apporter un petit-déjeuner lorsque celle-ci arriverait. Elle ne serait pas contente, ce qui allait s'ajouter au fait qu'elle devrait supporter toute la journée la présence d'un policier chargé d'assurer la sécurité de la ministre. Úrsúla entendit du bruit derrière la porte. Le bâtiment s'éveillait. Elle soupira, s'étira comme si elle venait d'émerger du sommeil, puis consulta les réseaux sociaux pour voir ce qui faisait le buzz du jour. En dehors des théories conspirationnistes l'accusant de s'être lancée dans une folle vengeance à la Monte-Cristo contre ce sans-abri qui avait tué son père, la plupart des médias rapportaient l'arrêt de l'enquête contre le policier de Selfoss accusé de viol. Faisant défiler l'écran, elle put constater la colère de certains internautes, tandis que d'autres semblaient sincèrement soulagés, estimant sans doute que cela signifiait que l'accusé était innocent. Úrsúla réprima son envie de composer un sermon furieux pour leur répondre ou d'appeler Thorbjörn pour lui demander de souligner la phrase *l'enquête a été interrompue en raison d'un vice de procédure* dans son journal. Elle fut alors envahie d'une nouvelle vague de culpabilité en repensant à la mère de la jeune victime et à la promesse qu'elle lui avait faite le premier jour.

On frappa à la porte et Ódinn passa la tête par l'entrebâillement.

– Bien, dit-il. Nous n'avons plus à nous préoccuper de cette plainte pour viol.

Il semblait soulagé, et même si Úrsúla comprenait qu'il devait la protéger ainsi que le ministère de ce genre d'affaires délicates, ce n'était pas la façon dont elle voulait que l'administration fonctionne sous sa direction.

– Dis-moi la vérité, Ódinn. As-tu joué de ton influence pour étouffer cette affaire ?

Un sourire gêné aux lèvres, le chef de cabinet s'éclaircit la gorge, comme pour gagner du temps pendant qu'il réfléchissait à sa réponse. Son grand corps sembla s'affaisser, ses épaules se voûtèrent, comme s'il voulait se faire tout petit, invisible. Il tira un mouchoir de la poche de son pantalon et l'utilisa pour s'essuyer la lèvre supérieure.

– Je fais mon travail, dit-il enfin avec calme en s'asseyant face à elle.

Úrsúla fixa son planning de la semaine suivante, en faisant semblant de lire pendant qu'elle ravalait sa déception. Elle était abattue par la sensation d'être devenue un pion dans un système qui continuait d'avancer selon ses propres lois.

93

Pétur se sentait suivi depuis un petit moment. Descendant la rue Laugavegur à son allure habituelle, il n'eut pas besoin de se retourner pour deviner que la voiture qui avançait lentement à quelques pas derrière lui le filait. Il fit comme si de rien n'était, poursuivit sa route avant de s'arrêter à l'entrée du petit tunnel qui débouchait sur les marches menant à la rue Grettisgata. C'était un raccourci classique pour semer la police, les agents ayant rarement le courage de sortir de la voiture pour le poursuivre. Mais il ne pouvait s'agir de la police à cet instant, les forces de l'ordre venaient de le relâcher en lui enjoignant de se tenir à carreau. Il se tourna lentement et remarqua que la voiture qui le suivait était une grosse Jeep noire étincelante. Les vitres étaient teintées, mais quand le véhicule s'arrêta à sa hauteur, le chauffeur baissa la sienne. Pétur se retrouva alors face au Diable en personne.

– Viens t'asseoir à l'intérieur, qu'on discute un peu, Pétur, dit-il.

Il ne prit même pas le temps de répondre. Il s'enfuit immédiatement dans le tunnel avant de monter l'escalier quatre à quatre. Il traversa le parking puis la chaussée, coupa par la cour de l'école maternelle pour rejoindre la rue suivante où il osa enfin regarder par-dessus son épaule. Le Diable ne s'était pas lancé à sa poursuite. Il ne pouvait quand même pas abandonner sa belle voiture rutilante au milieu de la route. Le cœur au bord de l'implosion, Pétur peinait à retrouver son souffle. Cela faisait longtemps qu'il n'avait pas regardé le Diable dans les yeux et, lorsqu'il lui avait échappé la dernière fois, il s'était fait la promesse de ne jamais retomber entre ses griffes. À présent, le monstre était sur ses talons, ce qui signifiait qu'il savait qu'il était parvenu à transmettre le message à Úrsúla. Qu'il était parvenu à la prévenir. À lui dire la vérité. Le Diable savait tout, et soudain Pétur se sentit envahi par la terreur. Sa voix quand Il l'avait invité à monter dans sa voiture lui avait semblé amicale, mais il ne se laisserait pas avoir, il savait parfaitement de quoi Il était capable.

Ils étaient parfois un peu durs, les gars de la police, à l'époque, surtout les jeunes. Ils leur parlaient mal, les traitaient de bons à rien. Mais c'était pire quand le Diable était de garde. C'était le plus méchant d'entre eux, le plus brutal. Ce soir-là, il criait sur Ari qui avait bu du mauvais vin, n'obéissait pas aux ordres, et qui empestait parce qu'il s'était vomi dessus. Quand le Diable l'avait jeté avec violence dans la cellule où se trouvait Pétur, Ari lui avait craché dessus avant de lui lancer une bordée d'injures. Puis il l'avait frappé au visage, le Diable s'était précipité sur lui. Pétur ne sut jamais si c'était le crachat ou les insultes qui l'avaient fait craquer, mais après ça il n'avait plus arrêté de cogner, avec les poings, avec les pieds. Pétur avait tenté de s'interposer et avait reçu pour sa témérité un coup de tête si fort qu'il avait été projeté contre le mur, assommé. Il avait repris conscience au moment où le Diable piétinait le cou d'Ari qui gisait à terre, méconnaissable. On aurait dit qu'il avait déjà abandonné son corps, laissant derrière lui cette masse informe, violette et ensanglantée qui puait le vomi. La seule chose qui émanait de lui était un gémissement enroué à intervalles réguliers. Quand Pétur s'était redressé, un policier stagiaire à peine sorti de l'adolescence était en train de tirer le Diable hors de la cellule.

– Ça suffit, avait-il dit en saisissant les deux bras de l'homme. Arrête.

Puis la porte de la cellule avait claqué, l'obscurité était tombée, et il avait entendu le jeune flic demander au Diable s'il n'était pas devenu fou. Pétur savait déjà que cet homme était fou, qu'il déchaînait sa rage incontrôlée sur tout ce qui croisait son chemin. Quand la porte s'était rouverte, le jeune policier lui avait jeté ses chaussures.

– Tiens, c'est à toi, avait-il dit avant de refermer et d'éteindre la lumière à nouveau.

Pétur avait avancé à tâtons pour les retrouver et les avait enfilées afin de pouvoir s'enfuir à la minute où on le laisserait sortir de cette cellule. Pour se protéger de l'horreur, protéger sa vie du Diable. Il avait fermement noué ses lacets et ne s'était rendu compte qu'après les avoir mises qu'elles ne lui allaient pas. Il s'agissait de bottes de police assez semblables à celles qu'il possédait, mais ce n'étaient pas les siennes.

Pétur avait senti un filet de sang couler sur son visage depuis son front, à l'endroit où sa tête avait heurté le mur. Appuyant sa main sur la blessure, il était resté assis dans le noir à pleurer tandis qu'Ari poussait avec difficulté son dernier soupir.

94

La lumière chaude offerte par sa grand-mère s'allumait et s'éteignait alternativement dans sa tête sans qu'elle parvienne à comprendre ce que cela signifiait. Il fallait qu'elle apprenne. Qu'elle apprenne quel était le message derrière cette chaude lumière bleu-vert qui envahissait son crâne. À ce stade, elle était incapable de dire s'il s'agissait d'une forme d'avertissement ou au contraire le signe qu'elle était sur la bonne voie.

En tout cas, la lumière se manifestait toujours quand elle pensait à Gréta. Et à cet instant, alors qu'elle alignait des paquets de papier toilette sur les étagères du local ménager en revoyant la journaliste et sa cavalière devant la tour grise, marchant presque en cadence, main dans la main, sa tête brûlait de l'intérieur.

Elle grogna de frustration quand l'une des piles de papier toilette bascula et que tous les paquets se répandirent par terre. Elle en prit un, le balança contre le mur, sans que cela apaise son agacement. Au contraire, elle eut soudain la sensation d'étouffer. S'emparant des deux sacs-poubelles du service comptable, elle fit claquer la porte du local ménager et se précipita dans l'escalier vers la sortie des employés.

Arrivée dehors, elle inspira à fond à plusieurs reprises pour essayer d'oxygéner son cerveau en ébullition. La voiture du journaliste pervers l'attendait à son emplacement habituel, derrière le conteneur du parking du bas, et elle la rejoignit d'un pas rapide. Elle était sur le point de saisir la poignée quand elle remarqua que quelqu'un était assis côté passager. S'apprêtant à faire demi-tour et à s'éclipser discrètement, elle sursauta quand la portière s'ouvrit et qu'Ódinn sortit.

– Ce n'est pas ce que je t'avais demandé ! cria-t-il au journaliste resté à l'intérieur.

Apercevant Stella, il eut un brusque mouvement de recul. Il la fixa des yeux un instant et elle fut prise d'une subite envie de s'enfuir. Sentant le feu refroidir instantanément dans sa tête, elle fut traversée d'un frisson désagréable.

– Pas un mot de ça à qui que ce soit, siffla Ódinn sur un ton de colère aussi glacial que le frisson qui l'avait parcourue. Sinon, vous allez payer les conséquences de ce que vous avez fait !

Stella mit un temps à comprendre ce que voulait dire le chef de cabinet. À comprendre qu'il ne la renvoyait pas, qu'il savait visiblement qu'elle vendait des poubelles appartenant au ministère, qu'il n'était pas là pour les prendre sur le vif, mais pour une tout autre raison.

Elle jeta les sacs-poubelles dans la voiture et récupéra son salaire. Les larmes se mirent à couler sur ses joues tandis qu'elle traversait le parking en direction du boulevard Saebraut, se faisant violence pour ne pas lever les yeux vers la tour grise qui dominait le quartier. Elle lécha le sel sur ses lèvres et s'essuya le visage, pestant contre cette hypersensibilité pathétique dont elle faisait preuve. Pleurait-elle à cause de l'avertissement du chef de cabinet, ou bien de soulagement qu'il ne l'ait pas licenciée sur-le-champ ? Elle jeta un bref regard à la tour grise. Pleurait-elle à cause de Gréta ? Une puissante flamme bleu-vert, si chaude que c'en était presque douloureux, s'embrasa dans sa tête. C'était donc ça ? Elle était en train de pleurer à cause de la grosse journaliste ?

95

– Je vous donnerai une autre photo de moi, lâcha Úrsúla d'un ton ironique. Une où j'ai une pose de ministre, avec le drapeau islandais derrière moi. Je peux même vous la dédicacer.

Une sorte de force céleste devait sans cesse les pousser à se croiser, car c'était la troisième fois qu'elle se retrouvait seule avec Adolf dans l'ascenseur et, comme les fois précédentes, le corps imposant de l'homme semblait occuper les trois quarts du petit espace. Il avait commencé par se plaindre du fait qu'Eva lui avait fait supprimer la photo prise dans l'hélicoptère, comparant cette initiative à une forme de censure.

– C'était une plaisanterie innocente, dit-il avec amertume.

– Il aurait fallu que ce soit drôle pour être qualifié de plaisanterie, répondit-elle sans essayer de dissimuler son agacement.

Peut-être que cela ne servait à rien de lui faire supprimer la photo, mais étant donné que tout semblait fuiter dans les médias, elle n'avait aucune envie de retrouver cette image d'elle, tremblante de froid et les cheveux trempés, à la une d'un journal.

– Vous, les féministes, vous n'avez aucun sens de l'humour, répliqua-t-il en essayant de produire ce qui se voulait sans doute un sourire ironique mais qui ressemblait plutôt à une grimace crispée.

La porte de l'ascenseur s'ouvrit. Avant de sortir, Úrsúla se retourna vers Adolf.

– Les garde-côtes auront leur augmentation de budget, dit-elle. Mais ce n'est pas grâce à vous. À vrai dire, avec votre agressivité et votre impolitesse, vous n'avez fait que réduire leurs chances. Vous, les misogynes qui ne supportez pas d'avoir une femme à la tête d'un ministère, vous n'avez aucun savoir-vivre.

Tournant les talons, elle s'en alla d'un pas hâtif. Immédiatement, elle se demanda si elle n'avait pas été trop sèche, mais ravala finalement ses doutes. La journée avait été difficile, elle avait mal dormi, elle était de mauvaise humeur et n'avait aucune patience envers ces hommes qui invoquaient l'humour pour justifier leur grossièreté.

Moteur allumé, Gunnar l'attendait dans la voiture devant l'entrée principale. Elle ne comptait plus se faufiler par la porte de derrière, comme si elle avait honte qu'on puisse la voir. Elle allait sortir la tête haute, se montrer plus déterminée que jamais, quitte à ce que sa politesse en pâtisse. Elle ne baisserait plus les yeux devant les gens qui lui manquaient de respect, ce qui semblait aller de pair avec sa mission. Elle allait adopter la même attitude qu'en Syrie.

– À la maison, merci, dit-elle à Gunnar.

Elle retira ses gants de cuir et, en voulant les ranger dans son manteau, elle tomba au fond de sa poche sur un vieux morceau de papier chiffonné. Sur le point de le jeter dans le petit sac-poubelle que Gunnar avait dissimulé dans le vide-poches, elle se ravisa lorsqu'elle y distingua son propre visage en photo. Elle le déplia et l'observa de plus près.

C'était une coupure de journal – ou plutôt une déchirure, compte tenu de son état – datant du jour où elle avait pris ses fonctions. Un instant, elle perdit toute conception du temps. Cette journée lui semblait si lointaine, alors qu'il ne s'était écoulé que deux petites semaines depuis. Quelqu'un avait griffonné sur le papier à l'aide d'un stylo rouge, d'une écriture qu'elle commençait à bien connaître – ces lettres inégales, ces lignes irrégulières, comme si la main tremblait.

– Regardez, dit-elle à Gunnar qui ralentit et se gara sur le bas-côté.

– Où avez-vous trouvé ça ? demanda-t-il d'un air surpris.

– Dans la poche de mon manteau. Je viens de tomber dessus en voulant ranger mes gants.

Gunnar contempla un instant le morceau de papier.

– Pétur a dû trouver un moyen de glisser ça dans votre poche.

Úrsúla reprit la coupure des mains de Gunnar et lut les inscriptions en rouge. Pétur avait écrit *la petite Úrsúla* juste à côté de son visage souriant tandis qu'elle serrait la main d'Ódinn lors de la passation de pouvoir. Le chef de cabinet souriait lui aussi et, sur sa tête, Pétur avait dessiné deux cornes rouges avec l'inscription : *Diable-flic, assassin d'Ari.*

96

– Tenez, regardez ça, dit Úrsúla en tendant à Gunnar l'ordinateur portable qu'elle avait sur les genoux et qui était encore connecté au réseau ministériel. Un article sur l'embauche d'Ódinn comme chef de cabinet, il y a huit ans. Son CV est tout en bas.

Úrsúla s'appuya contre le siège de la voiture et soupira lourdement tandis que Gunnar lisait.

– Ódinn était agent de police au commissariat de Reykjavík de 1979 à 1989, il est passé brigadier-chef à partir de 1986.

Gunnar s'appuya à son tour au dossier de son siège.

– Ça signifie qu'il travaillait là-bas lorsque votre père est mort.

– Merde, lâcha Úrsúla en tapant du poing sur le tableau de bord. Je ne sais plus ce que je dois croire.

– Vous avez les documents de l'époque où Pétur a été arrêté ?

Úrsúla soupira de nouveau.

– Je connais ces documents presque par cœur. Mais il s'agit de copies où les noms des agents de garde cette nuit-là n'apparaissent pas. Il est seulement fait mention d'un Agent A et d'un Agent B. Je ne me suis jamais posé la question de leur nom. Je n'ai jamais douté du déroulement des événements cette nuit-là. J'étais une enfant, et tout le monde considérait comme acquis le fait que Pétur avait tué mon père.

– Je sais qui peut vous aider.

Gunnar composa un bref message à l'attention de Boris. *Comment s'appelaient les policiers qui étaient de garde la nuit où Pétur P. est censé avoir tué Ari, le père d'Úrsúla ?*

L'homme réagirait sûrement à la tournure ambiguë de sa phrase. C'était la raison pour laquelle Gunnar avait employé *est censé avoir tué* et non pas le plus affirmatif *a tué*. Cela éveillerait la curiosité de Boris et le pousserait à se renseigner. Le téléphone bipa presque aussitôt.

Lundi, ça te va ? Je suis à la campagne avec ma femme.

Gunnar ravala sa déception. Il ne pouvait quand même pas ruiner le week-end de Boris pour l'accusation d'un vieux sans-abri délirant.

– Il n'y a qu'un moyen de savoir ce qu'il veut dire, reprit-il en démarrant le moteur.

Úrsúla comprit immédiatement son intention.

– Il faut faire en sorte qu'il reste calme si on veut pouvoir discuter avec lui, dit-elle en regardant droit devant elle.

Une épaisse condensation s'était accumulée sur les vitres durant ces quelques minutes où le moteur avait été coupé et, malgré le chauffage que Gunnar avait poussé à fond, elle n'avait toujours pas complètement disparu quand il se gara devant le commissariat de Hlemmur. Úrsúla ouvrit sa portière, mais il posa sa main sur son bras.

– Je vais y aller, dit-il.

Elle hocha la tête, referma la portière. Il valait effectivement mieux éviter qu'on voie la ministre parcourir les couloirs du commissariat à la recherche d'un prisonnier.

Le regard vide, elle continua de fixer un point droit devant elle et, d'un coup, Gunnar s'imagina que dans cette affaire elle n'était plus ministre ni même une femme. Elle était une fillette. Une petite fille apeurée, à qui son père manquait.

97

Ignorant les questions de Marita, les policiers qui fouillaient la maison se contentaient de l'interroger en retour. L'homme qui semblait diriger les opérations lui avait transmis un mandat qui aurait aussi bien pu être un livre de recettes – elle était trop bouleversée pour y jeter un coup d'œil.

– Où est votre mari ? demanda-t-il en donnant l'ordinateur familial à l'un de ses coéquipiers en uniforme.

– Il est parti dans l'Est hier soir pour ses dernières gardes avant de reprendre son ancien poste ici la semaine prochaine, répondit-elle. De quoi s'agit-il exactement, et pourquoi est-ce que vous prenez nos ordinateurs ?

L'homme s'immobilisa enfin et la regarda dans les yeux.

– Nous suspectons votre mari d'avoir envoyé des menaces à Úrsúla Aradóttir, la ministre de l'Intérieur, dit-il en la fixant d'un regard inquisiteur, comme si elle était au courant de quelque chose.

– Comment ça, des menaces ? Que voulez-vous dire ?

– Pour l'inciter à démissionner. Et, dans la mesure où une plainte contre lui était l'objet d'une enquête au sein du ministère, les soupçons se sont portés sur lui.

Incrédule, Marita secoua la tête. Elle n'y comprenait rien. L'un des hommes en uniforme ressortait à présent du couloir donnant sur les chambres avec l'ordinateur portable de Kiddi entre les mains. L'adolescent le suivait d'un air furieux et Marita fut surprise de ne pas le voir piquer l'une de ses crises de colère. Peut-être attendait-il que les forces de l'ordre aient quitté la maison. Il la prenait généralement pour cible quand ils étaient seuls.

– Votre mari a son ordinateur avec lui ? demanda le chef des opérations.

– Non. Enfin… se corrigea Marita. Il a une tablette dont il se sert pour lire les journaux. C'est un malentendu, ajouta-t-elle. Il ne menacerait jamais un inconnu, sans parler d'une ministre…

Elle se tut tandis que lui revenait l'image de Jónatan dans le couloir avec son téléphone à l'oreille le lundi précédent. *Tu m'es redevable*, assénait-il. *Tu m'es redevable.*

Était-il en train de parler à la ministre ? Lui devait-elle quelque chose ? Marita secoua la tête. Elle n'y comprenait rien.

– C'est juste un malentendu, répéta-t-elle, comme pour se convaincre.

98

Toujours assise dans la voiture tandis que Gunnar était au commissariat, Úrsúla repensa à la question que Boris avait posée lors de la réunion de la semaine précédente. Qui était ce Diable dont Pétur semblait vouloir la protéger ? Y avait-il quelque chose à creuser dans cette accusation griffonnée par le sans-abri sur la coupure de journal ? Ódinn, son propre chef de cabinet, aurait-il tué son père ? C'était trop fou pour être vrai. Les pensées défilaient à toute vitesse dans sa tête. Pétur, tous ces messages qu'il lui avait laissés, les deux fois où il lui avait brusquement sauté dessus : ces incidents prenaient une nouvelle dimension à la lumière de cette information. Mais pourquoi l'avait-il attaquée, elle, s'il voulait la protéger d'Ódinn ? Elle avait besoin d'explications. Besoin de parler avec lui au calme.

– Il n'est plus là, dit Gunnar en reprenant sa place derrière le volant.

– Où est-il ?

– Il a été libéré, ils ne pouvaient plus le maintenir en garde à vue. Ils m'ont dit de vérifier le foyer pour SDF de la rue Lindargata.

– Par tous les diables… soupira-t-elle.

– Avec un grand D, commenta Gunnar.

Úrsúla sourit.

– Exactement. C'est complètement dingue, non ?

Elle espérait sincèrement que Gunnar acquiescerait. Que tout ça n'était que les affabulations d'un clochard qui n'avait plus toute sa tête et voulait sans doute faire taire sa propre culpabilité. Mais il se contenta de hausser les épaules.

– Si on y réfléchit, c'est vrai que les vagabonds sont typiquement le genre d'hommes que personne ne croit. Surtout quand ils semblent aussi déconnectés. Le fait est que c'est un parfait bouc émissaire.

Ils gardèrent le silence le reste du trajet jusqu'au foyer, où Gunnar se gara en toute hâte à l'angle de la rue avant de se précipiter à l'intérieur. Úrsúla resta dans la voiture, tapant du pied. Elle avait envie de lui courir après, de trouver Pétur, de lui poser mille questions. Lui demander ce qu'il avait voulu dire dans le message qu'il lui avait adressé, pourquoi il s'était ainsi attaqué à elle, pourquoi il s'était réfugié dans le coffre de sa voiture. Et, surtout, ce qui s'était exactement passé au commissariat, le soir où son père était mort.

– On ne l'a pas vu depuis des jours, dit Gunnar à son retour. Pas depuis qu'il a tabassé son ami, un autre SDF qui logeait au foyer.

SAMEDI

99

Allongés sur le lit de leurs parents, les enfants d'Úrsúla la regardaient avec de grands yeux ronds. Herdís ne cessait de pleurer en écoutant le récit de sa mère et Ari l'observait comme s'il venait de découvrir un tout nouveau pan de son histoire. Ce qui était évidemment le cas. Elle ne leur avait jamais raconté son enfance en détail, elle avait juste mentionné que son père n'était plus de ce monde et que sa mère avait été très courageuse. À présent, Nonni lui avait dit qu'il était temps, dans la mesure où les enfants avaient déjà entendu une partie de la vérité dans les médias. Elle aurait sans doute dû leur dire plus tôt la façon dont son père, leur grand-père, était mort.

Elle leur caressa le visage, se sentant pour la première fois depuis longtemps proche d'eux – et c'était une sensation agréable. Cette fois, Ari ne s'était pas dérobé et Herdís n'avait pas marmonné *oh*, ou *maman, s'il te plaît* ou *mais* lorsqu'elle la touchait. Ils la regardaient fixement de leurs grands yeux et elle essayait de trouver les mots les moins douloureux pour décrire la tristesse et la violence auxquelles elle les confrontait. Allongé sur son ventre, Kátur ronflait paisiblement. Nonni était assis au bout du lit, sa tasse de café à la main, glissant de temps à autre un petit mot de réconfort, et à cet instant il n'existait rien d'autre que leur monde à eux. Pas de ministère, et certainement pas de Thorbjörn. Rien d'autre n'avait d'importance que ses proches ici présents qui baignaient dans la douce lumière de ce matin d'hiver. Là, tout de suite, Úrsúla sentit nettement à quel point elle les aimait. Son cœur était gonflé d'amour, et c'était une émotion qui ne l'avait pas étreinte depuis une éternité. Peut-être que cet unique rendez-vous chez un psychologue avait déjà fait de l'effet.

– Pourquoi il ne voulait pas rentrer à la maison, s'il le pouvait ? demanda Ari. Il n'aurait pas fini en prison et ne se serait pas fait tuer, s'il était rentré.

– Peut-être pas. Je ne comprenais pas pourquoi non plus quand j'étais petite. J'allais souvent en ville le retrouver pour lui demander de revenir. Mais il était malade, il était alcoolique, il ne se contrôlait pas.

– On peut devenir alcoolique d'un coup ? demanda Ari, les yeux écarquillés dans une expression apeurée. Papa pourrait devenir alcoolique, lui aussi ?

– Bien sûr que non, imbécile, siffla Herdís – la réponse standard à la plupart des questions que posait son frère.

– Soyons gentils les uns envers les autres, fit Úrsúla en écartant une mèche de cheveux du visage de sa fille. Ton père n'est pas alcoolique, ajouta-t-elle ensuite pour Ari. J'ai même du mal à lui faire boire une seule goutte d'alcool.

Elle adressa un clin d'œil à Nonni qui se mit à rire. Elle était sur le point d'expliquer plus en détail ce qu'était l'alcoolisme quand Ari changea de sujet.

– Il saignait beaucoup ? demanda-t-il.

– Oui. Je ne l'ai pas vu, heureusement, mais j'ai lu dans le rapport qu'il avait été très sérieusement blessé. C'est un saignement à l'intérieur de son crâne qui a causé sa mort, parce qu'on l'avait frappé trop fort à la tête.

– Pourquoi ce Pétur n'est pas en prison ? demanda Herdís. Pourquoi il est encore dans la rue ?

– Il a longtemps été hospitalisé dans une unité de sûreté, parce qu'il n'avait pas toute sa tête, et le juge était arrivé à la conclusion qu'il ne savait pas exactement ce qu'il faisait. Une fois qu'il allait mieux, on l'a laissé sortir.

Herdís arborait une expression pensive tandis qu'Ari fermait les yeux et se pelotonnait sur le lit, comme pour reposer son esprit.

– Mais on n'est pas à cent pour cent sûrs que c'est Pétur qui aurait fait du mal à mon père, ajouta Úrsúla. Il y avait aussi deux agents de police…

Voyant l'expression sur le visage de Nonni, elle comprit qu'elle était sur un terrain glissant et se ravisa.

– Enfin, peut-être qu'on ne saura jamais exactement ce qui s'est passé. Peut-être qu'il faudra qu'on accepte que cela ait été de la malchance. Une sorte d'accident tragique. Peut-être que nous devrons continuer à vivre dans l'incertitude.

Les enfants gardèrent le silence et elle embrassa Herdís sur le front en tenant la main d'Ari avant de l'embrasser à son tour sur la paume, comme elle le faisait depuis qu'il était tout petit. Peut-être qu'elle leur avait bien dit la vérité, peut-être qu'ils devraient se faire à l'idée de vivre dans l'incertitude. Peut-être qu'elle y parviendrait. Mais plus elle repensait à la coupure de journal que Pétur avait glissée dans la poche de son manteau, plus elle en doutait.

100

– Salut, mon vieux, dit le jeune caissier du marchand de journaux près de la station de Hlemmur. Qu'est-ce que vous racontez de beau aujourd'hui, chef ?

– Que du laid, répondit Pétur. J'ai le Diable sur les talons.

Prenant place derrière la porte, il observa la rue à travers la vitre pour voir si la voiture noire apparaissait quelque part.

– Ça, c'est quelque chose, dit le garçon, qui paraissait plus amusé qu'inquiet. Le Diable en personne ? C'est ce qui s'appelle avoir le diable au corps… littéralement.

– Il conduit une grosse voiture noire, bredouilla Pétur en s'approchant du comptoir. Si un homme arrive dans une grosse voiture noire et demande où je suis, tu ne dois surtout pas dire que je suis passé par ici.

– Aucun danger, répondit le garçon. Je suis une tombe.

– Il sait que j'ai prévenu Úrsúla, poursuivit Pétur, plus pour lui-même que pour son interlocuteur. Il a la mainmise sur la ministre, ce maudit, j'ai voulu la prévenir et maintenant il est à ma poursuite.

Il jeta un coup d'œil vers la porte. Tout était tranquille.

– Úrsúla ? Vous voulez parler de la ministre de l'Intérieur ? fit le garçon d'un air cette fois surpris. Attendez… c'est vous, l'homme dont elle a demandé à voir le dossier médical ? C'est vous, Pétur ?

– Et toi, c'est quoi ton nom ? rétorqua-t-il, rendu méfiant par cette curiosité soudaine.

– Je m'appelle Steinn. Vous n'avez pas une très bonne mémoire, n'est-ce pas ?

– J'oublie toujours tout, répondit Pétur. Le Diable m'a dit de tout oublier. De fermer ma gueule et de tout oublier, sinon je finirais comme Ari.

– C'est qui, Ari ?

– Fermer ma gueule et tout oublier, qu'il m'a dit avant de me laisser sortir.

– Et personnellement vous en pensez quoi du fait que la ministre ait exigé de voir votre dossier médical ? Ça vous met en colère ?

– Je suis dans une colère noire. Je suis en colère contre le Diable. Je suis en colère contre Úrsúla de s'être laissé tromper ainsi.

Le garçon ouvrit la caisse et prit une poignée de pièces avant de les tendre à Pétur.

– Tenez, mon vieux. Achetez-vous quelque chose à manger.

Pétur s'agenouilla devant lui mais oublia de le remercier. Concentré sur le Diable, il se demanda s'il ne devait pas s'échapper par l'arrière de la boutique, mais il ne vit la voiture noire nulle part aux alentours. Pas avant de ressortir dans la rue.

101

Elle voyait bien que Gunnar hésitait à lui donner le dossier vert. En l'ouvrant, elle comprit pourquoi. Il s'agissait du rapport d'autopsie de son père. Elle observa les dessins de la partie antérieure puis postérieure de son corps et les blessures qui y étaient annotées. Les blessures sur le corps de son père. Elles se trouvaient presque toutes au niveau de la tête et du cou. Elle referma le dossier et le redonna à Gunnar.

– Je ne peux pas lire ça. Dites-moi ce qu'il en est.

Elle ravala la bile acide qui s'était accumulée dans sa gorge et se concentra sur sa respiration pour essayer de dénouer son estomac dur comme du béton. Gunnar lui prit le dossier des mains sans toutefois l'ouvrir.

– Le décès a été causé par une hémorragie cérébrale. Des ecchymoses partout sur le corps, mais la plupart des blessures ont été infligées à la tête et au cou, ce qui suggère qu'il a reçu de nombreux coups de pied alors qu'il était allongé.

Rien de tout cela n'était nouveau. Elle l'avait déjà entendu ou lu dans les articles de journaux relatant l'événement.

– Ce qui est étrange, dit Gunnar, c'est qu'on a retrouvé de nettes empreintes de chaussures sur son visage, dont le rapport dit qu'elles correspondent aux bottes que portait Pétur.

– On doit enlever ses chaussures avant d'être enfermé dans une cellule, dit Úrsúla.

– Exactement, répondit Gunnar en reposant le dossier du médecin légiste pour en sortir un autre. Le rapport de police. C'est Boris qui me l'a confié. Il précise que, par erreur, on a oublié de demander à Pétur de retirer ses chaussures, probablement parce que Ari, qui avait été arrêté au même moment, était agité. On n'en parle pas plus dans ce rapport mais, dans les notes du procès, il est expliqué que les chaussures étaient des bottes du même type que celles incluses dans l'uniforme des policiers de l'époque. Après investigation, un agent a affirmé avoir donné ces chaussures à Pétur quelques mois auparavant, quand il avait passé la nuit en cellule de dégrisement et qu'il était particulièrement mal chaussé.

– OK, ce qu'il y a donc de bizarre dans cette affaire, c'est qu'ils aient oublié de retirer ses chaussures à Pétur, dit Úrsúla en posant les pieds sur la table basse.

Nonni était allé rendre visite à sa mère avec les enfants afin que Gunnar et elle soient tranquilles pour discuter ensemble, mais à présent ils lui manquaient et elle espérait qu'ils reviendraient bientôt. Elle pouvait tout à fait s'imaginer passer l'après-midi de la même manière que la matinée, sur le lit avec eux où ils pourraient bavarder de tout et de rien et où elle pourrait retrouver ce sentiment de chaleur et d'amour qui lui avait tant manqué.

– Oui, répondit Gunnar. C'est une erreur étrange. Pour ne rien arranger, ils semblaient tellement occupés ce soir-là qu'ils n'ont pas réussi à faire leur ronde toutes les vingt minutes dans chaque cellule comme ils sont censés le faire. Il s'est probablement écoulé plus de deux heures durant lesquelles personne n'a surveillé Ari et Pétur. Et le plus curieux dans tout ça, c'est qu'Ódinn Jónsson était l'un des agents de garde ce soir-là.

Úrsúla avala la boule qui se reformait dans sa gorge.

– Il faut vraiment qu'on remette la main sur Pétur, dit-elle.

Gunnar réunit les documents sur la table basse et se leva.

– Je repars à sa recherche.

102

Assise à côté de Kiddi sur le canapé, Marita était comme paralysée. Les policiers de Reykjavík, un homme et une femme, jeunes tous les deux, arboraient un air grave. Le représentant de la protection de l'enfance avait quant à lui une expression insondable. D'une carrure impressionnante, il était originaire du coin, mais heureusement Marita ne le connaissait pas. Curieusement, ce n'étaient toutefois pas ces inconnus qui semblaient rendre Kiddi nerveux, mais sa présence à elle.

– Il faut vraiment que ma mère soit là ?

Il avait répété cette question à intervalles réguliers et, plus le temps passait, plus Marita comprenait pourquoi. C'était l'agent de police qui prenait le plus la parole, tandis que sa collègue les observait à tour de rôle en prenant des notes dans son calepin. Kiddi avait commencé par nier en bloc, jusqu'à ce que le policier lui dise qu'ils avaient trouvé des preuves sur son disque dur.

– Tu n'es pas aussi malin que tu le crois. Il est plus difficile qu'on ne le pense généralement d'effacer ses traces sur un ordinateur. Nous avons aussi l'adresse IP, ce qui nous permet de dire sans l'ombre d'un doute qu'il s'agissait de quelqu'un vivant ici. L'ordinateur familial est vide, l'iPad de ton père également, et tu es le seul à utiliser ton ordinateur, n'est-ce pas ?

Kiddi baissa les yeux. Marita hocha la tête. L'adolescent gardait l'ordinateur dans sa chambre et, la seule fois où sa mère avait voulu l'utiliser, elle n'y était pas parvenue car celui-ci était protégé par un mot de passe.

Au fur et à mesure de la conversation, Marita se sentait glisser de plus en plus profondément dans le canapé, à bout de forces. Si elle avait pu trouver la moindre énergie pour le faire, elle se serait levée et aurait giflé le garçon. Même devant la police. La fureur bouillait en elle, mais c'était une frustration stérile, plus proche du désespoir que d'autre chose, et si elle avait envie de pleurer, elle n'y arrivait pas non plus.

– Je ne comptais pas lui faire du mal, reprit Kiddi. Je voulais juste qu'elle ait peur. Qu'elle…

Il se tut, et un instant il régna un silence de mort dans le salon. Les policiers assis en face les regardèrent, attendant que quelqu'un reprenne la parole. Marita inspira profondément et les mots s'échappèrent de sa bouche dans le désordre, avec un accent féroïen plus prononcé que jamais tandis que les agents de police l'observaient d'un air toujours aussi grave.

– Vous savez… Jónatan, mon mari, hum, le père de Kiddi, il a reçu une plainte pour viol. C'est sûrement pour cette raison que… oui, c'était en début d'année. Mais on n'a plus entendu parler de l'affaire… Et puis cette nouvelle ministre l'a ressortie et, d'un coup, les journaux se sont remis à écrire dessus… Ça a ravivé de mauvais souvenirs. Sans compter qu'on racontait beaucoup de mensonges dans ces articles. Mais que Kiddi menace la ministre et exige sa démission est évidemment… Oui. Enfin, il a cru aider son papa.

Kiddi se leva d'un bond, comme si on l'avait tiré du canapé par un fil invisible.

– L'aider ? Je ne l'aiderais jamais, même si j'étais payé pour ! Tu ne comprends toujours rien, hein ? J'essayais de t'aider, toi ! Pour mettre fin à cette putain d'affaire, pour que tu puisses retourner travailler, pour que les gens arrêtent de te juger à cause de ce connard que tu as épousé !

103

Se piquer le téton avec une aiguille n'était certainement pas une partie de plaisir, mais la sorcellerie exigeait des sacrifices. Stella avait récolté trois gouttes de sang de son index gauche et trois autres de l'annulaire droit. Lorsqu'elle eut recueilli une goutte de chaque téton, elle mélangea le tout dans son petit récipient pour sauce soja récupéré dans un restaurant à sushis et y plongea la pointe de son couteau suisse avec lequel elle devait graver le symbole d'invisibilité sur le morceau de charbon. N'en trouvant pas d'autre, elle avait acheté du charbon pour barbecue – à voir si le sortilège fonctionnerait malgré tout. Il lui manquait également du sang extrait de la cervelle d'un corbeau vivant, mais il s'agissait d'un ajout pour se cacher de ses ennemis. Et cette fille de Tinder n'était pas à proprement parler son ennemie, même si Stella regrettait d'avoir aidé Gréta à la draguer.

Elle déchira quelques feuilles de papier toilette qu'elle plaça sous son soutien-gorge afin de ne pas le tacher, puis elle observa la photocopie du symbole d'invisibilité qu'elle avait imprimée pour se familiariser avec. C'était un symbole de sorcellerie particulièrement complexe, en vérité composé de huit autres symboles circulaires. Elle avait à peine la place de le tracer sur ce petit morceau de charbon, sans parler de la quantité infime de sang qu'elle avait à disposition. Ignorant la durée du sortilège, elle avait décidé de le préparer directement dans les toilettes du sous-sol de Harpa, afin de ne pas perdre une minute.

Une loupe n'aurait pas été de trop pour distinguer ce qu'elle faisait, car lorsqu'elle eut tracé le dessin, les lignes étaient si fines et entremêlées qu'elles ressemblaient surtout à un gribouillis. Du moment que cela fonctionnait… Stella s'empara du morceau de charbon et le pressa contre son front. En sortant de la cabine, elle se regarda dans le miroir. Au lieu d'apparaître nettement sur sa peau, le symbole avait un peu bavé et n'y avait laissé qu'une tache ensanglantée. Elle voyait son reflet, mais c'était probablement normal. Il ne lui restait plus qu'à tester si les autres pouvaient la voir.

Elle remonta l'escalier et, alors qu'elle se dirigeait vers le restaurant, un petit homme chauve manqua lui rentrer dedans. Cela pouvait signifier qu'elle était invisible, mais pas nécessairement. Les hommes avaient tendance à s'attendre à ce que les femmes se poussent de leur chemin. Elle poursuivit le long du large escalier. La plupart des concerts étaient terminés, Gréta et la blonde devaient être en train de dîner au restaurant chic du dernier étage. La journaliste n'était pas du genre à faire dans la retenue lorsqu'elle obtenait enfin un rendez-vous galant.

Le second escalier condamné, Stella sauta dans l'ascenseur où se trouvait déjà un couple élégant. Elle parvint de justesse à se glisser entre les portes, dont les capteurs ne percevaient vraisemblablement pas les gens invisibles. Les deux inconnus ne lui prêtèrent aucune attention, mais difficile de dire si c'était parce qu'ils ne la voyaient pas ou parce qu'ils étaient trop accaparés l'un par l'autre.

Elle entra d'un pas hâtif dans le restaurant, et ni l'hôte d'accueil ni le serveur qui se dirigeait vers elle avec un plateau chargé de boissons ne semblèrent la remarquer. Elle se dirigea vers le buffet de Noël et se servit un morceau de *laufabraud*[6]. Si elle avait été visible, quelqu'un l'aurait arrêtée. Elle prit ensuite une belle tranche d'agneau fumé sur l'un des plats à la présentation soignée, la plongea dans un pot de moutarde et la mangea. Elle saliva en apercevant le *ceviche* au rayon frais, mais s'abstint d'y goûter – il n'avait jamais aucun goût dans les restaurants islandais, comparé à celui que faisait sa mère. Elle opta plutôt pour une tranche de pâté de renne avant de gagner la salle.

Installées à une table dans un coin reculé, Gréta et la blonde étaient assises quasiment l'une à côté de l'autre, face au port, dos tourné. À mesure que Stella se rapprochait, la lumière chaude dans sa tête s'intensifiait, et soudain elle eut de nouveau envie de pleurer. Elle voulait faire demi-tour, s'enfuir, mais se fit violence. Elle était venue jusqu'ici pour une raison : voir la direction que la relation des deux femmes allait prendre. S'il s'agissait de quelque chose de sérieux ou bien d'une amourette passagère. Debout derrière elles, Stella vit Gréta glisser la main sous la table pour caresser la cuisse de la blonde qui se pencha vers elle et lui murmura quelque chose. La journaliste reprit sa main et ajusta son décolleté. Se rapprochant encore, Stella comprit alors que la blonde lui avait demandé de défaire un bouton de sa chemise afin qu'elle puisse contempler sa

6. Pain plat traditionnel confectionné pendant les fêtes de Noël.

poitrine. Les yeux de Gréta brillaient d'excitation devant le sourire idiot de sa compagne qui bavait sur ses seins.

– Tu me plais tellement, murmura la journaliste.

Stella eut envie de hurler en l'entendant faire une déclaration pareille à une presque inconnue, mais Gréta arborait une expression si sincère qu'on ne pouvait qu'être touché. Soudain incapable de se contrôler, Stella fit basculer leurs flûtes de champagne en direction de la blonde.

– Qu'est-ce qui s'est passé ? s'exclama Gréta avant d'attraper une serviette en papier.

Stella se précipita hors du restaurant. Arrivée au rez-de-chaussée, elle courut dehors où l'air glacial lui coupa le souffle. Enfin, elle se laissa aller à ses sanglots. Elle aurait pu être à la place de la blonde à boire du champagne et savourer le délicieux buffet de Noël sous le regard admiratif de Gréta. Mais, au lieu de cela, elle était seule et tremblante devant Harpa, mal habillée, dans un froid glacial. Seule, invisible, avec les tétons douloureux.

104

Depuis le matin, après avoir réussi à semer la voiture noire devant le marchand de journaux, Pétur évitait les grandes rues. Il avait descendu la rue Laugavegur d'un pas lent, faisant comme s'il ne remarquait pas sa présence. Au croisement suivant, s'assurant qu'une deuxième voiture était arrivée derrière la noire sur l'unique voie, il avait fait demi-tour et avait repris la route à contresens de la circulation. Ainsi, le Diable était bloqué et ne pouvait plus le suivre. À présent, il essayait de rester dans l'ombre autant que possible, empruntant les allées piétonnes et les rues étroites, traversant parfois des jardins enneigés pour éviter les grandes artères où le Diable pouvait circuler avec sa grosse Jeep.

Il se sentait plutôt bien en parcourant les trottoirs déserts qui longeaient le port, un hot-dog de chez le célèbre *Bæjarins beztu pylsur*[7] dans le ventre. Il avait aussi entamé sa petite bouteille de schnaps achetée avec l'argent mendié auprès des touristes, plus généreux que les Islandais qui semblaient uniquement prêts à sortir leur porte-monnaie pour les clochards à l'étranger. Les gens étaient moins avares en voyage. Il avait pu le constater quand il était allé au Danemark. Si seulement

7. « Les meilleurs hot-dogs de la ville ».

la bibliothèque était ouverte le soir, il aurait pu consulter un livre de photos du pays pour se rappeler la meilleure époque de sa vie. Le Danemark était comme un jardin géant, tout ce qui y poussait était comestible. La jolie jeune fille qu'il avait suivie là-bas habitait à la campagne. Elle lui avait appris quand cueillir les pommes et arracher les topinambours qu'ils faisaient bouillir avec le poisson pêché sans effort tous les matins dans le ruisseau qui traversait le village. Il avait toujours eu l'intention d'y retourner, depuis qu'il était rentré en Islande, si longtemps auparavant qu'il avait arrêté de compter les années. Et puis, il s'était mis à vivre au jour le jour et le temps s'était écoulé de manière circulaire, chaque jour ressemblait au précédent, et chaque jour ressemblait au dernier. Ari et lui cherchaient toujours à revenir en arrière, à échapper à ce cercle vicieux. Pétur voulait retourner au Danemark, Ari voulait retourner chez lui.

Il était arrivé au bout de la péninsule. Il y connaissait quelqu'un qui traînait ses guêtres dans un vieil abri à filets de pêche et l'autoriserait probablement à lui tenir compagnie. Il longea les quais, observant la mer en contrebas où se reflétaient les lumières de la ville. Les réverbères semblaient si vifs dans l'air glacial, autour de Harpa plongée dans l'ombre, mystérieuse. Sa façade illuminée était tournée vers la ville, tandis que l'arrière du bâtiment reflétait les flots ténébreux, comme s'il faisait lui-même partie de l'océan – une sorte d'iceberg venant de se détacher de la terre. Malgré tout, on pouvait discerner à travers les vitres teintées une légère lueur jaune tout en haut, provenant du restaurant où dînaient les riches.

Pétur se retourna en entendant un bruit de moteur. Ce n'était pas la voiture noire, aussi poursuivit-il sa route sereinement. Sa jambe le lançait à force d'avoir couru et marché et escaladé les clôtures des jardins. Il tâcherait de trouver un carton ou un tas de filets pour la surélever un peu lorsqu'il serait arrivé dans l'abri de son ami. Tirant la bouteille de sa poche, il s'apprêtait à la terminer mais se ravisa : mieux valait garder un fond de schnaps, qui servirait de monnaie d'échange pour le gîte. Ceux qui avaient un toit au-dessus de la tête étaient plus enclins à le partager contre un peu d'alcool.

– Pétur ! appela une voix derrière lui.

Un frisson glacial lui parcourut la colonne vertébrale. Il se retourna et tomba nez à nez avec le Diable. Surveiller la voiture noire n'avait pas suffi. Il aurait dû se douter qu'Il pouvait se déguiser. Il était apparu à bord d'une de ces petites voitures de location au volant desquelles les touristes parcouraient la ville. Une voiture blanche. D'une blancheur de neige, pure et innocente.

Il faisait sombre sur la jetée, personne dans les parages à cette heure. Inutile d'appeler à l'aide. Sa fichue jambe ne lui serait d'aucune utilité non plus pour prendre la fuite. Il ne courrait jamais assez vite pour semer le Diable.

105

Il avait beau ne pas en boire lui-même, Gunnar savait préparer un bon café bien fort. Une cuillerée à soupe pour chaque tasse, et une supplémentaire *pour la cafetière*, comme sa mère le lui avait appris. Il n'avait pas réussi à s'endormir après avoir reçu le message de la police et pensait qu'Úrsúla aurait besoin d'un bon café avant d'apprendre la nouvelle.

Son estomac se noua quand il entendit un bruit de pas dans l'escalier. S'efforçant d'apaiser la tension qui montait en lui, il inspira profondément puis, soufflant, se concentra sur l'air chaud qui s'échappait de ses narines et glissait sur sa lèvre supérieure. Il se leva à l'arrivée d'Úrsúla dans la cuisine et lui versa une tasse.

– J'ai une mauvaise nouvelle. Pétur a été retrouvé mort dans le port cette nuit.

Vacillant sur ses jambes, la jeune femme dut prendre appui sur le plan de travail avant de s'asseoir sur l'un des tabourets. Sa tasse à la main, elle avait renversé quelques gouttes sans le remarquer. Gunnar s'empara d'une lavette et les essuya.

– À ce stade, on ignore s'il est mort noyé ou d'une autre manière. Mais son corps portait des traces de coups.

Úrsúla hocha la tête et baissa les yeux sur le plan de travail.

– C'est donc trop tard… murmura-t-elle.

Sa voix était pleine de regret, et Gunnar comprit à quel point cette nouvelle était lourde de conséquence pour elle. L'homme qui avait été aux côtés de son père lorsqu'il était mort avait disparu, réduit pour l'éternité au silence, et il avait emporté avec lui l'unique témoignage de ce qui s'était passé dans cette cellule.

– Cette mort soudaine… c'est quand même bizarre, non ? ajouta-t-elle, la tête toujours baissée, les épaules toujours voûtées.

– Je ne sais pas, répondit Gunnar. Je ne sais pas quoi penser. La police m'a dit qu'il était connu pour se battre assez fréquemment. C'était peut-être un accident. Peut-être qu'il est tombé dans l'eau et que les traces de coups remontaient à avant. Peut-être qu'il s'est battu durant la journée et qu'il s'est jeté à l'eau pour se suicider. Difficile de savoir.

Silencieuse, Úrsúla sembla s'affaisser encore davantage sur son siège. Gunnar ne savait plus quoi dire ni quoi faire. Il posa prudemment la main sur son dos et lui présenta d'une voix hésitante ses condoléances. Ce simple geste d'affection sembla briser quelque chose en elle et soudain elle se mit à pleurer à chaudes larmes.

Il avait la sensation que ce n'était pas la mort de ce vieux clochard qu'elle pleurait, mais plutôt son destin. Pas uniquement son destin à lui, mais un autre, au parcours similaire. Il avait la sensation qu'Úrsúla pleurait en vérité la mort de son père.

106

Marita avait relu le rapport de la police trois ou quatre fois, pourtant elle ne comprenait toujours pas comment son petit garçon si doux avait pu faire preuve d'une telle violence. D'où venait cette haine mêlée de concupiscence ? Elle entendit la porte de la chambre de Kiddi s'ouvrir, puis celle de la salle de bains. Elle se leva, prit le paquet de céréales et le lait qu'elle plaça sur la table avec un bol et une cuillère. Puis elle se versa une tasse de café et patienta.

– Petit-déjeuner ! s'exclama-t-elle quand l'adolescent ressortit de la salle de bains.

Un instant plus tard, il apparut à l'entrée de la cuisine. Marita s'était attendue à retrouver son expression de fureur habituelle, au lieu de quoi il avait les yeux glonflés de larmes.

– Pardon, maman, hoqueta-t-il.

Elle s'empressa d'aller vers lui et de le prendre dans ses bras. Secoué de sanglots, il posa la tête sur son épaule et elle se rendit compte à quel point cela faisait longtemps qu'elle ne l'avait pas tenu ainsi. Son corps, encore récemment enfantin et maigrichon, était à présent plus large, ses épaules s'étaient développées et il avait de nouveaux muscles. Physiquement, c'était un homme adulte, mais c'était son petit garçon qui pleurait ainsi sur son épaule.

– Je ne suis pas en colère, dit-elle avec douceur en le menant à la table de la cuisine où elle l'aida à s'asseoir. Je suis juste choquée que tu aies convaincu des hommes d'aller faire du mal à cette femme. Je ne comprends pas comment l'idée a pu te traverser l'esprit. Je ne sais pas si tu te rends compte de ce qui aurait pu se passer.

Muet, Kiddi versa une importante quantité de céréales dans son bol.

– Elle aurait pu se faire violer, elle aurait pu subir des violences inouïes, poursuivit Marita. Et ces lettres inqualifiables…

– Je voulais juste lui faire peur, dit Kiddi en noyant ses céréales de lait.

Il commença à manger et Marita s'assit en face de lui, l'observant pendant qu'il prenait son petit-déjeuner, envahie d'un amour soudain. Il n'était qu'un enfant, malgré sa taille, malgré la peur qu'il avait fait naître chez cette parfaite inconnue, malgré le danger qu'il avait créé. Un simple enfant qui mangeait ses céréales et attendait, penaud, que sa mère le gronde.

– Je sais que tu essayais, à ta manière, de nous aider, ton père et moi, dit-elle. Mais empêcher le bon déroulement d'une enquête en faisant peur aux gens n'est jamais, jamais une bonne idée. Il vaut mieux prouver l'innocence…

Elle n'eut pas le temps de terminer, car Kiddi repoussa brutalement son bol, éclaboussant la table de lait.

– Papa n'est pas aussi innocent que tu le crois ! cracha-t-il. Il serait peut-être temps que tu t'en rendes compte. Même si cette pute de Katrín Eva a menti, papa est loin d'être un ange !

Il sortit en trombe de la cuisine et Marita entendit la porte de sa chambre claquer. Se levant, elle sentit enfin la colère déborder.

Tout cet effroi qu'elle avait ravalé encore et encore, cette fureur qui bouillait depuis si longtemps au fond de ses tripes s'échappèrent enfin et prirent le contrôle de son corps. Elle se précipita à la poursuite de Kiddi, ouvrit à la volée la porte de sa chambre. Son champ de vision était comme recouvert d'un voile rouge tandis que, dans son cerveau, le sang battait à un rythme fou.

– Dis-moi de quoi tu veux parler ! hurla-t-elle. Qu'est-ce que tu prétends savoir que je ne sais pas ? Dis-moi tout, exactement tout ! Je veux toute la vérité, toute la putain de vérité !

107

Úrsúla attendait devant le téléviseur depuis dix minutes, comme si elle pouvait en le fixant du regard précipiter les informations de 18 h 30. Elle avait été sur les nerfs tout l'après-midi, depuis que la découverte du corps avait été annoncée au flash de 15 heures. Elle aurait aimé avoir Nonni auprès d'elle, aurait eu besoin de son calme, de ses mots qui rassuraient, et en même temps elle était soulagée qu'il ait emmené les enfants faire du ski. Au moins, ils seraient loin de l'ouragan médiatique, loin aussi de la tension que ressentait leur mère. Gunnar était rentré chez lui, sa surveillance rapprochée avait été levée depuis qu'on avait retrouvé le harceleur qui lui envoyait ces mails de menace. Ce n'était qu'un enfant – le fils de l'homme accusé de viol.

Úrsúla jeta un nouveau coup d'œil à l'horloge et monta le son. Trop agitée pour s'asseoir, elle restait debout derrière le canapé où Kátur dormait, les mains crispées sur le tissu du dossier. Une présentatrice rondelette habillée d'un tailleur pastel commença à débiter les gros titres.

« L'homme dont le corps a été retrouvé cette nuit dans le port de Reykjavík s'appelait Pétur Pétursson. Il s'agissait d'un sans-abri. La police soupçonne que sa mort pourrait être d'origine criminelle et recherche activement une Suzuki Swift blanche, aperçue sur les vidéos de surveillance de la zone portuaire. »

La journaliste poursuivit sa lecture des gros titres, quelque chose qui concernait l'environnement et le protocole de Kyoto, tandis qu'Úrsúla se laissait tomber sur le canapé, fixant l'écran du regard sans véritablement le voir, écoutant la journaliste sans véritablement l'entendre. Son agitation envolée, elle était désormais pétrifiée, n'avait plus aucune force. Elle ne parvint plus à bouger jusqu'à ce que son téléphone se mette à vibrer dans la poche de son pantalon.

– Je reviens chez vous avec mes affaires, dit Gunnar lorsqu'elle répondit.

– Ah ?

– Oui, je vais loger à votre domicile le temps que Boris établisse un périmètre de sécurité autour de votre rue. On annonce une manifestation devant chez vous ce soir.

Úrsúla avait l'impression de flotter aux frontières de la conscience, l'esprit encore concentré sur le journal télévisé qui se poursuivait en fond sonore.

– Quoi ?

– Je vous envoie un lien vers l'événement Facebook. J'arrive dans dix minutes.

Il y avait de l'empressement dans sa voix, et il raccrocha avant qu'elle ait eu le temps d'ajouter quoi que ce soit. Elle fut soulagée de le savoir en route. Cela apaiserait son sentiment de solitude, ainsi que le désir de la présence sécurisante de Nonni. Le téléphone bipa pour annoncer un message de Gunnar qui contenait seulement une adresse Internet.

Il s'agissait d'un événement Facebook public appelant à manifester devant chez elle pour exiger sa démission. Trente personnes avaient annoncé leur venue, et certaines d'entre elles avaient laissé des commentaires sur la page. L'un d'eux comportait une photo sombre où on l'apercevait néanmoins nettement, assise sur le siège passager de sa voiture de fonction.

Photo prise devant un foyer pour SDF vendredi dernier. Qu'est-ce qu'elle faisait là ? Que cette sale bonne femme démissionne ! #pasmaministre

108

– Ce n'est pas censé être bon pour les cheveux ? fit Úrsúla en se penchant sur le lavabo des toilettes pour essayer de nettoyer les traces d'œuf.

Sa tentative d'humour sembla complètement passer au-dessus de la tête d'Eva qui se tenait à côté d'elle, l'air inquiet.

– Tu ne veux pas prendre une douche ? Demanda-t-elle, une serviette à la main.

Úrsúla secoua la tête.

– Non, ça ira. Tu veux bien regarder dans mon placard si je n'ai pas des vêtements propres ?

Eva tourna les talons.

– Bien sûr que tu as des vêtements propres ! Pour quel genre d'assistante tu me prends ?

Úrsúla rit mais, en se séchant les cheveux, elle remarqua que ses mains tremblaient. Juste avant que l'œuf n'atterrisse sur sa tête, l'un des manifestants devant chez elle avait hurlé : « Assassin ! »

Gunnar l'avait aidée à traverser la foule, et la distance qui la séparait de la voiture lui avait semblé interminable. *Assassin.* Elle avait eu envie de s'arrêter, d'affronter l'homme qui avait crié, d'expliquer. Expliquer que Gunnar et elle avaient cherché Pétur pour pouvoir discuter avec lui. Mais cette envie avait vite cédé la place à la peur devant ce groupe de manifestants en colère, et elle avait laissé Gunnar la pousser sur la banquette arrière de la voiture. Ils s'étaient éloignés dans la précipitation sous les hurlements et, comme s'il avait entendu ce qu'elle pensait, le garde du corps avait marmonné que cela ne servait à rien de discuter dans ces conditions.

– Tiens, dit Eva en réapparaissant dans les toilettes avec un chemisier qu'Úrsúla n'avait jamais vu.

Elle avait fini par prendre l'habitude d'enfiler tout ce qu'Eva lui disait de mettre. Sa présence lui manquerait, elle avait le don de résoudre tous les petits tracas du quotidien dont Úrsúla avait tendance à se faire une montagne.

– Tu veux bien organiser une conférence de presse pour demain, lui dit-elle. Et me faire un brouillon de lettre de démission.

Eva la regarda, bouche bée.

– Tu es sûre ?

– Oui, répondit Úrsúla. Je ne peux pas assurer mes fonctions si on me soupçonne d'avoir assassiné Pétur.

– Ce sont juste quelques illuminés qui pensent ça, répliqua Eva.

Úrsúla secoua la tête.

– Je dois me retirer le temps de l'enquête. Cette photo de moi devant le foyer a pris des proportions énormes, et ça ne sert à rien d'expliquer que Gunnar et moi, nous ne cherchions Pétur que pour discuter avec lui. Le moindre mot devient objet de soupçon quand la personne concernée est retrouvée morte quelque temps plus tard. Mieux vaut que je me fasse discrète pour que la police puisse mener son enquête en paix.

Lui jetant un regard inquisiteur, Eva tira son téléphone de sa poche pour noter les instructions.

– OK, dit-elle. Il faut que tu parles au Premier ministre et tu as un paquet de dossiers encore en attente. Par quoi veux-tu commencer ?

– Je veux d'abord voir Ódinn, répondit Úrsúla. Tu veux bien me l'envoyer ? Je sors fumer.

Elle avait besoin de nicotine pour calmer ses tremblements. Sur le balcon, elle retrouva la jeune femme de ménage, Stella, qui était en train de terminer sa cigarette. Apercevant Úrsúla, elle en alluma une nouvelle. La température était repassée au-dessus de zéro et la neige avait commencé à fondre. Des gouttelettes tombaient du toit sur la rambarde qui chantonnait une faible mélodie percussive, comme un instrument inconnu.

– Merci pour ces pauses-cigarettes, dit Úrsúla. C'est ma dernière journée, je donne ma démission demain.

C'était bien de pouvoir s'entraîner maintenant, car le lendemain elle devrait réunir tous ses collaborateurs dans le hall du ministère pour les en informer.

– Quoi ? fit Stella. C'est à cause du clochard ?

– Oui. J'ai d'abord été accusée de vouloir me procurer son dossier médical sans autorisation, puis de le faire incarcérer sans raison, et maintenant on suggère que j'aurais tout simplement essayé de le tuer. Vous pouvez le croire ?

Elle porta sa main à son oreille pour faire signe à Stella d'écouter. On entendait l'écho des manifestants devant l'entrée principale du bâtiment.

– C'est complètement dingue ! lança Stella, étonnamment fervente. Personne ne croit à ces histoires ! Ce sont des conneries, vous ne pouvez pas démissionner à cause de ça !

– Je n'ai pas le choix. On ne peut pas vraiment faire pire que d'être accusée de meurtre.

– Vous ne pouvez pas démissionner ! fit Stella avec désespoir. Je peux vous aider. Je vais faire tout ce que je peux pour vous aider !

Úrsúla écrasa sa cigarette et la laissa tomber dans la cannette qu'elles utilisaient comme cendrier. L'intensité de la réaction de la jeune fille la surprenait autant qu'elle lui faisait chaud au cœur. Elle tendit les bras et la serra contre elle.

– Vous m'avez déjà énormément aidée. C'était chouette, de pouvoir fumer ici avec vous.

Elle déposa un baiser sur sa joue et retourna à l'intérieur. Avec un peu de chance, les autres employés du ministère ne prendraient pas autant les choses à cœur.

– Ódinn est arrivé ? demanda-t-elle à Freyja sur le chemin de son bureau.

– Non, répondit la secrétaire. Il est en vacances en Espagne.

Úrsúla se figea.

– Il n'a jamais parlé de vacances.

Freyja se racla la gorge. Inutile de s'en prendre à elle. Les ministres avaient beau aller et venir, elle serait toujours l'employée d'Ódinn. Le chef de cabinet avait un poste fixe quand la plupart des ministres ne restaient qu'une brève période – parfois même très brève, comme cela allait vraisemblablement être le cas à présent.

– Il a sans doute oublié de vous en informer, répondit-elle. Il avait posé ses congés depuis longtemps.

Freyja ajusta son brushing soigné, comme si son mensonge l'avait décoiffée. Voilà au moins une employée à qui Úrsúla ne manquerait pas. Et c'était réciproque.

109

Stella ne pointa pas en quittant le travail, mais cela n'avait aucune importance. Elle n'y retournerait pas, quoi qu'il arrive. Trop bouleversée pour trouver l'itinéraire en bus vers le siège de la télévision, elle remonta en courant la rue Hverfisgata jusqu'à ce qu'elle croise un taxi qu'elle s'empressa de héler. Après avoir demandé Gréta à l'accueil, elle fut accompagnée jusqu'à la salle de travail des journalistes de la station. Il n'était pas encore midi, mais Gréta était en train de déjeuner à son bureau, en regardant d'un air absent l'écran d'ordinateur devant elle.

– Salut, dit-elle d'un air surpris quand Stella l'interpella.

Elle sembla encore plus étonnée lorsque cette dernière lui demanda si elles pouvaient discuter en privé.

– Je suis en plein travail… fit Gréta.

– Cela concerne ton travail, l'interrompit Stella. Un énorme scoop. La ministre de l'Intérieur va démissionner demain.

Se levant d'un bond, Gréta lui fit signe de la suivre dans le couloir. Elles s'enfermèrent dans une salle de réunion meublée d'une longue table.

– Tu disais ? dit Gréta en s'asseyant sur l'une des chaises. Comment tu es au courant ?

Stella commença son récit, mais elle avait besoin d'une assurance, pour être certaine qu'elle parviendrait à faire passer son message.

– Je ne dirai pas un mot de plus si tu ne me promets pas de m'accorder une interview où je pourrai rattraper mes conneries…

– Qu'est-ce que tu veux dire ? demanda Gréta, avec intérêt.

Stella se sentit traversée d'un courant chaud. C'était agréable quand la journaliste la regardait ainsi, comme s'il n'y avait qu'elle qui avait de l'importance à ses yeux en cet instant. C'était le regard concentré que Gréta arborait sur tous les écrans de télévision du pays lorsqu'elle lisait les nouvelles en fixant l'objectif de la caméra.

Stella était à peine arrivée à la moitié de son histoire, elle avait évoqué le journaliste pervers, la vente des poubelles et son altercation avec le chef de cabinet, quand Gréta l'interrompit et, se levant, lui demanda d'attendre une seconde. Elle revint accompagnée d'un homme aux cheveux gris qu'elle présenta comme étant le chef de la rédaction.

– Je veux essayer de sauver la ministre de l'Intérieur en avouant mon rôle dans tout ça, expliqua Stella.

L'homme secoua la tête.

– Je crois qu'on ne peut plus rien pour elle, dit-il avant de s'asseoir malgré tout.

– Úrsúla a une liaison avec un journaliste pervers qui s'appelle Thorbjörn. Il m'achète les poubelles de la ministre pour pouvoir écrire tout et n'importe quoi à son sujet, sans le moindre contexte. Je crois que c'est le chef de cabinet qui lui a demandé de faire ça, ou du moins qui dirige les opérations de loin, parce que je l'ai vu sortir de la voiture de Thorbjörn et il était en train de l'engueuler… enfin, de lui dire qu'il n'avait pas fait ce qu'il lui avait demandé.

L'esprit tournant à mille à l'heure, Stella avait du mal à trouver ses mots.

– Tu veux parler d'Ódinn Jónsson ? demanda Gréta.

– Oui, fit Stella en hochant la tête. Vous ne trouvez pas que ça ressemble à une sorte de complot ?

Gréta et le rédacteur en chef sortirent dans le couloir où ils discutèrent un instant à voix basse, jusqu'à ce que Stella entende l'homme dire « ok » avant de partir. Pendant que le technicien attachait un micro à sa chemise avant l'interview, Gréta lui apporta une tasse de café.

– Tu es consciente que ça va te coûter ton travail ? dit-elle.

Stella acquiesça. Elle le savait, et en même temps elle espérait que son témoignage pourrait au moins éviter à Úrsúla de devoir présenter sa démission. Elle ne connaissait pas grand-chose à la politique, mais toute cette affaire avait clairement quelque chose de louche.

Elle aurait préféré ne pas avoir à être ici. Mais si son récit pouvait rattraper un peu des torts qu'elle avait causés à Úrsúla, l'enjeu valait le sacrifice de son travail et la honte. Elle but son café pendant que la maquilleuse finissait de la préparer et remarqua que Gréta suivait la scène avec attention. Stella discerna alors dans son regard une pointe de mépris. D'une étrange manière, leurs rôles s'étaient inversés. Elle n'arrivait pas à s'affranchir de son obsession pour cette femme, son corps voluptueux, son parfum entêtant, sa poitrine si généreuse. Gréta, elle, semblait la voir pour la première fois telle qu'elle était vraiment. Une fille insignifiante qui fouillait les poubelles.

110

Pour la première fois depuis des mois, Marita avait la sensation d'y voir clair. Le brouillard qui lui troublait l'esprit depuis que l'affaire avait éclaté s'était enfin levé. Peut-être avait-elle eu besoin de verser toutes ces larmes pour purifier son âme. Pleurer et hurler. Hurler dans le salon, dans la cuisine, hurler sur Kiddi, hurler seule la tête enfouie dans son oreiller durant toute la nuit.

Elle avait fait les valises de Klemmi. Il avait déjà un grand sac avec lui aux îles Féroé, et à présent elle venait d'en remplir un deuxième avec des vêtements – trop grands à l'époque où il était parti –, quelques jouets et des livres. Elle avait bientôt fini de remplir les deux plus grosses valises qu'ils possédaient avec ses propres affaires, y compris ses manteaux et chaussures. Elle se dirigea vers la chambre de Kiddi et frappa doucement à la porte.

– Comment ça se passe ? demanda-t-elle.

Il soupira. À demi penché sur son bureau, la main sous le menton, il contemplait la feuille qui semblait toujours blanche.

– Tu ne veux pas m'aider ? insista-t-il.

Elle secoua la tête.

– Ce n'est pas à moi de présenter mes excuses à Úrsúla Aradóttir. Je ne lui ai rien fait. C'est toi qui lui as fait peur, qui l'as menacée, pas moi. C'est pour ça que tu vas écrire cette lettre, je me fiche que ça te prenne un mois.

Soupirant de nouveau, Kiddi se gratta la tête.

– Et ce n'est pas seulement pour accroître tes chances d'échapper à une condamnation, mais aussi pour ta conscience, ajouta Marita. Pour faire pénitence.

Elle lui prit les épaules, se pencha sur lui et l'embrassa sur la joue.

– Il est hors de question que mes garçons deviennent misogènes.

Kiddi grogna.

– On dit misogynes, maman.

Elle sourit, puis quitta la chambre pour se concentrer à nouveau sur les bagages. Kiddi semblait lui aussi d'humeur plus légère que la veille. Peut-être que les cris et les larmes l'avaient également soulagé. Il avait eu bien des raisons de pleurer: Marita ignorait qu'il était amoureux de Katrín Eva. Amoureux fou, avait-il dit. Mais la jeune fille n'avait d'yeux que pour son père.

Marita fit le tour de la chambre, réfléchissant aux objets qu'elle avait envie d'emporter, avant d'arriver à la conclusion que plus rien n'avait d'importance à ses yeux. Ni le vase sur la commode, trop cher payé, ni le tableau que son mari lui avait offert pour ses quarante ans. Tout ce qui était lié à cette chambre, où Jónatan avait partagé son lit, lui avait murmuré des mots d'amour, avait fait semblant, menti pendant des mois, tout cela devait rester dans le passé. Tous ces objets étaient imprégnés de sa trahison, de dégoût même – car une simple trahison aurait été plus supportable. Elle aurait mille fois préféré qu'il la trahisse de la manière dont les hommes trahissent les femmes. C'était ordinaire, presque prévisible, en tout cas pardonnable.

– Quand je suis rentré ce soir-là, lui avait dit Kiddi la veille, je suis allé dans le salon et j'ai vu papa qui était allongé sur Katrín Eva. Il était en train de la baiser. Et cette salope chialait, parce qu'elle avait tout de suite regretté, elle aurait mieux fait de…

Il n'avait pas pu aller plus loin, car Marita l'avait giflé. Fort.

– Les femmes ne pleurent pas quand elles font l'amour, avait-elle crié, hésitant entre le féroïen et l'islandais, ne sachant pas quelle langue employer pour qu'il la comprenne vraiment et que ce message reste gravé dans sa tête jusqu'à la fin de ses jours. Ce que tu es en train de me dire, c'est que ton père a violé Katrín Eva.

111

Úrsúla alluma la petite lampe et jeta un coup d'œil sur son bureau. C'était son dernier après-midi ; dès le lendemain, elle réunirait les quelques effets personnels qu'elle avait apportés et abandonnerait le ministère. L'annonce officielle de sa démission, qu'Eva avait écrite pour elle, ainsi que le brouillon de ce qu'elle allait dire lors de la conférence de presse étaient soigneusement alignés sous ses yeux. Quelques dossiers étaient également empilés, sur lesquels elle avait collé des post-it avec ses commentaires. Pour la nationale Sud, elle avait écrit : *Haute tension – danger mortel, appelez-moi, cdlt, Úrsúla.* Elle voulait être présente pour son successeur. Le ou la prévenir. Il ne restait qu'un dossier inachevé sur son bureau, et elle voulait elle-même y apposer un point final.

– Bonjour, Rósa, dit-elle lorsque la femme eut décroché le téléphone. J'ai eu une idée qui pourrait vous intéresser. Il est dit dans le rapport de police que Jónatan a donné à Katrín Eva un salaire étrangement élevé ce soir-là, bien plus que ce qu'il la payait habituellement pour le baby-sitting. Même son épouse en atteste.

– C'est juste.

– Je voulais simplement vous rappeler que la prostitution, *a fortiori* d'une mineure, est un crime.

Silence au bout du fil. Úrsúla patienta un instant, tendant l'oreille, avant de se racler la gorge pour signifier à son interlocutrice qu'elle était toujours là.

– Vous voulez dire que je devrais laisser ma fille mériter son nouveau surnom de pute du village ?

Il y avait une forme d'abandon dans sa voix, un stoïcisme qui avait pris la place de la fureur brûlante qui l'animait auparavant.

– C'est simplement une idée. Les crimes sexuels qui ont le plus de chances d'être condamnés sont les affaires de prostitution. En tout cas, avec ça, on a la possibilité de mettre cet homme derrière les barreaux. Ce ne serait pas la juste condamnation que nous aimerions, mais c'est peut-être… mieux que rien. Il ne pourrait plus exercer en tant que policier.

Úrsúla dit au revoir à la mère en lui présentant une fois de plus ses excuses de n'avoir pu tenir la promesse qu'elle lui avait faite.

Son bureau était désormais vide, en dehors du mince dossier vert qu'elle emporterait avec elle à la maison. Le dossier que lui avait confié Gunnar avec tous les documents concernant la mort de son père. Elle l'avait regardé, l'avait manipulé sans toutefois se sentir la force de l'ouvrir. Lorsqu'elle se décida enfin, son cœur manqua un battement et elle eut le souffle coupé.

Était-ce possible ? Elle contempla la feuille, parcourue d'un courant glacial tandis qu'elle comprenait enfin. Elle avait déjà fait l'expérience de cette sensation, ce moment où tous les fils se reliaient, éclairant d'une lumière nouvelle des événements auparavant dispersés. Cela expliquait tant de choses. Et peut-être qu'il y avait une forme de justice dans tout cela. Elle prit une photo du rapport avec son portable et l'envoya à Boris. Elle songeait à l'appeler pour avoir son opinion lorsque

Eva accourut dans le bureau, une expression proche du désespoir au visage.

– Úrsúla, le JT.

Sans rien ajouter, elle attrapa d'une main tremblante la télécommande pour allumer le petit téléviseur accroché au mur.

– C'est notre femme de ménage ? fit Úrsúla, surprise, lorsque l'écran s'éveilla enfin.

Elle mit encore plus de temps à comprendre ce qui se passait. Et soudain, ce fut comme si son existence tout entière ralentissait. Úrsúla remarqua que la nuit était tombée, le bureau était plongé dans l'obscurité, seule sa petite lampe était allumée. C'était ce genre de détail sur lequel son attention se focalisait tandis que son cœur redémarrait à un rythme menaçant.

– C'est Stella ?

– Úrsúla, elle… bafouilla Eva, abasourdie. Elle dit qu'un journaliste, vraisemblablement Thorbjörn, du *Journal du Web*, lui a acheté le contenu de tes poubelles et qu'elle a vu Ódinn en train de lui parler dans sa voiture. Elle prétend que tu as eu… une liaison avec ce journaliste.

Úrsúla ne pouvait pas lui répondre, elle ne pouvait pas expliquer, ne pouvait pas rester ici. Elle devait rentrer immédiatement à la maison. Voir Nonni.

112

Eva avait envoyé un message à Gunnar pour lui demander de conduire Úrsúla chez elle, mais celle-ci s'était précipitée dehors, ignorant les appels de son assistante qui lui courait après. Avançant contre le vent, son manteau battant derrière elle, elle n'avait pas froid. La neige avait commencé à fondre et les rues étaient recouvertes d'une boue poisseuse dans laquelle elle trébuchait un pas sur deux. Elle ne se rendit même pas compte qu'elle avait déjà traversé le centre-ville, trop bouleversée pour enregistrer la moindre image. Fonçant le long du vieux cimetière, elle essaya de rappeler Nonni, qui ne répondait toujours pas. Elle espérait qu'il n'avait pas vu les informations, qu'il était sorti à la piscine avec les enfants après son cours du soir ou bien qu'il regardait une comédie avec eux à la télévision. Qu'il cuisinait avec la musique à fond, ce qui l'empêchait d'entendre la sonnerie de son portable. Il lui arrivait fréquemment d'oublier son téléphone dans un coin, cela ne voulait rien dire. Combien de fois avait-elle désespérément essayé de les joindre pour informer Nonni que tout allait bien ? Qu'elle n'était pas cet employé de Médecins sans frontières dont les journaux disaient qu'il était en quarantaine car il avait été infecté par Ebola. Qu'elle n'avait pas été touchée par l'explosion tout près de son camp de réfugiés en Syrie. À présent, elle sentait les larmes couler sur ses joues à l'idée qu'il avait peut-être entendu à la télévision qu'elle l'avait trahi. Qu'elle avait trahi la plus importante promesse qu'elle avait jamais faite. Celle qu'elle lui avait faite, à lui.

Recouvert d'une épaisse couche de verglas humide, le trottoir de leur rue était impraticable, aussi emprunta-t-elle la chaussée, marchant prudemment dans les traces laissées par les roues des voitures. La neige fondue s'insinuait dans ses chaussures, mais elle s'en moquait. Les chaussures pouvaient aller au diable, ses orteils pouvaient même tomber, du moment qu'elle arrivait avant que Nonni ait appris sa trahison par quelqu'un d'autre. Elle escalada rapidement le tas de neige qui la séparait du trottoir devant leur maison, bien dégagé car Gunnar l'entretenait toujours. Ses mains tremblaient d'un étrange mélange de tension et de froid tandis qu'elle essayait de glisser la clé dans la serrure. Elle ne voulait pas sonner à la porte, au cas où les enfants seraient là. Elle devait aller directement voir Nonni, se barricader avec lui, tenter de trouver les bons mots pour lui expliquer ce qui s'était passé. Lui faire comprendre qu'elle l'aimait lui, et lui seul. Qu'elle en était parfaitement consciente à présent, qu'elle percevait désormais à quel point sa famille était ce qu'elle avait de plus important au monde. Que Thorbjörn n'avait été qu'une forme d'attentat du moi. Une grave erreur.

La lumière était allumée dans la cuisine, mais il n'y avait personne. Tout était silencieux. Sur le plan de travail gisait un filet de poisson, encore dans son emballage, et une planche à découper avec un couteau de cuisine et un oignon émincé. À côté, un verre de vin blanc à moitié vide. Elle monta l'escalier, jeta un coup d'œil dans les chambres désertes. Ari avait été occupé à jouer aux Lego à en juger par les petits cubes de plastique dispersés par terre. Dans la chambre de Herdís s'élevait un monticule de vêtements sur le lit, comme si elle s'était lancée dans une folle séance d'essayages, ainsi qu'elle le faisait parfois, avant de partir en toute hâte. Dans la salle de bains, le verre à brosses à dents des enfants était vide, et celui qu'elle partageait avec Nonni ne contenait plus que la sienne.

Elle redescendit l'escalier, se dirigea vers le salon et s'assit sur le canapé dans le noir. Nonni avait dû partir avec les enfants chez sa mère, voire à l'hôtel si l'humiliation était trop grande. Il avait également pris Kátur. L'absence du chien était si douloureusement palpable. S'il avait été à la maison, il serait déjà monté sur ses genoux ou se serait assis à ses pieds en la regardant d'un œil plein d'amour pour qu'elle le prenne dans ses bras. Elle avait le cerveau engourdi et elle aurait juré que son cœur saignait, comme si celui-ci s'était brisé. Elle retira ses chaussures qui laissèrent une flaque sur le sol. Le beau parquet sur lequel Nonni interdisait formellement aux enfants de marcher en chaussures ou de jouer au ballon. Et soudain, ce détail lui parut si lourd de sens. Elle salissait ce qui était propre. Détruisait ce qu'ils avaient construit. À vrai dire, elle ne comprenait rien à ce qu'elle faisait. Qu'avait-elle cherché chez Thorbjörn ? Il ne faisait que l'utiliser. Lui qui avait attisé une telle passion en elle pour mieux la trahir ensuite. Elle cligna des yeux, essaya de pleurer, désireuse de retrouver ce sentiment de vide et de clarté de l'esprit qui suivait généralement une crise de larmes, mais elle ne pouvait pas s'y autoriser. Elle n'avait pas le droit de pleurer. Elle s'était privée de ce droit. Il était plus douloureux de trahir que d'être trahi.

Elle sursauta en entendant du bruit derrière elle. Bondissant sur ses pieds, elle se retourna.

– Qu'est-ce que tu fais là ? souffla-t-elle, son esprit hésitant entre la surprise et la peur.

113

– Que se passe-t-il ? demanda Gunnar.

Eva parlait tellement vite au téléphone qu'il ne parvenait pas à relier ce qu'elle lui disait en un tout cohérent.

– Tu n'as pas vu le JT ? lança-t-elle.

Il répondit que non. En sueur dans les vestiaires de la salle de sport, il avait consulté son téléphone et vu qu'elle avait cherché à le joindre quatre fois. Il avait tout de suite rappelé.

– Úrsúla était complètement bouleversée, elle est partie en trombe, sans doute pour parler avec Nonni. Elle ne répond pas au téléphone, et ça me met mal à l'aise de ne pas savoir si elle est arrivée sans problème ou pas. Je me suis précipitée chez elle, la lumière est allumée mais personne ne répond quand je sonne à la porte. Tu n'as pas une clé ?

– Si, répondit Gunnar.

Maintenant le téléphone contre son oreille avec son épaule, il retira son jogging. Tant pis pour la douche.

– Je vais voir ce qui se passe.

– Oui, jette juste un coup d'œil à l'intérieur, j'espère que tout va bien. Ils doivent sûrement être en train de se disputer, c'est pour ça que ça ne répond pas. Tu ressors aussitôt.

– Pourquoi crois-tu qu'ils sont en train de se disputer ?

– Oh. C'est presque trop révélé à expliquer. Au JT, ils ont plus ou moins révélé qu'Úrsúla aurait eu une liaison avec un journaliste, ce Thorbjörn du *Journal du Web* qui a beaucoup traité l'affaire de viol. Tu étais au courant ?

– *No comment*. Je file chez elle.

Il retira son tee-shirt trempé de sueur, s'essuya les aisselles et le torse avec sa serviette, puis enfila sa chemise et son pantalon en jetant le reste de ses affaires dans son sac. D'un pas vif, il rejoignit le hall de la salle de sport, songeant à ressortir pieds nus comme à son habitude, mais il s'abstint finalement et enfila ses chaussures. La neige avait fondu et le parking était couvert d'une boue poisseuse.

Il fonça en direction du centre-ville sur le boulevard Saebraut quasiment désert à cette heure tardive. Il emprunta le chemin le plus direct, longeant le port, puis remonta la rue Vesturgata vers le quartier Ouest. Il se gara sur le trottoir à côté d'une bouche d'incendie à deux pas de la maison d'Úrsúla, espérant qu'un petit génie n'aurait pas l'idée de prendre une photo de la voiture ministérielle pour la publier sur le Net.

Il sonna à la porte, puis frappa avec détermination. Comme personne ne répondait, il sortit sa clé et ouvrit prudemment le battant. Il tendit l'oreille. Tout était silencieux.

– Úrsúla ?

Il retira ses chaussures, ferma la porte, avança doucement vers le salon.

– Úrsúla ? C'est Gunnar, je voulais juste m'assurer que vous étiez bien rentrée.

Aucune réponse.

– Il y a quelqu'un ? appela-t-il.

Personne dans le salon. Il poursuivit son chemin vers la cuisine où la préparation du repas semblait s'être brusquement interrompue. Úrsúla était assise sur un tabouret haut près du bar, le visage figé dans une expression de terreur. Gunnar mit une demi-seconde à se rendre compte qu'elle n'était pas seule.

114

Dès que Marita eut rallumé son téléphone à la sortie de l'aéroport de Vágar, il se mit à sonner. Jónatan avait cherché à la joindre au moins cinq fois, mais elle n'avait pas voulu lui répondre avant d'être arrivée aux îles Féroé. D'être arrivée chez elle. Tandis que sa mère et Kiddi étaient en train de charger les valises dans la voiture, elle s'éloigna de quelques pas et décrocha. Elle avait beau tenir le haut-parleur tout contre son oreille, elle n'arrivait pas à distinguer ce que Jónatan débitait d'une voix hystérique. Levant les yeux sur le relief autour d'elle, elle se sentit soudain soulagée d'être débarrassée de la neige. La neige ne durait jamais aux îles Féroé.

– Kiddi t'a vu, dit-elle pour faire taire Jónatan qui ne cessait de lui demander ce qui lui prenait de filer à l'étranger au beau milieu de l'hiver sans l'en informer. Il est rentré à la maison, il vous a vus, puis il est ressorti.

Elle n'eut pas à préciser où, quoi et quand, il savait parfaitement ce dont elle voulait parler. Elle le comprit à son silence.

– Je vais rester là quelques semaines, réfléchir à la situation, reprit-elle, toutefois parfaitement consciente qu'elle n'avait aucune intention de retourner en Islande.

– On peut tout recommencer à zéro, répondit-il.

L'agacement dans sa voix avait complètement disparu et cédé la place à une sorte de supplication.

– Cette affaire est derrière nous, judiciairement parlant. Nous pouvons enfin commencer à nous reconstruire.

– Je n'ai rien à reconstruire, dit-elle avec une froideur manifeste. Toi, en revanche, tu as sûrement beaucoup de travail.

– Je t'en prie, répondit-il – et Marita ne pouvait distinguer si cette pointe d'impatience qu'elle discernait dans sa voix était de la colère ou du désespoir. Kiddi ne sait pas ce qu'il a vu ! Je ne faisais que taquiner Katrín Eva, on s'amusait ensemble. Il a dû mal comprendre.

– Son avocat a appelé aujourd'hui avant que je monte à bord de l'avion. Il m'a demandé si je confirmais ce que j'avais dit lors de mon témoignage, à savoir que Katrín Eva avait reçu une somme étrangement importante lorsqu'elle est repartie. J'ai confirmé. Je me souviens que je m'étais étonnée du salaire que tu lui avais donné.

– De quoi tu parles ? Qu'est-ce que tu racontes, Marita ?

– Rósa compte engager des poursuites pour prostitution d'une mineure, répondit-elle.

Un silence de mort tomba à l'autre bout du fil, puis Jónatan poussa un lourd soupir.

– Tu plaisantes ?

– Non, dit Marita. Cette affaire ne prendra jamais fin et je ne compte pas rester près de toi en attendant que le prochain tsunami passe. Tu peux assumer tout seul les conséquences de tes actions.

– Marita, fit Jónatan d'un ton cette fois clairement suppliant. Marita, ça va s'arranger. L'une de mes connaissances du ministère me doit un service. C'est un type qui travaillait avec moi dans la police quand j'ai commencé. Ça passera tout seul, on peut tout recommencer à zéro, on fait revenir Klemmi et on prendra ces vacances au soleil dont tu parlais.

Marita se racla la gorge pour l'interrompre.

– Jónatan.

– Oui ?

– Va au diable.

Elle raccrocha, coupa le son du téléphone et rejoignit la voiture où Kiddi essayait de se frayer une place sur la banquette arrière entre les valises. Sa mère s'installa derrière le volant, prête à les conduire jusqu'à Torshavn. Marita respira l'air chargé d'humidité, savourant la verdure environnante qui nourrissait toujours son cœur. C'était étonnant de constater que, bien qu'elles soient à peine plus au sud que l'Islande, les îles Féroé arboraient toujours de magnifiques nuances de vert. Vert clair l'été, gris-vert durant l'hiver.

115

Elle éprouva un tel soulagement en entendant la voix de Gunnar qu'elle eut envie de hurler. Mais Ódinn, qui la dominait comme un géant bien qu'elle fût assise sur un tabouret surélevé, mit son index sur ses lèvres pour lui faire signe de garder le silence.

– Chut, murmura-t-il en reculant dans un coin de la cuisine, espérant sans doute que Gunnar repartirait s'ils restaient muets.

Úrsúla connaissait assez bien son garde du corps pour savoir que, s'il était venu s'assurer qu'elle allait bien, il ne repartirait pas avant d'avoir fait le tour de la maison.

Ódinn se tenait parfaitement immobile, mais elle voyait ses yeux aller et venir nerveusement pendant qu'il tendait l'oreille, écoutant le bruit de pas en provenance de l'entrée. Son cœur se mit à battre de plus en plus fort à mesure que Gunnar se rapprochait de la cuisine et, quand son visage apparut enfin, elle laissa comme par réflexe échapper un soupir de soulagement. Elle avait l'impression de trembler, mais lorsqu'elle regarda sa main qui reposait sur le plan de travail, elle vit que celle-ci ne bougeait pas.

– Que se passe-t-il ? demanda Gunnar.

Úrsúla ne put s'empêcher de glousser hystériquement, d'une voix perçante qu'elle ne se connaissait pas, devant cette phrase d'introduction si ordinaire qui contrastait avec les circonstances. La tension avait été palpable l'instant précédant l'arrivée de Gunnar. Elle se racla la gorge et retrouva sa voix naturelle.

– Ódinn est venu me demander de faire certaines choses, dit-elle d'un ton apaisé, essayant désespérément de trouver une formulation qui pourrait expliquer la situation sans faire vaciller le calme fragile de son chef de cabinet, qui semblait sur le point d'exploser. Je lui ai expliqué que je voulais sortir à présent et que nous aborderions le sujet plus tard, mais ma réponse ne l'a pas satisfait, c'est pourquoi je suis encore assise ici.

Rapidement, Gunnar comprit et hocha doucement la tête. C'était comme si des liens invisibles limitaient leurs mouvements et ralentissaient le rythme de leurs paroles.

– Je vois, dit-il en prenant son temps, d'un ton qui se voulait normal, comme s'il ne prêtait pas attention à ce qui se passait.

Il fit un pas de plus dans la cuisine, puis un autre, sans doute pour s'interposer entre Úrsúla et Ódinn.

– Je vous propose d'aller dans la voiture, Úrsúla, ajouta-t-il toujours sur le même ton.

Un pas de plus. Ódinn sembla alors se rendre compte de la supercherie. Ses yeux mus d'une détermination nouvelle, il bondit, poussa Gunnar qui perdit l'équilibre un instant et, avant qu'Úrsúla ait eu le temps de bouger, il lui avait fermement attrapé les cheveux. Elle gémit, le nez soudain envahi d'une puissante odeur d'oignon. Elle remarqua alors que le couteau avait disparu de la planche à découper abandonnée par Nonni.

Tandis qu'Ódinn, derrière elle, maintenait la lame froide contre son cou, Úrsúla se demanda si sa mort serait rapide. La lame était en tout cas acérée – Nonni prenait soin d'affûter régulièrement ses couteaux de cuisine.

– Du calme, Ódinn, murmura Gunnar. Pas de mouvement brusque, d'accord ? On va respirer et réfléchir un peu, OK ?

Le garde du corps restait parfaitement immobile face à eux. Úrsúla se consolait en songeant que, même si Ódinn parvenait à lui trancher la gorge, il n'irait pas plus loin. Il ne faisait pas le poids face à un homme aussi fort. Elle était soulagée à l'idée que quelqu'un pourrait dire à ses enfants comment elle était morte. Ce qui s'était exactement passé durant les derniers instants de son existence. Gunnar serait le témoin qui apaiserait sa solitude à sa dernière heure. C'était étrange, mais elle n'y avait jamais pensé auparavant. Elle n'avait jamais songé au fait que ses enfants pourraient grandir avec la même incertitude qu'elle, le même chagrin d'avoir perdu un parent sans véritablement connaître les circonstances de sa mort. Au Liberia, elle avait seulement envisagé le chagrin de Nonni si elle était touchée par Ebola, mais elle ne s'était jamais dit que les enfants pourraient être si profondément affectés. Ils étaient habitués à être seuls avec leur père, leur vie ne changerait pas véritablement. Mais à présent elle voyait les choses avec clairvoyance. Son père ne vivait plus avec elle depuis longtemps quand il était mort, pourtant le chagrin de sa disparition avait immensément marqué sa vie. Son désir d'organiser le chaos, d'aider les gens dans le besoin trouvait probablement son origine dans la tragédie qui l'avait touchée. Puisqu'elle n'avait pas pu sauver son père, elle avait passé son existence à essayer de sauver les autres.

Voilà sans doute ce que les gens ressentaient au moment de leur mort. Les liens de cause à effet apparaissaient sous un nouveau jour, ce qui pouvait leur donner l'impression que la vie défilait sous leurs yeux comme un film de cinéma. Elle ouvrit les paupières et, échappant peu à peu aux profondeurs de son esprit, elle regagna la surface, elle entendit à nouveau les paroles de Gunnar qui continuait de parler à Ódinn d'une voix apaisante.

116

– Nous avons un objectif commun, Ódinn, dit Gunnar avec calme. Nous voulons tous les deux qu'Úrsúla sorte d'ici saine et sauve. Je sais que tu n'es pas venu ici pour lui faire du mal, n'est-ce pas ?

Úrsúla sentit un tremblement secouer le corps d'Ódinn serré contre son dos.

– Bientôt, on découvrira que la voiture aperçue sur le port a été louée sur le compte du ministère, siffla-t-il, la voix brisée, le souffle irrégulier, comme s'il avait du mal à reprendre sa respiration. Úrsúla doit soit étouffer l'affaire, soit affirmer qu'elle m'avait demandé de louer la voiture pour elle. Qu'elle recherchait Pétur pour lui parler et qu'il est tombé dans la mer. On peut faire passer ça pour un accident.

Gunnar fit un pas de côté et Ódinn sursauta.

– On ne bouge pas ! hurla-t-il.

Úrsúla sentit la lame du couteau glisser sur sa peau. Accompagnant la sensation de brûlure, une goutte de sang chaude coula le long de son cou jusqu'à sa poitrine. Gunnar leva les mains en l'air.

– Je reste là, dit-il. Je ne bouge pas. Je suis certain qu'on peut trouver une solution pour stopper l'enquête, n'est-ce pas, Úrsúla ?

Il fit un clin d'œil pour lui signifier de jouer le jeu, de dire exactement ce qu'Ódinn avait envie d'entendre.

Mais la douleur avait fait naître une vague de colère en elle. Elle serra la mâchoire pour s'empêcher de crier et, dans le soulagement momentané que la lame ne se soit pas enfoncée plus profondément dans sa chair, elle prit une décision. La décision de ne pas jouer le jeu, de ne pas prendre part à la réalité déformée d'Ódinn.

– C'est terminé, Ódinn. Quoi qu'il arrive, c'est terminé.

– Oui, ajouta Gunnar. Les choses ne feront qu'empirer si tu fais du mal à Úrsúla.

Il essayait visiblement de continuer à essayer de calmer l'homme, mais Úrsúla lui coupa la parole. L'adrénaline qui envahissait tout son corps avait besoin d'une porte de sortie.

– Tu ne travailles plus au ministère, Ódinn. J'ai tout compris. Je me suis rendu compte de tes manigances aujourd'hui. Jónatan. Cela ne te rappelle rien ?

Gunnar semblait terrifié et Úrsúla sentit qu'Ódinn avait le souffle coupé tandis qu'il resserrait son étreinte autour de son cou.

– Qu'est-ce que tu crois avoir deviné ? siffla-t-il avec agressivité.

– J'ai deviné que tu as tabassé mon père à mort au commissariat et que tu as menacé un stagiaire, Jónatan Kristjánsson, pour qu'il garde le silence.

– C'est toi que je devrais réduire au silence… commença Ódinn.

Gunnar l'interrompit aussitôt en criant :

– Dans ce cas, il faudra aussi passer par moi !

– Et Boris, ajouta Úrsúla. Je lui ai expressément demandé d'inspecter tous vos échanges, à Jónatan et à toi, depuis la plainte pour viol. Je suis sûre de retrouver des messages et des appels téléphoniques entre vous.

Úrsúla sentit Ódinn lâcher prise dans son dos tandis que la main qui tenait le couteau glissait le long de sa peau. La lame s'arrêta sur sa poitrine.

– Ça fait des décennies que je fuis cette ombre, dit-il lentement, la voix désormais grave et creuse – Úrsúla crut même y distinguer un sanglot. Mais le monde est injuste et les vieilles erreurs reviennent toujours vous hanter. Peu importe que vous passiez votre vie à essayer de vous racheter, de changer, tout cela est réduit au néant quand le passé vient réclamer des comptes.

– Quand Jónatan est réapparu et t'a obligé à faire disparaître cette plainte pour viol dont il était l'objet… précisa Úrsúla.

– Il prétendait que j'avais une dette envers lui, dit Ódinn. Puis tu es arrivée et tu as commencé à mettre le nez dans cette affaire, et il a paniqué, il s'est mis à m'appeler sans arrêt, il attendait un miracle de ma part.

– C'est terminé, Ódinn. Maintenant, il est temps de me libérer, souffla Úrsúla.

Elle espérait que son relâchement était signe d'abdication. Mais soudain il eut un sursaut et serra le bras autour de son cou. Le menton d'Úrsúla reposait désormais contre le coude d'Ódinn et l'odeur d'oignon provenant du couteau céda la place à une puissante odeur de sueur.

– Tu contrôles Thorbjörn, murmura Ódinn. Tu peux l'appeler et lui faire inventer une nouvelle histoire. Si le *Journal du Web* fait le premier pas, tous les autres médias suivront.

– Tu veux parler de l'homme avec qui on t'a vu en train de discuter sur le parking du ministère ? Tu n'as pas vu les infos ? Stella, la femme de ménage, t'a vu sortir de sa voiture et elle a témoigné que vous étiez visiblement en train de vous disputer. Qu'est-ce que tu trafiquais avec lui au juste ?

– Il me semble que nous trafiquions tous les deux avec lui…

Avant qu'Úrsúla ait eu le temps de formuler une réponse, elle vit Gunnar faire un pas de côté dans leur direction. Ódinn laissa échapper un hurlement et Gunnar lui sauta dessus. Ils roulèrent à terre.

Tandis qu'ils se battaient, elle essaya de reprendre son souffle, mais elle n'y parvenait pas, la poitrine entravée par une profonde blessure. Elle n'avait pas peur. Sur le point de perdre connaissance, elle remercia simplement le ciel que Nonni et les enfants soient loin d'ici. En sécurité.

117

Le couteau échappa à Ódinn dans la lutte. Il tendit la main pour le rattraper et Gunnar en profita pour lui envoyer un coup de poing dans la mâchoire. Pris de court, Ódinn jeta un regard confus autour de lui et, tandis que Gunnar s'apprêtait à se mettre à cheval sur lui pour le maintenir prisonnier, il bondit sur ses pieds avec une étonnante souplesse et fila hors de la cuisine. Gunnar lui saisit les chevilles et parvint à le faire tomber à genoux. Il se précipita pour lui faire une clé de bras. Ódinn était imposant et fort mais, ainsi pris au piège, il ne pouvait plus bouger. Gunnar le poussa en avant et le maintint allongé sur le ventre. Tendant son unique main libre vers sa ceinture pour attraper ses menottes, il se rendit compte qu'elles n'étaient plus là. La police les lui avait confisquées lors de l'arrestation de Pétur devant le magasin.

Il chercha son téléphone dans sa poche, mais celui-ci devait être tombé durant leur corps-à-corps. Un instant, le silence retomba dans la cuisine tandis que Gunnar se demandait comment maintenir Ódinn prisonnier tout en cherchant son portable pour appeler des renforts. Une fraction de seconde ou plusieurs minutes, impossible de dire combien de temps s'écoula, l'adrénaline lui en avait fait perdre toute notion, mais peu à peu son esprit

prit conscience des sifflements réguliers qui émanaient d'Úrsúla. Úrsúla !

Elle gisait par terre, immobile et silencieuse en dehors de ce sifflement qu'elle laissait échapper lorsqu'elle essayait de reprendre son souffle. Il était dans l'impasse. Soit il devait relâcher Ódinn, avec l'espoir que celui-ci prenne la fuite plutôt que de s'attaquer à nouveau à eux, soit il le gardait prisonnier en priant pour que les secours arrivent par miracle. Il lâcha finalement Ódinn qui, d'un pas chancelant, se releva immédiatement et sortit de la pièce. Un instant plus tard, Gunnar entendit claquer la porte d'entrée.

Le socle du téléphone fixe était vide, le combiné devait être ailleurs. Il ne voulait pas perdre un temps précieux à le chercher, ainsi que son téléphone portable. En proie à de terribles vertiges, il prit appui sur les meubles et les murs tandis qu'il chancelait vers la porte d'entrée où il appuya sur le bouton d'urgence que le service de sécurité avait installé. L'unité d'élite de la police serait sur place en quelques minutes, mais Úrsúla avait également besoin d'une ambulance sur-le-champ. Il se précipita dehors et rejoignit sa voiture où, grimpant sur le siège passager, il appuya sur le bouton d'urgence qui le mettait en liaison directe avec les secours.

– À l'aide ! s'exclama-t-il. Il me faut une ambulance, la ministre est blessée. Je crois qu'elle a été poignardée, elle saigne.

Il se précipita à nouveau à l'intérieur, manquant à plusieurs reprises de glisser sur le verglas qui recouvrait le trottoir. La voiture était équipée d'un GPS, l'ambulance devrait arriver rapidement.

De retour dans la cuisine, il se laissa tomber à genoux à côté d'Úrsúla et se mit à chercher la source de la tache de sang qui avait déteint sur une grande partie de son chemisier. Il constata un orifice sur la droite de sa poitrine. Posant sa main dessus, il fit pression. Le sifflement diminua immédiatement, mais sa respiration demeurait saccadée et ses yeux étaient toujours fermés.

Les minutes suivantes s'écoulèrent avec irrégularité, tandis qu'elle perdait plus ou moins conscience. Il distingua le hurlement des sirènes au loin. L'instant suivant, un ambulancier détachait sa main d'Úrsúla et, assis par terre, Gunnar observait la scène. Un autre ambulancier posa une perfusion à la jeune femme, plaça un masque à oxygène sur son visage, puis ils l'allongèrent sur un brancard avant de l'emmener précipitamment. La seconde d'après, il était assis sur le canapé et racontait à un policier en uniforme ce qui s'était passé. Puis Boris était arrivé et lui demandait s'il avait une idée de l'endroit où Ódinn avait pu se rendre.

– Il n'avait pas toute sa tête, répondit Gunnar. Il avait un regard dément, désespéré. S'il n'est pas en route pour l'aéroport afin de fuir le pays, il pourrait aller à Selfoss.

– Selfoss ?

– Oui, il est possible qu'il s'attaque au dénommé Jónatan Kristjánsson. C'est le seul témoin vivant d'un meurtre qui a eu lieu il y a des années.

– Il faut qu'on t'emmène à l'hôpital.

– Je suis navré d'avoir dû relâcher ce fou furieux, marmonna Gunnar.

Boris se mit à rire.

– Tu as pris la bonne décision. Tu étais là au bon moment. Tu as sauvé la vie d'Úrsúla.

Gunnar sourit et, malgré la douleur qui lui tambourinait le crâne, il fut envahi d'une certitude plutôt agréable. Il avait atteint son but. Il avait barré la route à la mort.

118

Après un sommeil en dents de scie, Gunnar était plus en forme que le matin, lorsqu'il était revenu chez lui des urgences. Il prit une douche, se changea et acheta une boîte de chocolats sur le chemin de l'hôpital pour Úrsúla. Elle avait quitté les soins intensifs. Elle avait eu besoin d'une opération, et Gunnar n'avait pas réussi à fermer l'œil avant d'avoir entendu qu'elle était désormais ce que les professionnels de santé appelaient *stable*. Assis devant la porte de sa chambre, un agent de police feuilletait un magazine. Il était surtout là pour maintenir les médias à distance, car Ódinn avait été arrêté la veille au soir, alors qu'il entrait dans Selfoss.

Gunnar se pencha sur Úrsúla et la serra dans ses bras, autant que possible sur ce lit d'hôpital. Elle avait toujours sa perfusion ainsi qu'un tube dans chaque narine pour l'aider à respirer, mais elle semblait plus en forme. Elle le maintint un long moment contre elle, lui tapotant le dos et lui murmurant qu'elle était contente de le voir. Se redressant enfin, il s'assit sur une chaise près de son lit. Ils se regardèrent longuement, sérieux, graves, et enfin Úrsúla sourit.

– Ce que c'est bon d'être en vie, dit-elle.

Il rit.

– Nonni est venu vous voir ? demanda-t-il.

Úrsúla secoua la tête.

– Il était là hier soir quand je me suis réveillée de l'anesthésie, et je l'ai eu au téléphone tout à l'heure. Il m'en veut toujours. Bien sûr.

Gunnar tendit la main et la posa sur son bras.

– Ça va s'arranger.

Sur le point de répondre, Úrsúla fut interrompue par un léger coup à la porte.

– Je dérange ? demanda Boris.

Ils dirent non en chœur.

– Quel luxe d'être ministre, reprit-il. Une chambre privée et tout le confort. Ma grand-mère est coincée dans un couloir des urgences, car il n'y a de la place nulle part dans l'hôpital.

– Oh, vous ne voulez pas me l'envoyer ?

Boris sourit et embrassa Úrsúla sur la joue.

– Content de voir que vous allez bien, dit-il à voix basse. Vous avez dû avoir une sacrée peur.

Úrsúla acquiesça, elle le remercia et Gunnar se fit la remarque qu'il n'avait jamais vu Boris se montrer aussi tendre. Il avait toujours été sec. Crispé, déterminé, entreprenant. Mais jamais chaleureux.

– Ódinn est maintenant en garde à vue, il va être poursuivi pour séquestration et tentative de meurtre.

– Et pour l'affaire de mon père ? demanda Úrsúla, essayant de se redresser dans son lit, comme si son intérêt était uniquement centré sur ces événements passés et non sur la mort à laquelle ils avaient échappé de si peu la veille au soir.

– Jónatan Kristjánsson a été convoqué pour un interrogatoire à ce sujet au commissariat demain. Je serai présent.

– Non seulement il a profité de son poste dans la police pour faire disparaître d'importantes pièces à conviction, mais il a aussi fait pression sur Ódinn pour que celui-ci étouffe la plainte pour viol. Ódinn l'a plus ou moins avoué hier soir, expliqua Gunnar à Boris.

Úrsúla hocha la tête.

– Il a aussi dit avoir fui une « ombre » pendant longtemps, ajouta-t-elle. Il parlait du meurtre de mon père.

Boris attrapa une chaise et s'installa de l'autre côté du lit.

– Selon les informations récupérées auprès de leurs opérateurs téléphoniques, Ódinn et Jónatan ont beaucoup été en contact ces derniers mois, cela a commencé peu après le dépôt de la plainte pour viol. C'est bien sûr un indice important mais si ni l'un ni l'autre n'avouent, il sera difficile de prouver quoi que ce soit. Et je préfère vous prévenir : ce n'est pas une mince affaire, de rouvrir une vieille enquête. Je ne sais pas si ça fonctionnera. À vrai dire, il faut certainement qu'ils avouent tous les deux ce qui s'est passé pour que le dossier soit ressorti.

– Et Pétur ? demanda Úrsúla.

Gunnar crut percevoir une pointe de désespoir dans sa voix.

– La mort de Pétur n'aura aucune incidence ?

Boris tapota la couverture du lit, comme pour essayer de calmer Úrsúla.

– Tout peut avoir une incidence. L'attaque que vous avez subie est naturellement ce sur quoi la police va se baser. Quand on commencera à en creuser les causes, tout le reste viendra avec.

Úrsúla inspira profondément, lâcha un gémissement et se laissa retomber sur son oreiller.

– Mon Dieu, ce que j'ai mal à la poitrine, soupira-t-elle.

Gunnar avait lui aussi encore mal à la tête. Ils étaient à vrai dire l'un comme l'autre dans un piteux état.

– J'ai un petit quelque chose qui pourrait vous intéresser, dit Boris à Úrsúla avant de s'éclaircir la gorge. Quand j'ai fait analyser les échanges entre Ódinn et Jónatan, je suis tombé dessus par hasard. Nous n'avions évidemment pas l'autorisation de regarder ça, mais puisque je vais bientôt démissionner pour rejoindre Europol, je me fiche un peu des conséquences. Je crois que vous devriez y jeter un coup d'œil.

Il tira de sa poche une feuille de papier pliée qu'il lui tendit.

– C'est un mail du Premier ministre à Ódinn.

119

Les enfants d'Úrsúla se jetèrent sur son lit à la minute où ils entrèrent dans la chambre d'hôpital. Leurs cheveux sentaient bon l'air frais.

– Votre père n'est pas là ? demanda-t-elle.

Ils secouèrent la tête.

– Il est resté dans la voiture, dit Herdís. Il va venir te parler plus tard, un peu plus tranquillement. Il a dit que vous aviez besoin de régler vos problèmes.

– Vous allez divorcer ? demanda Ari.

Herdís lui asséna un coup de coude.

– On pose pas ce genre de questions, crétin, siffla-t-elle.

Úrsúla inspira profondément.

– Non, répondit-elle. Je ne pense pas que nous allons divorcer. En tout cas, je vais tenter tout mon possible pour que la situation s'arrange. On a juste eu un peu de mal à communiquer ces derniers temps.

C'était cliché, mais il n'était pas facile de trouver les bons mots pour expliquer ce genre de choses à des enfants.

– Quoi qu'il arrive, nous vous aimerons toujours très fort l'un comme l'autre, ajouta-t-elle.

– Papa a dit ça aussi, répondit Ari en se redressant.

Il avait l'air inquiet, comme toujours lorsqu'il ne comprenait pas exactement ce qui se passait.

– Tu as une meilleure mine qu'hier, intervint Herdís, visiblement déterminée à changer de sujet – Úrsúla savait qu'elle faisait ça pour ne pas pleurer.

– Merci, ma chérie, répondit-elle en lui caressant la main.

La soirée de la veille était plongée dans le brouillard. Elle n'avait cessé de se réveiller et de se rendormir, mais elle se rappelait avoir eu Nonni et les enfants auprès d'elle aux soins intensifs. Il y avait tant de choses qu'elle aurait aimé dire à son mari, mais elle s'était évanouie avant de parvenir à prononcer un mot et n'avait repris conscience que plus tard durant la nuit, alors qu'une femme vêtue de blanc vérifiait sa tension.

– Bonjour, dit le Premier ministre d'un ton joyeux en entrant dans la petite pièce avec une énorme boîte de chocolats entre les mains.

Úrsúla embrassa ses enfants, avec une pointe de culpabilité en voyant leur expression déçue. Ils avaient désormais l'habitude de passer en second, car ils prirent aussitôt la porte en baissant la tête et en silence. Je vais arranger ça aussi, songea-t-elle. Passer plus de temps avec eux, leur donner la priorité sur les réunions et les missions diverses.

Úrsúla se ressaisit. Pour le moment, il lui fallait être forte. Tendant le bras vers la télécommande, elle leva la partie supérieure du lit et se redressa autant que la douleur dans sa poitrine le lui permettait. Puis elle saisit la feuille que Boris lui avait imprimée et la déplia.

– J'ai ici la copie d'un mail que tu as adressé à mon chef de cabinet Ódinn, où tu lui demandes de m'aider à composer un discours pour annoncer l'annulation des travaux de la nationale Sud.

Úrsúla réajusta sa position, grimaçant à cause de la vague de douleur que le moindre mouvement provoquait, puis elle lut à voix haute l'extrait qu'elle avait déjà parcouru à plusieurs reprises durant la journée :

« ... ce serait super de pouvoir faire fuiter un scandale pour qu'on se débarrasse d'elle bien avant les élections et qu'E. puisse se construire une base solide. » Sa main retomba sur le lit et elle scruta le visage du Premier ministre qui dansait d'un pied sur l'autre.

– J'ai donc été victime d'une de tes célèbres manigances, dit-elle. Je devais faire le sale boulot, annuler le projet de nationale et en payer les pots cassés. Après ça, Ódinn aurait lancé un bon petit scandale qui me ferait démissionner afin que ton cher prodige Edvard ait quelques mois avant les élections pour gagner en popularité.

En soupirant, le Premier ministre s'assit sur une chaise.

– C'est la politique, Úrsúla, répondit-il. Rien de personnel. Que du business.

– Merci pour cette belle leçon.

Le Premier ministre eut un sourire gêné et Úrsúla remarqua à nouveau la profondeur du bleu de ses yeux, malgré l'absence de réelle lumière dans la chambre d'hôpital en cette fin d'après-midi hivernale.

– Dommage que tu aies parié sur le mauvais cheval, ajouta-t-elle. Ódinn avait son plan, mais il a perdu le contrôle des événements. Le journaliste a fait fuiter la première info qu'il avait trouvée dans mes poubelles, et il se trouvait que c'était cette histoire entre mon père et Pétur, une affaire plutôt délicate pour Ódinn.

– Qu'est-ce que tu veux, Úrsúla ? demanda le Premier ministre. À quoi avais-tu postulé l'an dernier sans l'obtenir ? La direction de l'Agence de développement, c'est ça ?

Úrsúla laissa échapper un grognement.

– Je croyais que la tradition voulait que le pot-de-vin vienne avant la démonstration de force. Chez toi, c'est l'inverse.

Le Premier ministre marmonna quelque chose dans sa barbe et, l'espace d'un instant, Úrsúla ressentit à sa propre surprise de la pitié envers lui.

– Je n'ai besoin de rien. Je vais démissionner demain pour raison de santé, tout le monde le comprendra. Les médias ont annoncé que mon chef de cabinet m'avait poignardée.

– Puisque tu… commença-t-il.

Úrsúla leva immédiatement un index en l'air pour lui faire signe de se taire.

– Oui, reprit-elle. Je vais faire sauter la nationale Sud en annonçant ma démission.

120

Après mûre réflexion, c'était la promesse qu'Úrsúla avait faite le jour où elle avait pris ses fonctions qui avait provoqué sa perte. Si elle n'avait pas commencé à mettre la pression à Ódinn pour en savoir plus sur ce qu'il était advenu de la plainte pour viol, les événements auraient assurément pris une tout autre tournure. Et, en même temps, c'était justement cette promesse qui l'avait tirée de la torpeur dans laquelle elle se noyait depuis qu'elle était revenue en Islande.

– Il s'agit donc du mandat le plus bref de l'histoire de notre pays, commenta Eva. Deux semaines et demie.

– En effet, répondit Úrsúla. Et je n'ai même pas réussi à m'attaquer au dossier de l'accueil des immigrants, qui était la mission qui m'importait le plus.

– Comme je viens de le dire, deux semaines et demie. Je ne suis pas surprise que tu n'aies pas réussi à avancer sur ce point avec tout ce qui s'est passé.

– Hmm.

C'était la seule chose qu'elle regrettait dans le fait de devoir abandonner son poste : elle perdait l'occasion de faire bouger les lignes pour les demandeurs d'asile en Islande.

– Tu es sûre de vouloir assumer la responsabilité de la débâcle autour de la nationale Sud ? demanda Eva une énième fois, comme si elle s'attendait à ce que la réponse diffère selon la formulation de la question.

– Oui, répondit Úrsúla. Fais-moi confiance. Invite les médias dans ma chambre d'hôpital. Je compte bien rester au lit pendant que j'annonce que, pour des raisons de santé, je démissionne de mes fonctions et que ma dernière mission en tant que ministre de l'Intérieur sera de repousser la construction de la nationale Sud en raison d'une faille lors du travail préparatoire.

– Ils vont devenir dingues, fit Eva. C'est une formulation tellement floue.

– Je sais. C'est pourquoi il faut que tu sois là, que tu les informes que je ne répondrai à aucune question et qu'il s'agit juste d'une brève déclaration. Tout le monde se tiendra à carreau, comme je suis alitée.

– Tu apprends vite ! s'exclama Eva avec enthousiasme. Ils seront si excités à l'idée de pouvoir te prendre en photo dans ton lit d'hôpital qu'ils feront vraiment un effort pour éviter toute question.

À nouveau, l'expression de son visage se fit inquiète :

– Tu es absolument certaine de ta décision ? Tu pourrais laisser tomber. Compte tenu de la façon dont le Premier ministre avait l'intention de t'utiliser, tu peux bien le laisser assumer cette responsabilité.

– Il n'assumera jamais rien, répondit Úrsúla. Il fera porter le chapeau à un autre innocent bien utile. Mais ne t'inquiète pas, il récoltera la monnaie de sa pièce.

Eva se pencha et embrassa Úrsúla sur le front.

– J'espère que les choses se passeront comme tu le souhaites, dit-elle à voix basse. Je vois bien que tu prépares un mauvais coup.

– Je ne prépare rien du tout. J'ai juste commencé à réfléchir à un autre plan de carrière. Je pensais demander du travail au foyer pour sans-abris.

– Quoi ?

– J'ai l'impression que je le dois à mon père.

– Voilà qui va donner du grain à moudre aux journalistes, soupira Eva. La ministre et les clochards !

Avec son doigt, elle dessina le titre dans les airs comme s'il s'agissait de la une d'un journal.

– Ça me va, ça attirera l'attention sur la question. J'ai beaucoup réfléchi, je me demandais où je pourrais prêter main-forte tout en ayant la possibilité de rester plus souvent à la maison avec Nonni et les enfants. Je veux venir en aide aux gens, j'ai besoin d'être entourée de personnes dans la nécessité. Je me déliterais dans un bureau de la Croix-Rouge. Et je ne peux pas repartir à l'étranger, je ne peux pas faire ça à Nonni.

– Sacrée nouvelle, commenta Eva en secouant la tête d'un air incrédule. Je suis quand même certaine que tu mijotes quelque chose. C'est un coup de com' pour te présenter aux élections, ou un truc dans le genre.

– Tu te rappelles ce que tu m'as dit quand j'ai commencé, Eva ? Qu'il était facile d'attraper le virus de la politique, mais difficile d'en guérir. Je crois que j'y ai échappé.

Elle fit un clin d'œil à son assistante qui continuait de la regarder d'un air inquiet.

– La fille est bien arrivée, au fait, dit enfin Eva. Je la fais entrer ?

Úrsúla acquiesça.

121

La tête basse, Stella pénétra dans la chambre et s'approcha du lit d'un pas hésitant, comme si elle s'attendait à ce qu'Úrsúla lui crie dessus – ou pire.

– Je suis désolée pour ce que j'ai raconté au sujet du journaliste à la télé. Votre assistante m'a dit que votre mariage était en danger à cause de moi, mais je ne savais même pas que vous étiez mariée. J'essayais juste de vous aider et de me rattraper pour ce que j'avais fait. C'est injuste que vous deviez démissionner à cause d'informations qui ont fuité parce que j'ai vendu vos poubelles. Je suis vraiment, vraiment désolée.

Úrsúla tendit la main et Stella s'en empara avec hésitation.

– Vous n'avez pas eu grand-chose à voir là-dedans. C'est Ódinn qui utilisait Thorbjörn, c'est lui le coupable. Il voulait dénicher de quoi provoquer un scandale et me forcer à démissionner. Thorbjörn a utilisé ses propres méthodes pour m'approcher. Mais les choses ne se sont pas passées comme prévu, et tout ça s'est finalement retourné contre Ódinn… Bref, votre rôle n'a pas été déterminant, vous n'étiez qu'un pion, comme tant d'autres.

Les yeux sombres de Stella se gonflèrent de larmes. Elle cligna des paupières pour essayer de les faire disparaître, au lieu de quoi elles s'accumulèrent sur ses longs cils, scintillant comme des perles.

– Comment vous vous sentez ? demanda-t-elle en reniflant. Vous allez vous en sortir ?

– Tout ira bien, répondit Úrsúla. Surtout si vous me rendez un dernier service.

– Tout ce que vous voudrez, fit Stella avec intensité. Absolument tout.

Úrsúla se racla la gorge.

– Allez voir votre amie à la télévision, dit-elle.

– Vous voulez dire Gréta ?

– Oui, allez voir Gréta et racontez-lui que vous m'avez entendue dire que la raison pour laquelle je mettais fin au projet de nationale Sud, c'était Ingimar Magnússon.

– Vous stoppez le projet de nationale ?

– Oui. Je vais l'annoncer demain, mais je donne à votre amie une longueur d'avance sur le scoop. Si elle fait correctement son travail, elle comprendra très bien pourquoi le projet est avorté.

– Mais tout le monde veut cette route… commença Stella.

Úrsúla retint un soupir.

– Ne vous inquiétez pas de ça, dit-elle d'un ton légèrement sévère et professoral. Dites juste à Gréta que vous m'avez entendue dire que j'y mets fin à cause d'Ingimar Magnússon. Le reste, elle le trouvera toute seule. Répétez-moi le nom ?

– Ingimar Magnússon. C'est qui ?

– Aucune importance. Dites-lui également que vous voulez garder l'anonymat. Personne ne doit savoir que ça vient de vous, compris ?

Stella hocha la tête.

– Ça va vous aider ? demanda-t-elle, ses yeux naïfs grand ouverts. Parce que je n'ai vraiment pas envie de revoir Gréta, l'atmosphère est un peu tendue entre nous, mais si vous pensez que ça peut être utile…

– Oui, ça va énormément m'aider. On dit toujours que la vérité libère, or c'est ça, la vérité : je mets fin au projet de route à cause d'Ingimar Magnússon.

Elle ferma les yeux, un sourire de contentement aux lèvres. Les vieux politiciens semblaient toujours déterminés à façonner leur propre réalité, à diriger les faits, mais la vérité était une arme puissante. La plus puissante d'entre toutes. Úrsúla visualisa le déroulement des événements du lendemain.

Les médias publieraient des photos d'elle, alitée à l'hôpital, annonçant sa démission. L'image lui vaudrait la sympathie de la nation entière, sympathie qui céderait bientôt la place à la surprise, et même à la colère lorsqu'elle ferait part de l'annulation des travaux. Quand Gréta partagerait son scoop, les gens comprendraient alors qu'Úrsúla était contrainte de démissionner. Et on chanterait ses louanges pour avoir mis fin à un projet financé par Ingimar le terroriste et ses amis, projet qui sentait la corruption à plein nez.

Les partis de la coalition subiraient une lourde déconvenue aux élections suivantes, car les médias et divers comités d'enquête mettraient des mois à réunir toutes les informations sur le financement de la nationale. Le Premier ministre passerait soit pour un corrompu, soit pour un incompétent pour ne pas avoir su ce qui se tramait. Dans un cas comme dans l'autre, c'était une catastrophe. Sans parler de l'amertume de ses concitoyens devant une promesse électorale non respectée.

Ce serait difficile, mais l'Alliance se relèverait aux élections suivantes. Une bonne claque ne lui ferait pas de mal et le pousserait à ouvrir la voie à un autre candidat. Ou peut-être une autre candidate. Úrsúla sourit. Peut-être qu'elle n'avait pas tout à fait dit la vérité à Eva. Peut-être qu'elle avait bel et bien été infectée par le virus de la politique.

Stella sortit un feutre noir et lui prit le bras.

– Je vais vous dessiner un symbole magique, dit-elle. Un vieux symbole islandais qui vous aidera à vous remettre et augmentera vos forces.

– Avec plaisir. J'en ai bien besoin.

Úrsúla observa la jeune fille tandis que celle-ci traçait de fines lignes à l'intérieur de son bras : une sorte d'étoile, un cercle en son milieu et toute une forêt de petites pointes ici et là, donnant rapidement au symbole l'apparence d'un cristal de glace.

– Il faut poser votre bras comme ça sur votre poitrine, dit Stella en mimant le geste à Úrsúla. Le symbole fera ainsi effet sur votre cœur, et vous deviendrez courageuse et puissante.

– Comment il s'appelle ? demanda Úrsúla.

– *Veldismagn*, répondit Stella en traçant les dernières lignes avant de souffler sur son dessin pour faire sécher l'encre.

– Peut-être que je vais me le faire tatouer. Comme je l'ai dit, j'ai bien besoin d'un peu de force.

Elle devait parler avec Nonni. Lui raconter Ebola, lui raconter ces combinaisons qui la séparaient de la souffrance et qui étaient devenues avec le temps de plus en plus épaisses jusqu'à se transformer en une véritable armure impossible à traverser, autant pour les bombes syriennes que pour son amour ou celui des enfants. Elle lui expliquerait qu'elle avait dû risquer de le perdre, même de perdre la vie, pour retrouver enfin, tout au fond de son cœur, l'amour qu'elle éprouvait pour sa famille.

Elle guérirait. Elle en était désormais certaine. À la perspective de travailler avec des sans-abris, des hommes comme son père ou Pétur, elle avait hâte. C'était une sensation puissante et inattendue. Elle n'avait pas ressenti une telle hâte depuis longtemps.

L'encre avait désormais séché et Stella lâcha son coude. Úrsúla posa son avant-bras sur sa poitrine, comme la jeune fille le lui avait montré, puis elle ferma les yeux. Effet du symbole ou pur hasard, elle aurait pu jurer qu'elle sentait une énergie nouvelle monter en elle.

RÉALISATION : NORD COMPO À VILLENEUVE-D'ASCQ
IMPRESSION : CPI FRANCE
DÉPÔT LÉGAL : JUIN 2021. N° 147324-2 (2061001)
IMPRIMÉ EN FRANCE

Éditions Points

Collection Points Thriller

P532. La Mort des bois, *Brigitte Aubert*
P862. Descentes d'organes, *Brigitte Aubert*
P875. La Mort des neiges, *Brigitte Aubert*
P617. Les Quatre Fils du Dr March, *Brigitte Aubert*
P1110. Funérarium, *Brigitte Aubert*
P1477. Le Dernier Testament, *Philip Le Roy*
P1478. Justice imminente, *Jilliane Hoffman*
P1479. Ce cher Dexter, *Jeff Lindsay*
P1480. Le Corps noir, *Dominique Manotti*
P1481. Improbable, *Adam Fawer*
P1562. La Morsure du dragon, *Jean-François Susbielle*
P1563. Rituels sanglants, *Craig Russell*
P1564. Les Écorchés, *Peter Moore Smith*
P1603. Pour adultes seulement, *Philip Le Roy*
P1604. Offre publique d'assassinat, *Stephen W. Frey*
P1605. L'Heure du châtiment, *Eileen Dreyer*
P1681. Ultime Témoin, *Jilliane Hoffman*
P1682. Los Angeles, *Peter Moore Smith*
P1694. L'Ultime Sacrilège, *Jérôme Bellay*
P1695. Engrenages, *Christopher Wakling*
P1704. Dexter revient !, *Jeff Lindsay*
P1725. Le Tableau de l'apothicaire, *Adrian Mathews*
P1726. Out, *Natsuo Kirino*
P1793. La Couleur bleue, *Jörg Kastner*
P1794. Le Secret de l'imam bleu, *Bernard Besson*
P1827. La Mort dans le sang, *Joshua Spanogle*
P1828. Une âme de trop, *Brigitte Aubert*
P1839. La Dernière Arme, *Philip Le Roy*
P1840. Désaxé, *Marcus Sakey*
P1841. Opération Vautour, *Stephen W. Frey*
P1899. La Nuit de l'abîme, *Juris Jurjevics*
P1943. Contes barbares, *Craig Russell*
P1944. La Mort à nu, *Simon Beckett*
P1945. La Nuit de l'infamie, *Michael Cox*
P1972. Le Chant des sables, *Brigitte Aubert*
P2003. Noir corbeau, *Joel Rose*
P2004. Coupable, *Davis Hosp*
P2038. Dynamite Road, *Andrew Klavan*
P2062. Un sur deux, *Steve Mosby*
P2063. Monstrueux, *Natsuo Kirino*

P2064. Reflets de sang, *Brigitte Aubert*
P2095. Le Temps des cendres, *Jorge Volpi*
P2162. Les Démons de Dexter, *Jeff Lindsay*
P2167. Le Chien de Dieu, *Patrick Bard*
P2173. Abysses, *Frank Schätzing*
P2179. The Town. Le Prince des braqueurs, *Chuck Hogan*
P2186. Le Violon d'Hitler, *Igal Shamir*
P2192. Écorces de sang, *Tana French*
P2217. Shotgun Alley, *Andrew Klavan*
P2251. Dexter I, II, III, *Jeff Lindsay*
P2270. Couverture dangereuse, *Philippe Le Roy*
P2289. Ceux qu'on aime, *Steve Mosby*
P2300. Poussière d'os, *Simon Beckett*
P2411. Le Livre des secrets, *Michael Cox*
P2412. Sans douceur excessive, *Lee Child*
P2461. Comme deux gouttes d'eau, *Tana French*
P2495. Increvable, *Charlie Huston*
P2523. Les Visages, *Jesse Kellerman*
P2524. Dexter dans de beaux draps, *Jeff Lindsay*
P2533. La Faute à pas de chance, *Lee Child*
P2556. Un mort à Starvation Lake, *Bryan Gruley*
P2585. Le Tueur intime, *Claire Favan*
P2593. Origine, *Diana Abu-Jaber*
P2627. La Ronde des innocents, *Valentin Musso*
P2642. Via Vaticana, *Igal Shamir*
P2650. Le marchand de sable va passer, *Andrew Pyper*
P2660. Les Murmures des morts, *Simon Beckett*
P2677. Le Mercredi des Cendres, *Percy Kemp*
P2696. La Dernière Frontière, *Philip Le Roy*
P2709. Le Meurtrier de l'Avent, *Thomas Kastura*
P2732. Ce délicieux Dexter, *Jeff Lindsay*
P2745. Les Lieux infidèles, *Tana French*
P2750. L'espoir fait vivre, *Lee Child*
P2818. Aux malheurs des dames, *Lalie Walker*
P2830. Les Cendres froides, *Valentin Musso*
P2836. Les Visages écrasés, *Marin Ledun*
P2846. 676, *Yan Gérard*
P2880. Une petite ville sans histoire, *Greg Iles*
P2901. Lost Girls, *Andrew Pyper*
P2902. Satori, *Don Winslow*
P2932. Tes dernières volontés, *Laura Lippman*
P2940. Avec le diable, *James Keene, Hillel Levin*
P2941. Les Fleurs de l'ombre, *Steve Mosby*
P2942. Double Dexter, *Jeff Lindsay*
P2943. Vox, *Dominique Sylvain*

P2944. Cobra, *Dominique Sylvain*
P3029. L'Invisible, *Robert Pobi*
P3038. Psychose, *Robert Bloch*
P3048. La Chute. Le Mystère Léviathan, tome 1
Lionel Davoust
P3092. La Ville des serpents d'eau, *Brigitte Aubert*
P3093. Celle qui devait mourir, *Laura Lippman*
P3104. Cool, *Don Winslow*
P3143. Le Murmure de l'ogre, *Valentin Musso*
P3144. Disparitions, *Natsuo Kirino*
P3171. Le Sang des maudits, *Leighton Gage*
P3172. La Maison des absents, *Tana French*
P3261. Niceville, *Carsten Stroud*
P3269. Jamais vue, *Alafair Burke*
P3270. Homeland. La traque, *Andrew Kaplan*
P3318. J'ai voulu oublier ce jour, *Laura Lippman*
P4000. Sans faille, *Valentin Musso*
P4001. Dexter fait son cinéma, *Jeff Lindsay*
P4002. Incision, *Marc Raabe*
P4098. Ce qui n'est pas écrit, *Rafael Reig*
P4116. Retour à Niceville, *Carsten Stroud*
P4128. Jeu d'ombres, *Ivan Zinberg*
P4158. Ne meurs pas sans moi, *Suzanne Stock*
P4202. Derniers Instants, *Steve Mosby*
P4221. L'Appel du mal, *Lisa Unger*
P4222. La Conjuration florentine, *Gérard Delteil*
P4314. La Cour des secrets, *Tana French*
P4332. La Mort au festival de Cannes, *Brigitte Aubert*
P4333. Une vraie famille, *Valentin Musso*
P4364. Sous le choc, *Marc Raabe*
P4379. Dernier voyage à Niceville, *Carsten Stroud*
P4406. Que la bête s'éveille, *Jonathan Kellerman*
et Jesse Kellerman
P4407. Le Moineau rouge, *Jason Matthews*
P4415. Le Sang de la coupe, *Leighton Gage*
P4416. Corps coupable, *Laura Lippman*
P4439. Le Festin des fauves, *Dominique Maisons*
P4454. Les Innocents, *Robert Pobi*
P4533. Étoile morte, *Ivan Zinberg*
P4592. Le Visage du mal, *Sarah Hilary*
P4601. Le Démonologue, *Andrew Pyper*
P4628. Mauvaise compagnie, *Laura Lippman*
P4666. Zone 52, *Suzanne Stock*
P4667. Que la bête s'échappe
Jonathan Kellerman et Jesse Kellerman
P4698. Une forêt obscure, *Fabio M. Mitchelli*

P4713. Wonderland, *Jennifer Hillier*
P4764. Piégée, *Lilja Sigurdardóttir*
P4786. On se souvient du nom des assassins
Dominique Maisons
P4802. Breaking News, *Frank Schätzing*
P4819. Évanouies, *Megan Miranda*
P4820. L'Invité sans visage, *Tana French*
P4831. Obsessions, *Luana Lewis*
P4869. Sous son toit, *Nicole Neubauer*
P4870. J'irai mourir sur vos terres, *Lori Roy*
P4888. J'ai toujours aimé la nuit, *Patrick Chamoiseau*
P4889. Mindhunter. Dans la tête d'un profileur
John Douglas et Mark Olshaker
P4943. Le Dernier Hyver, *Fabrice Papillon*
P4967. Le Filet, *Lilja Sigurdardóttir*
P4968. Le Tueur au miroir, *Fabio M. Mitchelli*
P4969. Tout le monde aime Bruce Willis, *Dominique Maisons*
P5178. La Cage, *Lilja Sigurðardóttir*
P5220. Le Dernier Thriller norvégien, *Luc Chomarat*
P5287. Régression, *Fabrice Papillon*
P5288. Un autre jour, *Valentin Musso*
P5315. Sous les eaux noires, *Lori Roy*
P5349. City of Windows, *Robert Pobi*
P5389. Trahison, *Lilja Sigurdardóttir*

Éditions Points

Collection Points Policier

DERNIERS TITRES PARUS

P3007. Printemps, *Mons Kallentoft*
P3015. La Peau de l'autre, *David Carkeet*
P3028. La Muraille de lave, *Arnaldur Indridason*
P3035. À la trace, *Deon Meyer*
P3043. Sur le fil du rasoir, *Oliver Harris*
P3051. L'Empreinte des morts, *C.J. Box*
P3052. Qui a tué l'ayatollah Kanuni ?, *Naïri Nahapétian*
P3053. Cyber China, *Qiu Xiaolong*
P3065. Frissons d'assises. L'instant où le procès bascule *Stéphane Durand-Souffland*
P3091. Les Joyaux du paradis, *Donna Leon*
P3103. Le Dernier Lapon, *Olivier Truc*
P3115. Meurtre au Comité central, *Manuel Vázquez Montalbán*
P3123. Liquidations à la grecque, *Petros Markaris*
P3124. Baltimore, *David Simon*
P3125. Je sais qui tu es, *Yrsa Sigurdardóttir*
P3141. Le Baiser de Judas, *Anna Grue*
P3142. L'Ange du matin, *Arni Thorarinsson*
P3149. Le Roi Lézard, *Dominique Sylvain*
P3161. La Faille souterraine. Et autres enquêtes *Henning Mankell*
P3162. Les Deux Premières Enquêtes cultes de Wallander : Meurtriers sans visage & Les Chiens de Riga *Henning Mankell*
P3163. Brunetti et le mauvais augure, *Donna Leon*
P3164. La Cinquième Saison, *Mons Kallentoft*
P3165. Panique sur la Grande Muraille & Le Mystère du jardin chinois, *Frédéric Lenormand*
P3166. Rouge est le sang, *Sam Millar*
P3167. L'Énigme de Flatey, *Viktor Arnar Ingólfsson*
P3168. Goldstein, *Volker Kutscher*
P3219. Guerre sale, *Dominique Sylvain*
P3220. Arab Jazz, *Karim Miské*
P3228. Avant la fin du monde, *Boris Akounine*
P3229. Au fond de ton cœur, *Torsten Pettersson*
P3234. Une belle saloperie, *Robert Littell*
P3235. Fin de course, *C.J. Box*
P3251. Étranges Rivages, *Arnaldur Indridason*

P3267. Les Tricheurs, *Jonathan Kellerman*
P3268. Dernier refrain à Ispahan, *Naïri Nahapétian*
P3279. Kind of Blue, *Miles Corwin*
P3280. La fille qui avait de la neige dans les cheveux *Ninni Schulman*
P3295. Sept pépins de grenade, *Jane Bradley*
P3296. À qui se fier ?, *Peter Spiegelman*
P3315. Techno Bobo, *Dominique Sylvain*
P3316. Première station avant l'abattoir, *Romain Slocombe*
P3317. Bien mal acquis, *Yrsa Sigurdardottir*
P3330. Le Justicier d'Athènes, *Petros Markaris*
P3331. La Solitude du manager, *Manuel Vázquez Montalbán*
P3349. 7 jours, *Deon Meyer*
P3350. Homme sans chien, *Håkan Nesser*
P3351. Dernier verre à Manhattan, *Don Winslow*
P3374. Mon parrain de Brooklyn, *Hesh Kestin*
P3389. Piégés dans le Yellowstone, *C.J. Box*
P3390. On the Brinks, *Sam Millar*
P3399. Deux veuves pour un testament, *Donna Leon*
P4004. Terminus Belz, *Emmanuel Grand*
P4005. Les Anges aquatiques, *Mons Kallentoft*
P4006. Strad, *Dominique Sylvain*
P4007. Les Chiens de Belfast, *Sam Millar*
P4008. Marée d'équinoxe, *Cilla et Rolf Börjlind*
P4050. L'Inconnue du bar, *Jonathan Kellerman*
P4051. Une disparition inquiétante, *Dror Mishani*
P4065. Thé vert et arsenic, *Frédéric Lenormand*
P4068. Pain, éducation, liberté, *Petros Markaris*
P4088. Meurtre à Tombouctou, *Moussa Konaté*
P4089. L'Empreinte massaï, *Richard Crompton*
P4093. Le Duel, *Arnaldur Indridason*
P4101. Dark Horse, *Craig Johnson*
P4102. Dragon bleu, tigre blanc, *Qiu Xiaolong*
P4114. Le garçon qui ne pleurait plus, *Ninni Schulman*
P4115. Trottoirs du crépuscule, *Karen Campbell*
P4117. Dawa, *Julien Suaudeau*
P4127. Vent froid, *C.J. Box*
P4159. Une main encombrante, *Henning Mankell*
P4160. Un été avec Kim Novak, *Håkan Nesser*
P4171. Le Détroit du Loup, *Olivier Truc*
P4188. L'Ombre des chats, *Arni Thorarinsson*
P4189. Le Gâteau mexicain, *Antonin Varenne*
P4210. La Lionne blanche & L'homme qui souriait *Henning Mankell*
P4211. Kobra, *Deon Meyer*
P4212. Point Dume, *Dan Fante*

P4224. Les Nuits de Reykjavik, *Arnaldur Indridason*
P4225. L'Inconnu du Grand Canal, *Donna Leon*
P4226. Little Bird, *Craig Johnson*
P4227. Une si jolie petite fille. Les crimes de Mary Bell *Gitta Sereny*
P4228. La Madone de Notre-Dame, *Alexis Ragougneau*
P4229. Midnight Alley, *Miles Corwin*
P4230. La Ville des morts, *Sara Gran*
P4231. Un Chinois ne ment jamais & Diplomatie en kimono *Frédéric Lenormand*
P4232. Le Passager d'Istanbul, *Joseph Kanon*
P4233. Retour à Watersbridge, *James Scott*
P4234. Petits meurtres à l'étouffée, *Noël Balen et Vanessa Barrot*
P4285. La Revanche du petit juge, *Mimmo Gangemi*
P4286. Les Écailles d'or, *Parker Bilal*
P4287. Les Loups blessés, *Christophe Molmy*
P4295. La Cabane des pendus, *Gordon Ferris*
P4305. Un type bien. Correspondance 1921-1960 *Dashiell Hammett*
P4313. Le Cannibale de Crumlin Road, *Sam Millar*
P4326. Molosses, *Craig Johnson*
P4334. Tango Parano, *Hervé Le Corre*
P4341. Un maniaque dans la ville, *Jonathan Kellerman*
P4342. Du sang sur l'arc-en-ciel, *Mike Nicol*
P4351. Au bout de la route, l'enfer, *C.J. Box*
P4352. Le garçon qui ne parlait pas, *Donna Leon*
P4353. Les Couleurs de la ville, *Liam McIlvanney*
P4363. Ombres et Soleil, *Dominique Sylvain*
P4367. La Rose d'Alexandrie, *Manuel Vázquez Montalbán*
P4393. Battues, *Antonin Varenne*
P4417. À chaque jour suffit son crime, *Stéphane Bourgoin*
P4425. Des garçons bien élevés, *Tony Parsons*
P4430. Opération Napoléon, *Arnaldur Indridason*
P4461. Épilogue meurtrier, *Petros Markaris*
P4467. En vrille, *Deon Meyer*
P4468. Le Camp des morts, *Craig Johnson*
P4476. Les Justiciers de Glasgow, *Gordon Ferris*
P4477. L'Équation du chat, *Christine Adamo*
P4482. Une contrée paisible et froide, *Clayton Lindemuth*
P4486. Brunetti entre les lignes, *Donna Leon*
P4487. Suburra, *Carlo Bonini et Giancarlo De Cataldo*
P4488. Le Pacte du petit juge, *Mimmo Gangemi*
P4516. Meurtres rituels à Imbaba, *Parker Bilal*
P4526. Snjór, *Ragnar Jónasson*
P4527. La Violence en embuscade, *Dror Mishani*
P4528. L'Archange du chaos, *Dominique Sylvain*

P4529. Évangile pour un gueux, *Alexis Ragougneau*
P4530. Baad, *Cédric Bannel*
P4531. Le Fleuve des brumes, *Valerio Varesi*
P4532. Dodgers, *Bill Beverly*
P4547. L'Innocence pervertie, *Thomas H. Cook*
P4549. Sex Beast. Sur la trace du pire tueur en série de tous les temps, *Stéphane Bourgoin*
P4560. Des petits os si propres, *Jonathan Kellerman*
P4561. Un sale hiver, *Sam Millar*
P4562. La Peine capitale, *Santiago Roncagliolo*
P4568. La crème était presque parfaite, *Noël Balen et Vanessa Barrot*
P4577. L.A. nocturne, *Miles Corwin*
P4578. Le Lagon noir, *Arnaldur Indridason*
P4585. Le Crime, *Arni Thorarinsson*
P4593. Là où vont les morts, *Liam McIlvanney*
P4602. L'Empoisonneuse d'Istanbul, *Petros Markaris*
P4611. Tous les démons sont ici, *Craig Johnson*
P4616. Lagos Lady, *Leye Adenle*
P4617. L'Affaire des coupeurs de têtes, *Moussa Konaté*
P4618. La Fiancée massaï, *Richard Crompton*
P4629. Sur les hauteurs du mont Crève-Cœur, *Thomas H. Cook*
P4640. L'Affaire Léon Sadorski, *Romain Slocombe*
P4644. Les Doutes d'Avraham, *Dror Mishani*
P4649. Brunetti en trois actes, *Donna Leon*
P4650. La Mésange et l'Ogresse, *Harold Cobert*
P4655. La Montagne rouge, *Olivier Truc*
P4656. Les Adeptes, *Ingar Johnsrud*
P4660. Tokyo Vice, *Jake Adelstein*
P4661. Mauvais Coûts, *Jacky Schwartzmann*
P4664. Divorce à la chinoise & Meurtres sur le fleuve Jaune *Frédéric Lenormand*
P4665. Il était une fois l'inspecteur Chen, *Qiu Xiaolong*
P4701. Cartel, *Don Winslow*
P4719. Les Anges sans visage, *Tony Parsons*
P4724. Rome brûle, *Carlo Bonini et Giancarlo De Cataldo*
P4730. Dans l'ombre, *Arnaldur Indridason*
P4738. La Longue Marche du juge Ti & Médecine chinoise à l'usage des assassins, *Frédéric Lenormand*
P4757. Mörk, *Ragnar Jónasson*
P4758. Kabukicho, *Dominique Sylvain*
P4759. L'Affaire Isobel Vine, *Tony Cavanaugh*
P4760. La Daronne, *Hannelore Cayre*
P4761. À vol d'oiseau, *Craig Johnson*
P4762. Abattez les grands arbres, *Christophe Guillaumot*
P4763. Kaboul Express, *Cédric Bannel*

P4771. La Maison des brouillards, *Eric Berg*
P4772. La Pension de la via Saffi, *Valerio Varesi*
P4781. Les Sœurs ennemies, *Jonathan Kellerman*
P4782. Des enfants tuent un enfant. L'affaire James Bulger *Gitta Sereny*
P4783. La Fin de l'histoire, *Luis Sepúlveda*
P4801. Les Pièges de l'exil, *Philip Kerr*
P4807. Karst, *David Humbert*
P4808. Mise à jour, *Julien Capron*
P4817. La Femme à droite sur la photo, *Valentin Musso*
P4827. Le Polar de l'été, *Luc Chomarat*
P4830. Banditsky ! Chroniques du crime organisé à Saint-Pétersbourg, *Andreï Constantinov*
P4848. L'Étoile jaune de l'inspecteur Sadorski, *Romain Slocombe*
P4851. Si belle, mais si morte, *Rosa Mogliasso*
P4853. Danser dans la poussière, *Thomas H. Cook*
P4859. Missing : New York, *Don Winslow*
P4861. Minuit sur le canal San Boldo, *Donna Leon*
P4868. Justice soit-elle, *Marie Vindy*
P4881. Vulnérables, *Richard Krawiec*
P4882. La Femme de l'ombre, *Arnaldur Indridason*
P4883. L'Année du lion, *Deon Meyer*
P4884. La Chance du perdant, *Christophe Guillaumot*
P4885. Demain c'est loin, *Jacky Schwartzmann*
P4886. Les Géants, *Benoît Minville*
P4887. L'Homme de Kaboul, *Cédric Bannel*
P4907. Le Dernier des yakuzas, *Jake Adelstein*
P4918. Les Chemins de la haine, *Eva Dolan*
P4924. La Dent du serpent, *Craig Johnson*
P4925. Quelque part entre le bien et le mal, *Christophe Molmy*
P4937. Nátt, *Ragnar Jónasson*
P4942. Offshore, *Petros Markaris*
P4958. La Griffe du chat, *Sophie Chabanel*
P4959. Les Ombres de Montelupo, *Valerio Varesi*
P4960. Le Collectionneur d'herbe, *Francisco José Viegas*
P4961. La Sirène qui fume, *Benjamin Dierstein*
P4962. La Promesse, *Tony Cavanaugh*
P4963. Tuez-les tous... mais pas ici, *Pierre Pouchairet*
P4964. Judas, *Astrid Holleeder*
P4965. Bleu de Prusse, *Philip Kerr*
P4966. Les Planificateurs, *Kim Un-Su*
P4978. Qaanaaq, *Mo Malø*
P4982. Meurtres à Pooklyn, *Mod Dunn*
P4983. Iboga, *Christian Blanchard*
P4995. Moi, serial killer. Les terrifiantes confessions de 12 tueurs en série, *Stéphane Bourgoin*

P5023. Passage des ombres, *Arnaldur Indridason*
P5024. Les Saisons inversées, *Renaud S. Lyautey*
P5025. Dernier Été pour Lisa, *Valentin Musso*
P5026. Le Jeu de la défense, *André Buffard*
P5027. Esclaves de la haute couture, *Thomas H. Cook*
P5028. Crimes de sang-froid, *Collectif*
P5029. Missing : Germany, *Don Winslow*
P5030. Killeuse, *Jonathan Kellerman*
P5031. #HELP, *Sinéad Crowley*
P5054. Sótt, *Ragnar Jónasson*
P5055. Sadorski et l'ange du péché, *Romain Slocombe*
P5067. Dégradation, *Benjamin Myers*
P5068. Les Disparus de la lagune, *Donna Leon*
P5093. Les Fils de la poussière, *Arnaldur Indridason*
P5094. Treize Jours, *Arni Thorarinsson*
P5095. Tuer Jupiter, *François Médéline*
P5096. Pension complète, *Jacky Schwartzmann*
P5097. Jacqui, *Peter Loughran*
P5098. Jours de crimes, *Stéphane Durand-Souffland et Pascale Robert-Diard*
P5099. Esclaves de la haute couture, *Thomas H. Cook*
P5100. Chine, retiens ton souffle, *Qiu Xiaolong*
P5101. Exhumation, *Jesse et Jonathan Kellerman*
P5102. Lola, *Melissa Scrivner Love*
P5123. Tout autre nom, *Craig Johnson*
P5124. Requiem, *Tony Cavanaugh*
P5125. Ce que savait la nuit, *Arnaldur Indridason*
P5126. Scalp, *Cyril Herry*
P5127. Haine pour haine, *Eva Dolan*
P5128. Trois Jours, *Petros Markaris*
P5167. Diskø, *Mo Malø*
P5168. Sombre avec moi, *Chris Brookmyre*
P5169. Les Infidèles, *Dominique Sylvain*
P5170. L'Agent du chaos, *Giancarlo De Cataldo*
P5171. Le Goût de la viande, *Gildas Guyot*
P5172. Les Effarés, *Hervé Le Corre*
P5173. J'ai vendu mon âme en bitcoins *Jake Adelstein*
P5174. La Dame de Reykjavik, *Ragnar Jónasson*
P5175. La Mort du Khazar rouge, *Shlomo Sand*
P5176. Le Blues du chat, *Sophie Chabanel*
P5177. Les Mains vides, *Valerio Varesi*
P5213. Le Cœur et la Chair, *Ambrose Parry*
P5214. Dernier tacle, *Emmanuel Petit, Gilles Del Pappas*
P5215. Crime et Délice, *Jonathan Kellerman*
P5216. Le Sang noir des hommes, *Julien Suaudeau*

P5217. À l'ombre de l'eau, *Maïko Kato*
P5218. Vik, *Ragnar Jónasson*
P5219. Koba, *Robert Littell*
P5248. Il était une fois dans l'Est, *Arpád Soltész*
P5249. La Tentation du pardon, *Donna Leon*
P5250. Ah, les braves gens !, *Franz Bartelt*
P5251. Crois-le !, *Patrice Guirao*
P5252. Lyao-Ly, *Patrice Guirao*
P5253. À sang perdu, *Rae Delbianco*
P5282. L'Artiste, *Antonin Varenne*
P5283. Les Roses de la nuit, *Arnaldur Indridason*
P5284. Le Diable et Sherlock Holmes, *David Grann*
P5285. Coups de vieux, *Dominique Forma*
P5286. L'Offrande grecque, *Philip Kerr*
P5310. Hammett Détective, *Stéphanie Benson, Benjamin et Julien Guérif, Jérôme Leroy, Marcus Malte, Jean-Hugues Oppel, Benoît Séverac, Marc Villard, Tim Willocks*
P5311. L'Arbre aux fées, *B. Michael Radburn*
P5312. Le Coffre, *Jacky Schwartzmann, Lucian-Dragos Bogdan*
P5313. Le Manteau de neige, *Nicolas Leclerc*
P5314. L'Île au secret, *Ragnar Jónasson*
P5335. L'Homme aux murmures, *Alex North*
P5336. Jeux de dames, *André Buffard*
P5337. Les Fantômes de Reykjavik *Arnaldur Indridason*
P5338. La Défaite des idoles, *Benjamin Dierstein*
P5339. Les Ombres de la toile, *Christopher Brookmyre*
P5340. Dry Bones, *Craig Johnson*
P5341. Une femme de rêve, *Dominique Sylvain*
P5342. Les Oubliés de Londres, *Eva Dolan*
P5343. Chinatown Beat, *Henry Chang*
P5344. Sang chaud, *Kim Un-Su*
P5345. Si tu nous regardes, *Patrice Guirao*
P5346. Tu vois !, *Patrice Guirao*
P5347. Du sang sur l'asphalte, *Sara Gran*
P5348. Cool Killer, *Sébastien Dourver*
P5378. Angkar, *Christian Blanchard*
P5379. Que tombe le silence, *Christophe Guillaumot*
P5380. Nuuk, *Mo Malø*
P5381. Or, encens et poussière, *Valerio Varesi*
P5382. Le Goût du rouge à lèvres de ma mère, *Gabrielle Massat*
P5383. Richesse oblige, *Hannelore Cayre*
P5384. Breakdown, *Jonathan Kellerman*
P5385. Mauvaise graine, *Nicolas Jaillet*
P5386. Le Séminaire des assassins, *Petros Markaris*
P5387. Y. La Trilogie de K, *Serge Quadruppani*
P5388. Norlande, *Jérôme Leroy*